TatortOst

Titus Simon, Jahrgang 1954, Dr. rer. soc., Sozialarbeiter und Diplompädagoge. Seit 1996 Professor für Jugendarbeit und Jugendhilfeplanung am Fachbereich Sozial- und Gesundheitswesen der Hochschule Magdeburg-Stendal. Kriminveröffentlichungen: »Der Stadionmörder«, Neuauflage 2008, »Der Tote von Can Victor«, Erstauflage 2008, »Mord im Abseits«, Neuauflage 2009.

Die Reihe »TatortOst« bietet fesselnde Krimis mit Handlungsschauplätzen in Deutschlands »Osten«. Von Dresden über Leipzig, durch die Altmark bis Berlin und an die Ostsee ziehen dunkle Verbrechen Liebhaber des Nervenkitzels in ihren Bann.

Mehr im Internet unter www.tatortost.de

Drei Tote für Benni

Ein Magdeburg-Krimi

Titus Simon

mitteldeutscher verlag

Umschlaggestaltung unter Verwendung eines Bildes von
Ljupco Smokovski – Fotolia.com

2010

www.mitteldeutscherverlag.de
Originalausgabe

ISBN 978-3-89812-674-8

Printed in the EU

Eine Stadt wie jede andere. Mit zwei berühmten Ottos, die Welt- und Wissenschaftsgeschichte schrieben. Doch das ist lange her. Vor vierhundert Jahren hat Wallenstein sie verwüstet. Ist die Welt seitdem besser geworden? Wer weiß das schon? Eine Stadt, im vorigen Jahrhundert zweimal zerstört, im großen Krieg und dann in der DDR. Eine Stadt im Osten also. Aber könnte es nicht auch München sein, wo man Zivilcourage mit nichts weniger bezahlen muss als mit dem Leben? Es ist Magdeburg.

Benjamin Lückert saß im Zug und blickte interessiert aus dem Fenster auf die fahle Schneelandschaft. Gespannt wartete er darauf, dass die ersten Häuser jener Stadt auftauchten, für die er sich als künftigen Studienort entschieden hatte. Im Abteil war es kalt, die Heizung funktionierte nicht richtig. Fröstelnd zog er den Reißverschluss seines Anoraks hoch. Das monotone Rattern der Räder, das ihn sonst schläfrig werden ließ, wurde schon seit etwa einer Stunde von einer wachsenden Aufmerksamkeit überlagert, die ihn immer dann erfasste, wenn etwas Neues auf ihn zukam. Er wollte im Osten studieren. Nicht um den Studiengebühren in Baden-Württemberg auszuweichen, sondern weil sein Bruder ihm klargemacht hatte, dass man da immer noch bessere Studienbedingungen vorfand als an westdeutschen Hochschulen.

»Industriedesign hat hier einen sehr guten Ruf«, hatte Andreas argumentiert, »und außerdem ist es unglaublich spannend, die Leute hier kennenzulernen. Ein weiterer Vorteil ist, dass du insgesamt billiger lebst und die Wohnungssuche eine der leichteren Übungen darstellt.«

Andreas, sein sechs Jahre älterer Bruder, studierte Wasserwirtschaft, jobbte in Kneipen und war – so stellte er es immer dar – voll in der ostdeutschen Landeshauptstadt integriert.

Seinen Eltern wäre es lieber gewesen, wenn er, ihr Nesthäkchen, in Tübingen, Freiburg oder München studiert hätte, aber Benni hatte sich für diese Stadt entschieden, nachdem er im Sommer dort eine ganze Woche verbracht hatte. »Magdeburg hat einen ganz spröden Charme«, hatte er anschließend seinen Eltern erklärt. »Man erkennt ihn erst, wenn man zweimal hinschaut.«

Draußen begann es schon dunkel zu werden. Das weite Schneefeld wurde nun von den ersten Bauten durchbrochen, was ihm ankündigte, dass er seinem Ziel schon recht nahe war. Auf den nun ins Blickfeld geratenden Straßen und Dächern lag fast kein Schnee mehr. Es hatte ohnehin nicht viel geschneit in diesem Winter, der nun langsam zu Ende ging. Bis zum Semesterbeginn waren es noch fünf Wochen. Solange er noch keine eigene Bude gefunden hatte, konnte Benni in der Wohngemeinschaft seines Bruders unterkommen. »Anna kommt erst Ende Mai zurück«, hatte Andreas gesagt. »Bis dahin hast du was gefunden, denn in dieser Stadt steht jede Menge leer.«

Benjamin erspähte seinen Bruder bereits auf dem Bahnsteig, noch ehe der Zug ganz zum Halten gekommen war. Andy – fast zwei Meter groß, sportliche Figur, lange blonde Mähne – war nicht zu übersehen. Sein großer Bruder ist immer sein Vorbild gewesen. Der Altersabstand zwischen ihnen war gerade so groß, dass es die in der Kindheit zwischen Geschwistern üblichen, seiner Meinung nach albernen, Konkurrenzspielchen zwischen ihnen niemals gegeben hatte.

Andreas drückte ihn an seine breite Brust, schob ihn dann mit starken Armen von sich weg und musterte ihn prüfend. »Gut siehst du aus«, sagte er nach einer Weile, »sehr gut – und fast erwachsen.«

×××

Andreas Lückert bewohnte mit vier anderen Leuten eine geräumige Sechszimmerwohnung, die sich über zwei Etagen erstreckte. Das war in einer Stadt, in der über zwanzig Prozent des Wohnraums leer standen, für die Beteiligten durchaus erschwinglich. Hier konnte sein Bruder auch so lange wohnen, bis er etwas Eigenes gefunden hatte. »Lass dir Zeit«, hatte er gesagt, »das Ännchen ist noch ein Vierteljahr in Südamerika. Für die letzten Wochen gibst du ihr einen Teil der Miete und kannst hier so lange wohnen, wie du willst. Wir haben ja noch ein Zimmer.«

Einziger Nachteil der Wohnlage war der Umstand, dass es im Haus keinen Aufzug gab und sich die Wohnung im vierten Stock befand. Doch das war auch wiederum ein Vorteil, denn man hatte den noch darüber liegenden Dachboden zu zwei wohnlichen Zimmern und einem großen offenen Raum ausgebaut, zu dem eine schmale Wendeltreppe führte. Benni freute sich auf die Mitbewohner seines Bruders, über die er bereits vieles gehört, die er aber beim ersten Aufenthalt in Magdeburg nicht angetroffen hatte, da die meisten beim G-8-Gipfel in Heiligendamm waren.

Als die Brüder die Wohnung betraten, war schon einiges los. Aus den Lautsprechern plärrte laute Musik. In der Küche kochte ein Pärchen fröhlich streitend und hantierte dabei mit ein paar großen Töpfen. Ein junger Mann im Retro-Punk-Look stapelte Bierflaschen aus zwei Kästen in den Kühlschrank um. Ein Mädchen rückte trotz der noch winterlichen Temperaturen auf dem großen Balkon Stühle zurecht.

»Hört mal, Leute«, rief Andreas in das rege Treiben hinein, das sofort ins Stocken geriet. Andy hatte hier was zu sagen, das wurde Benni auf Anhieb klar. Als sich alle Blicke auf die Neuankömmlinge gerichtet hatten, fuhr er erheblich leiser fort: »Das ist Benni, mein einziger und liebster Bruder. Sagt ihm artig guten Tag. Er ist neu in der Stadt und noch etwas schüchtern.«

»So schüchtern wie du, wa?« Die junge Frau, die mit in der Küche gewerkelt hatte, wischte sich die rechte Hand an ihrer Küchenschürze ab und ging auf Benni zu. »Ik bin Jana und passe hier 'n bisken darauf uff, datt dein Bruder hier nicht zu dolle die Klappe uffreißt.« Freundlich reichte sie Benni die Hand und schüttelte sie kräftig. Der junge Mann, der ihr in der Küche geholfen hatte, schlurfte auf die Beiden zu, umarmte Andreas mit einem knappen »Tach, Alter« und wand dann auf verspielte Weise Bennis Hand aus Janas festem Griff.

»Ich bin Olli, Oliver Spindler, derzeit arbeitsloser Punkdarsteller, und passe auf, dass Jana den männlichen Teil dieser Kommune nicht zu arg für die zweitausend Jahre währende Frauenunterdrückung abstraft.«

Noch ehe er den letzten Satz zu Ende gebracht hatte, schlug ihm Jana mit einem zusammengedrehten Küchentuch so heftig auf den Rücken, dass es hörbar klatschte. Dann nahm sie seinen linken Arm und zog ihn von Benni weg. Zurück in die Küche taumelnd rief er Benni noch zu: »Und mich macht sie zum Hauptopfer ihres Rachefeldzugs.« Dann flog die Küchentür zu.

Andy stellte Benni die anderen vor.

»Ich heiße René«, sagte der Old-School-Punk, der das Bier in den Kühlschrank gestapelt hatte. »Punk, nicht arbeitslos.«

Das Mädchen vom Balkon trat hinzu. »René ist der einzige männliche Erzieher aller Kindergärten dieser Stadt. Ein Kindergärtner.«

Der so Vorgestellte wies mit einer eleganten Geste auf die, die zuletzt gesprochen hatte: »Und das ist Klara, genannt Klärchen. Die arbeitet mit harten Jungs im Strafvollzug. Schön, dass du da bist. Heute Abend ist Party. Nicht nur, aber auch für dich.«

Andy nahm Bennis Rucksack und kletterte die steile Metallwendeltreppe hinauf. »Du erholst dich erst mal ein bisschen. Die Reise war lang, du hast vor Aufregung die Nacht vorher bestimmt nicht geschlafen und diese Nacht wird noch länger.«

×××

Benni wachte auf und versuchte sich in dem fremden Zimmer zu orientieren. Unten wurde ein Musikstück gespielt, das er schon vor fünfzehn Jahren gehört hatte, als sein Bruder noch zu Hause gewohnt hatte. Damals, noch in der Reihenhaussiedlung der schwäbischen Kleinstadt Munzlingen, die Andy schon seit frühester Jugend so bald als möglich zu verlassen gedachte.

»What it is« von »Bad Religion« lief unten in voller Lautstärke, ein Titel, der zumindest früher einer von Andys Lieblingssongs gewesen war.

Als Benni das Zimmer verließ, war die Fete bereits in vollem Gange. Im Vorraum saßen drei junge Frauen, die ihm freundlich zunickten. Andere hatten es sich auf der Treppe bequem gemacht. Vorsichtig stakste Benni über sie hinweg. Dabei fiel ihm ein Mädchen mit langen, dunklen Haaren auf, das ihn belustigt anlächelte, als er sich zwischen den Sitzenden hindurchwand.

Im unteren Teil der Wohnung herrschte dichtes Gedränge. Vor der Wohnungstür spielten drei schwarz gekleidete Jungs mit ausholenden Bewegungen Luftgitarre. Offensichtlich waren es Angehörige der »Mettler«-Fraktion, der kleinen Minderheit von Heavy-Metal-Fans, die unter den dominanten Gruppen der Punks und Autonomen dieser Fete etwas verloren wirkten, obwohl sie offensichtlich zum respektierten Freundeskreis von zumindest einem der Bewohner gehören mussten. »Heute Abend kommen nur die Besten«, hatte Andy am Bahnhof gesagt. »Sollst sehen, dass es in dieser Stadt nicht nur die Nazis gibt, die man dir und den Alten im Fernsehen immer vorführt.«

In der Küche herrschte ein ziemlichen Getümmel, dessen Zentrum sein Bruder war. Benni ruderte durch die Menge auf ihn zu. »Lasst mal meinen Kleinen durch.« Andy wirkte aufgekratzt. »Der ist so was nicht gewohnt. Der kommt aus gutem Hause.«

Ein Teil der Küchenbesatzung lachte. Benni hatte nicht die Zeit, wütend zu werden, denn Andy packte ihn am Arm und zog ihn durch die Menge, dorthin, wo eine große, dunkelhaarige Schönheit mit dem Rücken zum Herd stand und spielerisch ein Weinglas schwenkte.

Im Stile morgenländischer Diener, wie er sie aus Verfilmungen der Märchen aus Tausendundeiner Nacht kannte, verbeugte sich Andy zuerst vor der dunkelhaarigen Frau, dann vor seinem Bruder.

»Benni, das ist Laura, meine Lieblingsfrau. Laura, das ist Benni, mein Lieblingsbruder.«

»Hallo.« Laura sagte das mit tiefer, leicht lasziver Stimme, musterte ihn aber mit fast mütterlicher Freundlichkeit. »Du bist also Benni, von dem der Andy schwärmt, seit ich ihn das erste Mal getroffen habe. Eigentlich«, sie sah den älteren der Brüder eindringlich an und jonglierte dabei wieder mit ihrem nahezu leeren Weinglas, »eigentlich hast du mich ja rumgekriegt, während du mir die Geschichten über deinen kleinen Bruder erzählt hast.« Und wieder an Benni gewandt fuhr sie fort: »Du musst ja ein ganz Toller sein. Toller Musiker, toller Sportler, die Artigkeit in Person.«

»Er übertreibt immer«, sagte der Angesprochene leise. Ihm war das sichtlich peinlich.

Laura war ein paar Jahre älter als Andy, was Benni aus früheren Erzählungen während der rituellen Weihnachtsbesuche wusste, die sein Bruder noch in keinem Jahr ausgelassen hatte. Sie bemerkte Bennis offensichtliche Verlegenheit und nahm ihn lachend in den Arm. »Ich freu mich jedenfalls darüber, dass du da bist. Ich wünsch dir Glück in deinem neuen Leben. Aber wenn auch nur ein Teil von dem wahr ist, was dein Bruder so erzählt, wird dir das alles leicht fallen. Und nimm nich alles so ernst. Das Leem is doch von janz alleene ernst jenuch.«

Als Laura ihn wieder losgelassen hatte, griff Benni zu einem Teller, nahm sich vom Fleisch und von den verschiedenen Salaten, die in großen Schüsseln auf zwei an die Wand gerückten Tischen in der Küche standen. Olli kam auf ihn zu und gab ihm ein ungeöffnetes Bier mit altmodischem Bügelverschluss. »Na, wieder fit?«, fragte er. »Das kann noch eine fröhliche Sause werden. Alles gute Leute hier.«

Immer wieder öffnete sich die Wohnungstür und spie neue Gäste herein. Das Gedränge wurde noch größer. Die Richtung der gespielten Musikstücke wurde offensichtlich von Andy bestimmt. Benni erkannte viele der Titel, die sein Bruder bereits im schwäbischen

Zuhause ständig gehört hatte und mit denen er aufgewachsen war. Hans Söllner etwa, den man offensichtlich nun auch im Osten kannte:

»Zu fünft san mer g'hockt.
Drei Neger, i' und d'r Charly.«

Ein Zwanzigminüter, an dessen Ende erst klar wurde, dass mit »Charly« keine weitere Person, sondern ein überdimensionaler Joint gemeint war.

Benni blickte sich suchend um. Sein Bruder führte mit mehreren Neuankömmlingen ein hitziges Gespräch. Wild gestikulierend gab Andy offenbar vor, was Sache war. So kannte er ihn. Dominant und kompromisslos. Manchmal fürchtete er sich vor seiner Radikalität. Aber er war zu keinem Zeitpunkt nur ein Schwätzer gewesen wie viele andere – und auch dafür achtete und liebte er ihn.

Er stellt sein Bier auf den Schrank. Olli war mittlerweile bei zwei neuen Gästen gelandet, die er mit Umarmung begrüßte. Alte Freunde offensichtlich. Benni konnte sehen, wie sein Bruder mit wichtiger Miene eine Schallplatte auflegte. Er ahnte, was nun kam. Uralte, subversive Musik von »Tommy aus München«, was wohl ein Pseudonym war, denn die Texte hatten in den Siebzigern wohl Anlass zur Strafverfolgung geboten:

»Heut Nacht, da hab i' a Bomb'n g'schmissa,
auf den Brandt und den Scheel – auf die isch eh g'schissa.«

Dann folgte im Refrain eine kleine Relativierung:

»Schö war's, wann's so war, des wär gar net bled,
i' dät's scho gern dua, warum du i's bloß net.«

Die Meute, die sich um Andy gruppiert hatte, lachte.

»Heut Nacht, da hab i' den Papst gelyncht,
des hat sich mei Muod'r zu Weihnacht'n g'wünscht.
Schö war's, wann's so war …«

Dass dieser uralte Scheiß heute noch gespielt wurde. Bennis Blick blieb an zwei dunklen Augen haften, die ihn unverwandt anstarrten. Das dunkelhaarige Mädchen, das ihm bereits auf der Treppe aufgefallen war, steuerte durch die Menge auf ihn zu.

»Du musst Benjamin sein, von dem Andy schon so viel erzählt hat«, sagte sie und stieß ihre Bierflasche an die seine.

»Ach, der«, erwiderte Benni zaghaft. In diesem Augenblick waren ihm die offensichtlich seiner Ankunft vorausgegangenen Verlautbarungen seines Bruders besonders peinlich.

»Ich bin die Renni«, sagte das Mädchen. »Meine Eltern haben mir den altmodischen Namen Renate gegeben, nach meiner Großmutter mütterlicherseits, aber seit dem ›Kindi‹ nennen mich meine Freunde nur Renni.« Sie strahlte Benni noch einen Moment lang an, dann lief sie mit ausgebreiteten Armen auf eine Gruppe zu, die in der hinteren Hälfte des Flurs begonnen hatte zu tanzen.

Benni ging wieder hinüber zu Olli und Jana, die sich mit zwei Jugendlichen, dem Aussehen nach aus der autonomen Szene, lautstark über eine zu einem Naziaufmarsch geplante Gegendemonstration unterhielten. Es ging, wie so oft, um die Gewaltfrage.

»Gehst du auch hin?«, fragte Jana.

Noch ehe Benni antworten konnte, trat Andy von hinten heran und fasste ihn um seine Schulter. »Nun lass den Kleinen erst einmal ankommen. Der weiß ja irgendwann nicht mehr, wo ihm der Kopf steht.«

Schon wieder hatte er vor anderen Leuten »Kleiner« gesagt.

»Ich war auch schon in Schwäbisch Hall und in Schorndorf bei Aktionen gegen Nazis dabei.« Deutlich war der aufkommende Ärger über die gut gemeinten Bevormundungen seines Bruders herauszuhören.

»Gut so, der Mann«, griente einer der beiden Punks und reichte ihm die Hand. »Ich bin Martin und jener Mister«, er machte eine flüchtige Kopfbewegung in Richtung seines Freundes, »ist René, unser Pädagoge.«

»Exakt Mann«, fiel der größere der beiden in das Gespräch ein und tippte seinem Kumpel an die Stirn. »Aber Benni weiß schon, wer ich bin. Unter der Woche nachsichtiger Erzieher im Montessori-Kindergarten. Und am Wochenende machen wir Jagd auf Nazis.«

»Beckstein, Martin«, stellte sich der andere vor und meckerte dann: »Dr. Jeckyll and Mister Hyde, Dr. Jeckyll and Mister Hyde,

Dr. Jeckyll and Mister ...«, so lange, bis ihn René Becht am Kragen seiner mit Nieten besetzten Lederjacke packte und hin und her schüttelte. Der andere tat es ihm gleich und im Nu wurde daraus ein ritueller Ringkampf. Die Umstehenden lachten. Benni roch Haschischdüfte und sah sich nach der Quelle um.

»Das sind Helden«, hörte Benni hinter sich eine bereits vertraute Stimme leise sagen. Als er sich umdrehte, blickte er in die dunklen Augen von Renate, die ihn an der rechten Schulter fasste. »Komm, wir gehen mal auf den Balkon.«

Der Balkon entpuppte sich als geräumige Dachterrasse. Neben einem runden Tisch und einigen Stühlen, die trotz der kalten Jahreszeit wohl hin und wieder in Benutzung waren, lagen einige Plastikliegestühle gestapelt an der Wand.

Schweigend traten Renate und Benjamin an das Metallgeländer. Von hier aus hatte man eine gute Sicht über die Innenstadt. Sogar die Umrisse des Doms waren schemenhaft gegen den düsteren Nachthimmel auszumachen. Das Mädchen blickte nach oben. »Schau mal, der Himmel ist voller Sterne.«

Benni, der aus den dunklen Nächten einer Kleinstadt, in der bereits um halb zwölf die Straßenbeleuchtung außerhalb des Zentrums abgeschaltet wurde, einen intensiver strahlenden Nachthimmel kannte, nickte. Renate gefiel ihm und er fühlte sich zu ihr hingezogen, seit sich ihre Blicke das erste Mal auf der Wendeltreppe begegnet waren. Schwacher Hennageruch stieg ihm in die Nase. Er wäre gerne näher an das Mädchen herangetreten. Aber das traute er sich nicht. Dazu war es zu früh, ihre Begegnung noch zu flüchtig. Im Hintergrund dröhnten die »Scherben« das über dreißig Jahre alte »Macht kaputt, was euch kaputt macht.« Das hatten schon seine Eltern in ihrer Brockdorfzeit gehört. Der Vater war wohl auch eine Zeit lang »militant«. Und doch – oder vielleicht gerade deswegen – waren beide so ängstlich heute.

»Mir gefällt das nicht, dass du auch nach Magdeburg gehst«, hatte sein Vater gesagt.

Und die Mutter, die sonst immer auf seiner Seite war, hatte ihm leise zugestimmt. »Die vielen Nazis dort.«

Als er darauf verwiesen hatte, dass Andy da »supergut« zurechtkam, sprach sein Vater einmal mehr davon, dass Andy auch anders, viel härter war, dem mache das offensichtlich nichts aus. Das hatte ihn erneut geärgert. Man drängte ihn, wie so oft, in die Rolle des Kleinen, des sanften, braven Jungen, der er nicht sein wollte. Zumindest nicht in diesem Gefälle zu seinem Bruder. Der durfte sportlich erfolgreich und politisch militant sein, während man ihm die Rolle des sensiblen Schöngeistes zuwies, der hoch begabt zeichnete und Musik machte. Obwohl er auch ein hervorragender Leichtathlet war. Aber das Leben bestand nicht nur aus Schwarz und Weiß. Dabei hatte der Vater doch gelegentlich zur Gitarre das Degenhardt-Lied mit dem Refrain »Und die Zwischentöne hört man nicht« gesungen.

Benjamin blickte gedankenverloren in die Nacht, die für Mitte Februar ungewöhnlich mild war. Seine Gedankengänge wurden unterbrochen, als Renate ihre Hand kaum spürbar auf seinen Arm legte. »Ich geh mal wieder rein. Meine Freunde werden sich schon wundern, wo ich so lange bleibe.«

»Sag einfach, du hättest den Neuen etwas beschnuppert.«

Das Mädchen trat ganz nahe an ihn heran und schnüffelte hörbar in seine Richtung, ehe sie lachend sagte: »Der Neue riecht richtig gut. Könnte mir jefallen. Is man joar nich mehr jewohnt, dass die Jungs so jut duft'n.« Dann verschwand sie in der erdrückenden Enge unter den anderen.

Benjamin verharrte noch ein paar Minuten in der Dunkelheit, ehe er ebenfalls wieder das große Zimmer betrat. Überall wurde nun gekifft, Flaschen klirrten. Kleine und größere Gruppen drängten sich in allen Ecken, auch in den anderen Räumen und in der Küche. Der Flur war voller Gäste, die Treppe zu den oberen Zimmern auf allen Stufen so dicht besetzt, dass sie kaum noch begehbar war.

In einer Menschentraube stieß er endlich wieder auf Andy, der offensichtlich damit beschäftigt war, Neuankömmlinge detailliert zur morgigen Demonstration zu instruieren. In der hiesigen »Szene« war sein Bruder wohl ein großes Tier. Aber ein Führer, der authentisch war und sehr zuverlässig. Einer, der nicht nur quatschte, sondern handelte und dabei gelegentlich auch viel riskierte. Das machte ihn wohl bei allen so beliebt.

Erst weit nach zwei Uhr begannen sich die Massen zu zerstreuen. Benni bemerkte es daran, dass er nun wieder ohne schwierige Balanceakte und geschicktes Durchdrängeln aufs Klo gehen konnte, das sich mittlerweile in einem traurigen Zustand befand. Immerhin, es funktionierte noch.

Als er zurück auf den Flur kam, stieß er auf Renate. Ihm blieb nicht verborgen, wie ein erleichtertes Lächeln über ihr Gesicht huschte. »Ach, da bist du ja. Ich dachte schon, du wärst nicht mehr hier.«

»Wo sollte ich denn sonst sein? Ich wohn doch eine Zeit lang hier bei Andy, im Zimmer von Anna. Die ist noch eine Weile im Ausland.«

»Hätt ja sein können, dass du heute Nacht einen anderen Pennplatz hast.« Das Mädchen sah ihn mit ihren großen schwarzen Augen an.

Als es in der Wohnung auf beiden Stockwerken endlich ruhig geworden war, kuschelte sich Renate an Benni. Sie griff ihm unter sein T-Shirt und streichelte ihm zärtlich über die Brust. Benjamin war froh darüber, dass er vorübergehend hier wohnen konnte, im Zimmer eines Mädchens. Er hatte immer lieber in Mädchenzimmern übernachtet als in Zimmern von Jungen. Der Geruch von Frauen, der den Räumen anhaftete, war ihm angenehmer.

»Benni und Renni, das klingt nicht schlecht«, sagte das Mädchen. Dann war Benjamin eingeschlafen.

×××

Aron Winter stieg an der Haltestelle Simonstraße in die Linie 4, Fahrtrichtung Innenstadt. In dem angrenzenden Viertel war wie immer nur wenig los. Auffällig viele Greise ruckelten mit ihren Rollatoren über das Pflaster. Einzelne Rentner trugen mit gesenkten Häuptern Einkaufstaschen vom nächstgelegenen Supermarkt in ihre nahe gelegenen Unterkünfte, die in den frisch sanierten, bunt und lebhaft wirkenden Wohnblöcken lagen, die Bruno Taut vor achtzig Jahren gebaut hatte. Der schleppende Gang der meisten Anwohner stand in merkwürdigem Kontrast zu einer Wohnidee, die Lebendigkeit und Lebensfreude fördern sollte.

Aron Winter war wieder einmal bei seinem Lederschneider Giese gewesen, auf den er zufällig gestoßen war, gleich nachdem er an der Hochschule Magdeburg angefangen hatte. Bei ihm hatte er im Laufe der letzten vier Jahre mehrere Lederjacken anfertigen lassen, die von ganz hervorragender Qualität waren und die ihm auch wirklich passten. Obwohl schon damals nicht mehr der Jüngste, hatte sich Giese nach der Wende noch selbständig gemacht. Von der Anfertigung neuer Lederbekleidung konnte er freilich nicht existieren. Das meiste waren Reparaturen, auch ganz normale Schneiderarbeiten an Textiloberbekleidung. Umso mehr freute er sich, wenn ab und zu einer wie Winter kam und eine neue Lederjacke herzustellen war.

Winter stieg in die nur mäßig besetzte Bahn und setzte sich vor ein ausländisches Ehepaar, das sich leise in seiner Landessprache unterhielt. Waren es Inder? Oder Pakistani? Er konnte es weder am Aussehen, noch an den leisen Sprachfetzen erkennen, die an sein Ohr drangen. Um nochmals einen Blick auf die neue, leichte Lederweste zu werfen, öffnete er die Plastiktüte. Da wandte sich ein mehrere Reihen schräg hinter ihm sitzender Mann, den er bislang noch nicht bemerkt hatte, dem Ehepaar mit den Worten zu: »Hier wird Deutsch gesprochen.«

Und als die Frau noch leiser als zuvor auf ihren Mann einredete, fuhr er lauter fort: »Du nix verstehen? Hier Deutsch. Deutsch!«

Die Art und Weise, wie der Krakeeler die letzten Worte ausgesprochen hatte, ließen darauf schließen, dass der Widerling schon am frühen Vormittag besoffen war. Immer noch oder schon wieder.

Winter nahm ihn abschätzend in den Blick. Der war nun gar kein Problem. Ein Kläffer. Vom vielen Saufen und langem Nichtstun körperlich schon heruntergekommen, obwohl er ihn erst auf Mitte dreißig schätzte. Er wusste, dass er die Sache selbst in die Hand nehmen musste. Die Fahrer griffen nur selten ein und bis zu einem gewissen Grad hatte er dafür sogar Verständnis. Sich für das bescheidene Gehalt, das sie erhielten, mit dem Pack anzulegen, war eigentlich niemandem zuzumuten.

Aron Winter hatte in den letzten Jahren immer wieder mal eingegriffen, wenn ausländische Fahrgäste belästigt wurden. Sein Motiv resultierte aus einer nicht ganz unproblematischen Mischung aus seiner Familiengeschichte, politischer Korrektheit und der Suche nach kleinen Abenteuern. Aber mit seinen hundertzwanzig auf zwei Meter verteilten Kilo Lebendgewicht und einer gewissen Erfahrung aus allen möglichen Arten an Raufhändeln war es für ihn meist eine einfache Übung. Er erinnerte sich an eine Situation im vorigen Sommer, als aus einem Rudel Betrunkener heraus eine Gruppe italienischer Gäste der Hochschule von mehreren mit dem Hitlergruss provoziert worden war. Damals hatte er sich letztmals an den Fahrer einer Tram gewandt, der wortlos seine Aufforderung, einzugreifen oder die Polizei zu rufen, ignorierte. Als er daraufhin von der Mitte des Wagens dem penetrantesten Provokateur zurief, er solle seinen Unsinn wenigstens aus Gründen der Höflichkeit unterlassen, provozierte ihn dieser mit dem von eindeutigen Gesten begleiteten »Komm, komm«, das Winter von den Hooligans kannte. Wenige Sekunden später stand er ihm gegenüber. Der andere gab klein bei und versuchte die Situation seinen Kumpels gegenüber mit den Worten zu retten: »Du bist doch auch ein Germane.«

Winter, der im vergangenen Sommer sein nur an wenigen Stellen schon leicht ergrautes, immer noch fülliges hellblondes Haar wieder einmal etwas länger getragen hatte, taxierte sein kahl geschorenes Gegenüber. »Ich schon. Aber du nicht. Sklaven tragen Glatze. Nur Freie haben das Haar lang und offen getragen.«

Ein anderes Mal hatte er es mit einem Trupp Naziwelpen zu tun, der einen Punk attackierte. Dieser war auch nicht von der hellsten Sorte und hatte sich besoffen und dumpfbackig mit den Nachwuchsglatzen angelegt, die bis dahin keine Anstalten gemacht hatten, sich mit dem Iroträger zu befassen. Aber nach dessen verbalen Provokationen schien es der Meute geboten zu sein, auf den Punk loszugehen, der schon im Sitzen deutlich schwankte. Er brüllte noch etwas, aus dem Winter lediglich »Gesindel« heraushören konnte, dann hatte er auch schon zwei, drei gefangen. Der blonde Hüne war daraufhin so weit in der Straßenbahn nach vorne gegangen, bis der Punk in seinem Rücken saß. Er musste nun nur noch den aggressivsten Angreifer mit einem kräftigen Stoß von seinem Opfer wegbefördern. Die Jugendlichen nahmen das zum Anlass, sich nun einem vermeintlich neuen Opfer zuzuwenden. Der Mutigste von ihnen trat mit einem technisch nur unzulänglich ausgeführten Tritt in Richtung des unerwünschten Spielverderbers.

Winter, der genau damit gerechnet hatte, konnte dem Kick ausweichen und riss im selben Moment das ausgestreckte Bein des Bürschchens nach vorne. Dieses hatte nun ganz besonderes Pech, denn er verlor nicht nur das Gleichgewicht, sondern geriet mit dem nach vorne rutschenden zweiten Bein auf die andere Seite einer Haltestange. Winter fackelte nicht lange, ergriff den Jungen an beiden Beinen und riss daran mit der Wucht seiner vielen Kilos. Der Junge donnerte mit seinem Gemächt gegen die Stange. In dessen Brüllen hinein legte Winter nochmals mit einem weiteren kräftigen Ruck nach, worauf es in ein Jaulen überging. Als sich der ihm Nächststehende einmischen wollte, ließ er von dem wimmernden Jungen ab und machte einen Ausfallschritt in Richtung seines Kumpels. »Du auch?«, fragte er mit donnernder Stimme. Dann war die Sache erledigt. Am Damaschkeplatz zerrte er den betrunkenen Punk hoch und verließ mit ihm zusammen die Straßenbahn. Der Suffkopf, dessen roter Iro bereits im Zusammenfallen war, brachte ihm keine Dankbarkeit entgegen.

Aber Winter griff nicht immer ein. Er wusste sein Alter und die dramatisch nachlassende Spannkraft durchaus richtig einzuschätzen. Zu seinem ebenfalls aus Süddeutschland stammenden Kollegen Desiderius Jonas, mit dem ihn seit Jahren durch ihre über die israelische Politik geführten Kontroversen ein intensives Freund-Feind-Verhältnis verband, hatte er jüngst gesagt: »In unserem Alter hat man, nachdem die Nachzucht selbstständig geworden ist, nur noch drei Entwicklungsaufgaben: In Würde alt werden, den Verfall verlangsamen und schmerzlos sterben.«

Sein einige Jahre älterer Trinkkumpan, der maßgeblich dazu beigetragen hatte, dass er den Ruf an die Magdeburger Hochschule erhielt, war mit dieser tristen Perspektive nicht vorbehaltlos einverstanden gewesen: »Etwas Spaß im Leben darf doch noch sein.« Und ganz pragmatisch hatte er hinzugefügt: »Von der Pension sollte man schon noch was haben.«

Manchmal hielt sich Winter raus. Wenn Samstagnacht ein gutes Dutzend junger Russen im hinteren Teil des Nachtbusses weiter soff und dabei qualmte, was das Zeug hielt, tauchte er ein in den Kreis der anderen Fahrgäste, stierte mit ihnen aus dem Fenster oder nach vorne und hielt das Maul. Früher hätten ihn derartige Situationen herausgefordert. Aber er ahnte, dass er seinem Alter Tribut zollen musste. Und der Vernunft natürlich.

Als der Besoffene in der Linie 4 dem ausländischen Ehepaar nochmals entgegenlallte »Ihr habt hier Deutsch zu sprechen. Verstanden?«, stand Winter auf und setzte sich mit den Händen in den Taschen auf den freien Platz neben dem Krakeeler. Eine Alkoholfahne, vermischt mit den typischen Gerüchen mangelnder Körperhygiene, schlug ihm entgegen. Etwas leiser als die Male zuvor sabberte der: »Deutsch. Versteht ihr Deutsch.«

»Maul halten«, knurrte Winter so leise, dass es der andere eben noch verstehen konnte. »Du stinkst, bist besoffen und kannst selbst kein Deutsch.«

Der andere richtete sich auf und brüllte los: »Duuu!«

Winter stand mit einer Schnelligkeit auf, die man in Anbetracht seiner massigen Gestalt nicht für möglich gehalten hätte, und trat ihm mit voller Wucht seines ganzen Körpers so stark er konnte auf den rechten Fuß. Der Kerl brüllte nochmals auf, lauter als beim ersten Mal. Verstört sahen einige Fahrgäste zu ihnen herüber.

Aron Winter trat rasch zwei Schritte zurück. »Maul halten, du Pisser, sonst ist der andere auch noch dran und dann kriegst du noch eine mittenrein.«

Damit war auch diese Sache erledigt. Das Ehepaar stieg am Allee-Center aus. Winter folgte den beiden. Der Krakeeler blieb im Wagen. Abgesehen davon, dass er zum Umsteigen an die Hochschule bereits eine Haltestelle früher hätte aussteigen können, war alles gut gelaufen. Fast alles.

»Verdammter Mist, verfluchter Heckasoich«, fluchte Winter halb hochdeutsch, halb schwäbisch so laut, dass einige Passanten sich nach ihm umdrehten. Er hatte die Plastiktüte mit der nagelneuen, maßgeschneiderten Lederweste in der Straßenbahn auf dem Platz vergessen, auf dem er zuerst gesessen hatte.

×××

Andreas Lückert hatte schon seit einigen Tagen die Vermutung, dass es eine besondere Demonstration werden würde, eine, die diese Stadt so noch nicht erlebt hatte. Zusammen mit zwei technisch äußerst versierten Freunden tourte er immer wieder durch das Netz der rechten Internetseiten. So häufig wie in den letzten Tagen waren noch nie die Zugangscodes zu den einschlägigen Portalen des inneren Rings derer geändert worden, die sich selbst als die »Speerspitze des Nationalen Widerstandes« bezeichneten. Zu seinem großen Ärger hatte er vor einigen Tagen festgestellt, dass sich unter den lokalen Größen auch ein Kommilitone von ihm befand, der ihm bislang überhaupt nicht als Rechter aufgefallen war. Durch einen Zufall stieß er im Internet auf ein Foto, auf dem dieser zweifelsfrei zu erkennen war. Auf diesem Foto trug der sonst unauffällig auftretende Mitstudent eine schwarze Uniform, die im Schnitt den Kampfmonturen der SS-Panzertruppen nachempfunden war. Und schlimmer noch. Der junge Mann, der sich ihm eines Tages in der Mensa als Sieghardt Althans vorgestellt hatte, wurde in der Titelei der Seite großkotzig und eindeutig zugleich »SS-Siggi« genannt.

Der »Nationale Widerstand« mobilisierte zur sozialen Frage. Anlass waren die jüngsten Presseberichte darüber, dass der Osten selbst in einer Phase bundesweit günstiger Arbeitsmarktdaten immer weiter hinter dem Westen zurückblieb.

Im Internet zirkulierten Parolen wie: »Wir werden abgehängt – der Neger nach Europa drängt.« Mit solchen Sprüchen würden diese Saubermann-Nazis natürlich nicht öffentlich auftreten. Nach außen hin gab man sich seit geraumer Zeit freundlich, hilfsbereit und fast devot. Es war nicht die Stunde der Schläger, eher die Hochzeit für intelligente, freundliche und zugleich national ausgerichtete Menschen wie Sieghardt Althans einer war. Zeit für Kinderfeste und »nationale« Nachbarschaftshilfe. Die Hartz-IV-Beratung hatte man vielerorts den Linken und ihrer Partei aus der Hand geschlagen. Vor allem in den Kleinstädten, in denen der »Nationale Widerstand« bereits über beachtliche Strukturen verfügte. Aber ab und zu musste der Kampf um die Köpfe auch wieder auf die Straße verlagert werden, so wie an diesem 25. Februar. Mit einer großen Gegendemonstration war zu rechnen. Neben ihren Lieblingsfeinden, den Linken, »Zecken« und Autonomen, hatten auch wieder mal die Dauergutmenschen, Gottesgelenkten und Berufsbetroffenen aus Kirchen, Politik und Hochschulen zur Gegendemo aufgerufen. Und auch der Gewerkschaftsbund war dieses Mal mit von der Partie. Dieser Papiertiger, ein hohl tönender Koloss ohne Substanz und Zukunft, wollte das Thema der Arbeitsplätze nicht den nationalen Kräften überlassen. Andreas Lückert schüttelte sich.

Er erkannte auf den ersten Blick, dass die Polizei diesem Tag eine besondere Bedeutung einräumte. Bereitschaftspolizei aus Niedersachsen war zur Verstärkung herangeführt worden. Und zu seiner großen Überraschung sogar eine Staffel der berühmt-berüchtigten berittenen Stuttgarter Polizei. Jana hatte dazu gesagt: »Die armen Pferde. Werden tagelang durch Deutschland gekarrt. Und der Lärm hier.«

René, der zur »Hacker-Fraktion« zählte und immer wieder erfolgreich die Codes der rechtsextremen Netzwerke im Internet knackte, was ihm auch dieses Mal gelungen war, hatte gemeint, dass die Rechten heute wohl mit einer geänderten Strategie agieren würden. Nachdem in der Vergangenheit immer wieder rechte Demonstrationen frühzeitig zum Stehen gebracht werden konnten, weil die Sicherheitslage dies nach Einschätzung der Polizeiführung erforderlich machte, sollte heute wohl konsequent dezentral agiert werden. Nur ein Teil der »Kameraden« organisierte den offiziellen Demonstrationszug. Andere sollten in kleinen, schlagkräftigen Gruppen die Polizei umgehen und die »Zecken« überraschen – oder kleine Spontankundgebungen in der Fußgängerzone organisieren. In den Internetforen wurden die »Kameraden und Kameradinnen« auch aufgefordert, nicht in der »sonst üblichen Kleidung« nach Magdeburg zu fahren. »Besonders gut geeignet ist in dieser Jahreszeit Skifahrerkluft«, wurde geraten. Doch nicht alle kamen so auf den Bahnhöfen unbehelligt an der Polizei vorbei. Nur ein Basecap oder eine Wollmütze auf den kahlen Schädel zu setzen, reichte nicht aus. Aber eine einheitlich gekleidete »Gruppe von Skifahrern« konnte sogar mancherlei Schlaggerät in den voluminösen Skisäcken transportieren. Andere trugen weite, helle Hip-Hopper-Kluften über ihren schwarzen Bomberjacken.

Der nationale Aufmarsch war gewaltig. Zweitausend Teilnehmer offiziell. Und dazu noch die kleinen Kommandos.

Aber weitaus beeindruckender war die Gegendemonstration, die sich in zwei Zügen zum Kundgebungsplatz zwischen Dom und Landtag bewegte. Nach und nach waren Benni und Renni hinter dem Block zurückgeblieben, der sich um Andy, Jana, Olli und die anderen aus der Chopinstraße formiert hatte. Sie hielten sich an den Händen gefasst und waren mehr auf sich als auf ihre Umgebung konzentriert. Benni war selig vor Glück, ihn schwindelte. Vielleicht auch, weil er unausgeschlafen war. Immer wieder drückte er das zierliche dunkelhaarige Mädchen an sich. Sie blieben stehen und schauten sich lange gegenseitig in die Augen.

»Schön, mit dir hier zu sein«, flüsterte Renni.

»Das finde ich auch«, erwiderte Benni. Seine Stimme klang belegt.

Sie küssten sich erneut. Ihre Umgebung nahmen sie erst wieder wahr, als berittene Polizei sie von den anderen Demonstranten trennte. Die Stuttgarter trabten in geschlossenen Reihen am Straßenrand entlang. Nicht nur Benni und Renni, auch nachfolgende Demonstranten wurden vom Hauptzug abgeschnitten. Es war offensichtlich, dass die schwäbische Polizeielite hier ein Zeichen ihrer Präsenz setzen wollte. Anlässe zum Einschreiten hatte es nämlich bislang nicht gegeben.

»Komm, ich weiß eine Abkürzung.« Renate zog an Bennis Arm. »Wenn wir die nehmen, sind wir noch vor den anderen auf dem Domplatz.«

Benni blickt sich einen Moment unschlüssig um. ›Gut‹, dachte er, ›das geht hier ohnehin nur noch stockend vorwärts.‹

Die Nebenstraße, durch die ihn Renate führte, war nahezu menschenleer. Obwohl es erst später Samstagvormittag war, waren zahlreiche Geschäfte geschlossen und – da wo vorhanden – die Rollgitter herunter gelassen. Die Geschäftsinhaber, die sich von der in den Vortagen angewachsenen Hysterie hatten anstecken lassen, verzichteten aus Angst vor Randale und Sachbeschädigungen auf ihren samstäglichen Umsatz.

Renni und Benni eilten handchenhaltend die Straße entlang. Dann löste sich das Mädchen von dem Jungen und trippelte rückwärts mit unveränderter Geschwindigkeit vor ihm her und sah ihn lachend an. Unvermittelt blieb sie stehen, legte ihm die Arme um den Hals und machte Anstalten, ihn zu küssen. Ihr Blick fiel dabei für Sekundenbruchteile auf eine von links einmündende schmale Seitenstraße. »So 'ne Scheiße, die Glatzen«, stieß sie gepresst hervor und dann waren sie auch schon umringt. Vier junge Männer, drei davon Skinheads, und eine junge Frau stierten sie hasserfüllt an.

»'ne Zecke mit 'ner Rotfotze, schau mal einer an.« Triumphierend griff der größte der drei Skinheads Renate ins Haar.

»Das gibt 'nen richtigen Spaß«, zischte das Mädchen und fummelte an einem kleinen Ohrstecker herum, den Renni trug.

Mit einer Wucht, die Benni ihr nicht zugetraut hätte, stieß Renate die junge Rechtsextremistin von sich und rannte los. »Komm, schnell«, rief sie Benni zu, der ihr folgen konnte, noch ehe der nächststehende Skin ihn zu fassen bekam.

Obwohl die Meute nun auch unverzüglich zu rennen begann, hatten sie rasch einen kleinen Vorsprung herausgelaufen. Renni erwies sich als ausgezeichnete Läuferin und Benni hatte es sogar schon einmal bis zu den württembergischen Cross-Meisterschaften der Junioren geschafft. Nachdem er erkennen konnte, dass Renni hervorragend lief, lösten sich bei ihm Angst und Anspannung.

Nach einigen Hundert Metern rief Renni »links«, worauf sie in eine deutlich schmalere Seitenstraße einbogen. An deren Ende sahen sie allerdings eine größere Ansammlung der »Nationalen Kräfte« stehen, an der sie nicht unbehelligt vorbeikommen würden.

Das außer Atem geratene Mädchen zerrte Benni in einen noch aus DDR-Zeiten stammenden langgestreckten Garagenhof, der in jenem unverwechselbar trostlosen Stil gehalten war, den man immer noch in vielen Wohngebieten Ostdeutschlands antraf.

Sie rannte zum linken Ende, wo sie einen Durchgang zu den dahinter liegenden Häusern vermutete. Doch hier hatte die Hausverwaltung eine drei Meter hohe Mauer errichten lassen. Sie saßen in der Falle. Ihre Verfolger hatten sie entdeckt. Das Rudel hatte die Einfahrt in den Garagenhof erreicht und fächerte sich auf.

»Wir müssen da rüber. Komm, steig hoch«, keuchte Benni und bildete mit seinen Händen eine Spitzbubenleiter. Äußerst gewandt schwang sich das Mädchen nach oben. Doch die Oberkante der Mauer kriegte sie nicht zu fassen. Gut dreißig Zentimeter fehlten. Benni wuchtete den leichten Körper an Gesäß und Oberschenkeln noch weiter nach oben. Das Mädchen krallte sich bereits an der Mauerkrone fest, als derbe Hände nach ihren Beinen griffen. Im selben Moment traf Benni von der Seite ein Faustschlag, der ihn taumeln ließ und benommen machte. Er stützte sich mit beiden Händen an der Mauer ab. Ein Skinhead und das Mädchen der Verfolgergruppe zerrten Renate so lange an den Beinen, bis sie sich an der Mauer nicht mehr halten konnte. Mit einem Schrei stürzte sie zu Boden.

»Mirko, lass die Zecke mal quieken«, kreischte das Mädchen aus der rechten Clique.

Der Angesprochene verpasste dem an der Mauer Lehnenden einen Tritt in die rechte Kniekehle und dann gleich noch einen in die linke. Benni stöhnte vor Schmerz auf und knickte ein.

Renni wollte ihm zu Hilfe eilen, doch das Mädchen hielt sie an den Haaren fest. »Weg, du Schlampe, du Rotfotze.« Sie spuckte Renni von der Seite ins Gesicht.

Mittlerweile traten auch die anderen auf Benni ein, der beide Arme schützend um den Kopf gelegt hatte. Der größte der drei Skins, den das Mädchen mit »Mirko« angeredet hatte, wies den einzigen aus der Gruppe, der bislang nicht nach dem am Boden Liegenden getreten hatte, an, Renate festzuhalten. »Wenn du keine Traute hast, das Schwein zu tollschocken, hältste das Flittchen von uns fern«, wies er ihn an. Folgsam hielt der Angesprochene Renate an den nach hinten gedrehten Armen fest. Tränen liefen ihr über die Wangen. Nicht so sehr aus eigenem Schmerz, sondern aus Verzweiflung über die Schläge, die auf Bennis Körper einprasselten. Auch das Mädchen trat nun auf den Wehrlosen ein.

So ging es noch geraume Zeit weiter, bis von einem der umliegenden Balkons eine erregte Stimme zu vernehmen war. »Aufhören«, rief ein Mann mittleren Alters aus dem dritten Stock des nächstgelegenen Hauses. Und eine Frau, die ein Kind auf dem Arm trug, fiel ein: »Sofort aufhören. Ich rufe die Polizei.«

»Fick dich, Alte.« Zwei der Glatzen zeigten den Rufern den Stinkefinger. Dabei ließen sie vorübergehend von ihrem Opfer ab.

»Ich glaube, wir müssen das beschleunigen«, sagte der jüngste der drei Skinheads. »Sollen wir ihn bashen?«

»Au ja, basht die Zecke. Macht sie fertig«, juchzte das Mädchen und begann um den Malträtierten herumzutanzen. »Au ja, Bashing. Bordstein-Bashing. Bordstein-Bashing für die Zecke.« Sie verfiel während ihrer Litanei in einen merkwürdig infantilen Singsang, der so gar nicht zu der Gewalt passte, die hier vonstattenging.

Mirko und der einzige der Clique, der nach seinem äußeren Erscheinungsbild nicht zu den Skinheads gehörte, zerrten ihr stöhnendes Opfer von der Mauer weg und ließen ihn am Rande eines halb zerbröselten Absatzes, der früher einmal ein Bordstein gewesen war, auf den Boden sinken.

»Beiß da rein«, brüllte der, der »Mirko« genannt worden war.

Renate schrie weinend auf. Benjamin blickte irritiert auf seine Peiniger. Er spürte, wie ihm Blut über die Stirn in das rechte Auge lief. Er wusste nicht, was sie von ihm wollten.

»Du sollst in den Bordstein beißen«, brüllte der mittlere der Skins, der sich bislang nicht an dem Treten und Schlagen beteiligt und bislang geschwiegen hatte.

Benni verstand immer noch nicht. Dann drückte der Große brutal sein Gesicht nach unten. »Mach die Fresse auf.« Und das Mädchen kiekste: »Mach schön die Beißerchen auseinander.«

×××

Harald Leitner hatte für heute ursprünglich geplant, sich an der Gegendemonstration zu dem Naziaufmarsch zu beteiligen. Doch eine Grippe hinderte ihn daran. Auch Elfriede, seine Frau, war zu Hause geblieben, weil er sich mit seinem Infekt nur schlecht um das Kind kümmern konnte.

Als er das Lärmen auf dem Garagenhof vernahm, war er an die Balkontür getreten. Was er da sah, ließ ihn das Schlimmste befürchten. Ein Trupp enthemmter Nazis prügelte und trat auf ein einzelnes Opfer ein. Rasch öffnete er die Balkontür und rief, so laut es ihm seine Grippe erlaubte, in den Garagenhof hinunter. Seine Frau war neben ihn getreten, mit dem Kind auf dem Arm.

»Ich geh runter«, sagte Leitner zu seiner Frau, als er bemerkte, dass ihre Rufe den Rasenden keinen Einhalt geboten.

Harald Leitner war kein besonders mutiger Mensch. Orten der Gewalt war er fast immer fern geblieben. Aber es gab Ausnahmen. Wie damals in der Wendezeit, als er mit anderen zusammen die Magdeburger Stasi-Zentrale besetzt und, soweit das noch möglich war, Akten gesichert hatte. Auch bei dieser vertrackten Geschichte, die sich da unten abspielte, verspürte er trotz aufkommender Furcht den Drang, einzugreifen, helfen zu müssen.

»Ich geh da runter«, sagte er noch einmal, wie um sich Mut zu machen.

»Bleib«, sagte die Frau, die bereits den Telefonhörer in die Hand genommen hatte, um die Nummer der Polizei zu wählen.

»Ich geh da runter.« Er öffnete im Flur den Besenschrank und nahm einen Schrubber vom Haken.

×××

Der Erste, der dem am Boden Liegenden auf den Kopf trat, war der kleinste und jüngste der drei Skinheads. Skrupel hatte offensichtlich der Größte, den sie Mirko nannten. Er kickte das Opfer, wie schon bereits zuvor, mehrfach in die Seite.

»Mirko, jetzt du«, befahl das Mädchen.

Der Mittlere war damit beschaftigt, Bennis geöffneten Mund auf die Bordsteinkante zu pressen. Das Opfer leistete keinen Widerstand mehr. War es ohnmächtig?

Der Junge, der in gebückter Haltung die wimmernde, zusammengesunkene Renni festhielt, wandte sich von der Szene des Grauens ab. Dabei sah er einen Mann aus der Tür des nächstgelegenen Hauses kommen, der auf die Einfahrt des Garagenhofes zueilte. Er hielt einen Gegenstand, der wie ein langer Stock aussah, in den erhobenen Händen.

»Passt auf, da kommt einer«, rief er und ließ das weinende Mädchen los. »Der ist bewaffnet.«

Mirko, der bislang gezogert hatte, sprang nach vorne und trat mit voller Wucht auf den Hinterkopf des regungslosen Opfers. Ein hässliches Knirschen ließ vermuten, dass im Körper des Wehrlosen etwas gebrochen war. Zumindest einige Zähne hat er verloren, die Sau. Mirko griff sich unwillkürlich an den Mund.

Leitner schrie auf. Brüllend und mit über dem Kopf erhobenem Schrubberstiel rannte er auf das Geschehen zu. Die fünf ließen endgültig von Benjamin Lückert ab, wichen geschickt aus und rannten aus dem Garagenhof.

Leitner hörte sich immer noch brüllen, als er die beiden auf dem Boden Liegenden erreicht hatte. Ein Mädchen bewegte sich mit letzter Kraft auf einen regungslosen Jungen zu, der aus zahlreichen Wunden blutete. Erst als es in seine Richtung blickte, wurde Harald Leitner bewusst, dass er noch nicht aufgehört hatte, zu schreien. Er sah zum Balkon im dritten Stock hinauf und hörte seine heftig winkende Frau rufen: »Ich habe die Feuerwehr gerufen. Die Polizei ist mit der Demo beschäftigt.«

×××

Als Aron Winter im Regionalexpress während der Fahrt von Stuttgart nach Munzlingen auf eine Truppe junger Nazis stieß, war ihm sofort klar, dass diese nach Tannenberg unterwegs waren. Der kleine Ort am Rande des schwäbisch-fränkischen Waldes hatte sich zu einem Zentrum rechter Jugendkultur, wie die das nannten, entwickelt, das einheimische und ortsfremde Gesinnungsfreunde gleichermaßen anzog. Zwei Tannenberger Jungnazis machten fast jedes Wochenende ihre vom verstorbenen Vater geerbte Wohnung zum Szenetreff, der sich bei gutem Wetter schon mal in den Ortskern verlagerte. Gelegentlich traf man sie auch nachts an der einzigen Tankstelle des langgestreckten Dorfes, die dunkel und verlassen dann Unterschlupf bot, wenn sie die Dächer der Tankanlagen als Schutz vor dem Regen brauchten. Das Katz- und Mausspiel mit der Polizei gehörte zum Wochenendprogramm. Die Auswärtigen reisten mustergültig mit der Bahn an. Das hatte freilich nichts mit Umweltbewusstsein zu tun. Vor allem abends konnte bereits im Zug »action« gemacht werden. Spießer erschrecken, Ausländer provozieren, hin und wieder einer »Zecke« eine aufs Maul geben, wenn die Gelegenheit günstig war.

Zwei Siebzehnjährige in Consdable-Klamotten schlurften zum wiederholten Male an Winter vorbei, wieder zurück in den Wagen, in dem noch zwei weitere Gesinnungsgenossen saßen. Keiner der vier war ihm zuvor schon einmal begegnet.

Winter hatte sich zum Prinzip gemacht, dass er den provozierenden Blicken dieser jungen Krieger niemals auswich. Nach dem schweren Überfall auf einer Magdeburger Demo gegen rechte Umtriebe, zu der er als dort tätiger Hochschullehrer mit aufgerufen hatte, erklärte er einigen »alten Freunden aus der Brockdorfzeit« kurz und bündig: »Wir können das allgemein gesellschaftspolitisch, meinetwegen auch sozioökonomisch und sozialpsychologisch wunderbar erklären. Und wir machen herrliche Vorschläge zur Stärkung der Zivilgesellschaft. Das ist edel und ehrenwert, das ist dienstlich. Aber hier in der Munzlinger Gegend spielt sich mein Privatleben ab. Und hier kriegen die kleinen Nazis ab sofort das, was sie brauchen. Nämlich gelegentlich eins aufs Maul.«

In der »Rebe«, seiner Munzlinger Stammkneipe, hatte er sich vor etlichen Wochen wieder einmal in Rage geredet. Zu seiner Überraschung fielen seine Ausführungen bei einem Teil der Polit-Veteranen auf fruchtbaren Boden. Und so hatte ein kleiner Kreis, bestehend aus Winter selbst, dem Schreiner Herbert Brechtle, dem Wirt Ludwig »Luggi« Rappolder und dem Sozialarbeiter Heinrich »Heini« Birger aus ihrer Motorradclique eine Formation ausgegründet, der sie in gleichermaßen bierseliger wie subversiv durchwirkter Stimmung den Namen »Rote Reiter« gegeben hatten. Heimlicher Auslöser für Winters Idee war eine Gruppe italienischer Juden gewesen, die vor einigen Jahren in Rom spektakuläre Überfälle auf Treffpunkte gewalttätiger Skinheads verübt hatte, die zuvor durch zahlreiche, meist nicht geahndete Gewalttaten gegenüber jüdische Einrichtungen in Erscheinung getreten waren. Zu seiner nicht geringen Enttäuschung war sein ebenfalls regelmäßig an Wochenenden ganz in der Nähe lebender Kollege Jonas, der hier in der Gegend seit vielen Jahren das große Wort führte, nicht für diese Aktion zu gewinnen gewesen. »Ich bin für so was zu alt«, hatte er breit grinsend gesagt, »in unserem Alter begeht man außer gelegentlicher Steuerhinterziehung keine Straftaten mehr.«

Ihre erste Aktion war die Durchführung einer »Befragung« gewesen. Als eben dieser Regionalexpress vor einem guten Monat in Munzlingen einen zehnminütigen Halt einlegte, hatte einer der mitfahrenden Jungnazis auf eine Afrikanerin eingeschlagen, die mit ihrem Kind an der Hand aussteigen wollte. Und ein zweiter trat ihr vom stehenden Zug aus in den Rücken, als sie sich seiner Meinung nach zu »lahmarschig« nach draußen bewegte. So stand es zumindest im »Munzlinger Anzeiger« und dort war tags darauf auch zu lesen, dass die Polizei Ermittlungen aufgenommen hatte. Aber der oder die Täter konnten in einem Kreis verdächtiger Personen nicht endgültig ausgemacht werden. Und die Afrikanerin schwieg mittlerweile. War es Angst? Fehlte das Vertrauen zur deutschen Polizei?

Mit durch Dreck unkenntlich gemachten Nummernschildern waren Winter, Luggi und Heini an der Tannenberger Tankstelle vorgefahren, alle in schwarzes Leder gekleidet. Die Helme wurden auch nicht abgesetzt, nachdem sie von ihren Maschinen abgestiegen waren. Zwei Angehörige des Tannenberger Nazistamms lümmelten auf Gartenstühlen vor der verschlossenen Tür einer Werkstatt. Der ehemalige Rasenkraftsportler Heini Birger hatte den einen so in den Schwitzkasten genommen, dass er von Anfang an zu keiner ernsthaften Regung mehr fähig war. Den anderen schubsten Winter und Rappolder zwischen sich hin und her. In unregelmäßigen Abständen verabreichten sie dem verängstigten Jungen gewaltige Ohrfeigen. Es dauerte keine zwei Minuten, bis er den Namen seines Kumpels verriet, der die Afrikanerin vom stehenden Zug aus in den Rücken getreten hatte.

Zwei Wochen ließen sich die »Roten Reiter« Zeit, bis sie den achtzehnjährigen Dachdecker in Niedergrün abgriffen, wo er nach samstäglicher Schwarzarbeit mit seinem Auftraggeber noch auf einige Glas Bier in der »Krone« eingekehrt war. In dem Lokal hing seit der WM 2006 eine Reichskriegsflagge an der Wand des Nebenzimmers, in dem die örtlichen Fans die Übertragung der Spiele der deutschen Nationalmannschaft verfolgt hatten und sich nun samstags die Spiele des VfB Stuttgart ansahen.

Sie folgten dem alkoholisiert Fahrenden bis in die kleine Tiefgarage im Ortskern von Munzlingen, wo Brechtle und Birger ihn auf eine Weise verprügelten, dass er Schmerzen fühlte, ohne dass sichtbare Verletzungen auftraten. Winter hatte dieses Mal unerkannt Schmiere gestanden, auch weil er den Vater des Dachdeckers kannte, hatte dieser doch an der Sanierung des Hauses mitgearbeitet, das er in Hinsbach lange als Mieter bewohnt und nun vor drei Jahren gekauft hatte.

Über diese gelegentlichen Unternehmungen sprach die Gruppe mit niemandem. Dass gut situierte Altlinke gewalttätig Jagd auf jugendliche Neo-Nazis machen, hätte bei ihren Familien und Freunden Unverständnis und Kopfschütteln ausgelöst. Die Softis, die Berufsbetroffenen und die Gottesgelenkten hätten einmal mehr damit angefangen, der uralten und immer wieder neu gestellten Frage nachzugehen: Ob denn der rechten Gewalt mit Gewalt begegnet werden könne und dürfe. Diese Debatte, wohl hundertfach beim Bier und auf Politveranstaltungen aufgeworfen, wollten sie in ihrem Alter einfach nicht mehr führen. Und zudem war es weniger riskant, wenn der Kreis der Mitwisser klein gehalten wurde.

×××

»Das hat uns gerade noch gefehlt.« Nur mit Mühe schien die Polizeipräsidentin in der großen Dienstbesprechung die Fassung zu wahren, man sah ihr an, dass sie am liebsten ganz ungeniert geflucht hätte. Wieder einmal waren die Stadt und ihre Polizei als Folge einer Straftat mit vermutetem rechten Hintergrund in die Schlagzeilen geraten. Und das blieb in der Regel keine Angelegenheit, die lediglich in die Region abstrahlte. In schöner Regelmäßigkeit fiel das einschlägige Journalistenkorps ein paar Tage lang über alle in der Stadt her, die zu den jeweiligen Vorfällen irgendetwas von sich gaben. Und wenn es nur Spekulationen waren. Wer von den Journalisten nicht schnell genug war, um die ersten Bilder und Interviews mit den »zentralen Akteuren« einzuspielen, benötigte zumindest noch ein paar O-Töne für die zweite und dritte Verwertungswelle, die man trotz der gebündelten Oberflächlichkeiten als »Hintergrundberichterstattung« feilbot. Weil den Lokal- und Landespolitikern nach dem brutalen Überfall auf den jugendlichen Gegendemonstranten, der seitdem auf der Intensivstation der Uniklinik im Koma lag, nichts übrig blieb, als unisono ihre Abscheu zu bekunden und eine schnelle Ermittlung der Täter zu fordern, hatte der Druck über das Innenministerium auch die Polizeipräsidentin erreicht. Und sie hasste es, von Politikern und Medien in ihrem Handeln bestimmt und getrieben zu werden. Ihre Stimmung schien sich auch nicht zu bessern, als Hauptkommissar Bertram über den Stand der Ermittlungen berichtete. Seinen Ergebnissen, die er wie immer in dem für ihn typischen schnoddrigen Stil vortrug, war nur indirekt zu entnehmen, dass man die rechten Schläger mit hoher Wahrscheinlichkeit bereits ermittelt hatte.

»Heißt das, Sie haben die Leute?«, fragte die Präsidentin kühl. Sie hatte seit jeher und heute besonders Probleme mit Bertrams umständlichem Vortragsstil, den dieser ihrer festen Überzeugung nach immer wieder lustvoll inszenierte, um seine Umgebung zu provozieren.

»Wir haben eine Spur.« Der Endfünfziger, der es ebenso hasste, getrieben zu werden wie seine große Chefin, machte keinerlei Anstalten, das Bedürfnis von Politik und Polizeiführung nach einem schnellen Ermittlungserfolg auf bevorzugte Weise zu bedienen. Je älter er wurde, desto weniger interessierten ihn die hektisch vorgetragenen Aufgeregtheiten derer, die im Rampenlicht standen. Er hatte weder Angst vor seinen Vorgesetzten noch vor schlechter Presse. Die Medien musste er zudem nur selten fürchten, denn er arbeitete unauffällig und präzise. Schon zu DDR-Zeiten, als er bei der Kriminalpolizei des Bezirks Magdeburg tätig war, hatte er gelernt, wie man sich den Rücken für das Wesentliche freihalten konnte. Und das war für ihn in allererster Linie solide polizeiliche Ermittlungsarbeit. Da er die Strukturen dieser Stadt seit nun bald vierzig Jahren aus polizeilicher Perspektive kannte, arbeitete er letztendlich erfolgreicher als viele jüngere Kollegen, die seit geraumer Zeit in schöner Regelmäßigkeit »europäisch vernetzte Arbeitsansätze« propagierten. Sorgen bereiteten ihm lediglich die neuen Formen der Kriminalität und die nicht mehr vertrauten jungen Gesichter, die speziell in der Drogenszene und im Umfeld der Prostitution auftauchten. Das waren nicht mehr »seine Leute«. Daran merkte er mehr als an anderen Dingen, dass er alt geworden war. Aber Bertram war guter Hoffnung, noch bis zur Pensionierung ohne größere berufliche Rückschläge und Misserfolge über die Runden zu kommen. Außerdem machte er seine Arbeit immer noch gerne, auch wenn vieles inzwischen Routine war.

In diesem Fall hatten sie Glück gehabt. Ein mutiger Mensch hatte, was selten genug vorkam, eingegriffen und beschrieb die Schläger so gut, dass man in Zusammenarbeit mit dem Staatsschutz und anderen szenekundigen Beamten rasch eine Clique ausfindig machen konnte, auf die die Beschreibungen des Zeugen zutrafen. Die Mitglieder der »Blase«, wie er solche Gruppen in altmodischer Weise gerne zu nennen pflegte, hatten zwar bislang noch nichts zugegeben, sich aber gehörig in Widersprüche verstrickt. Und der Zeuge Harald Leitner war sich zumindest bei einem der Gegenübergestellten sicher, dass dieser in unmittelbarer Nähe an ihm vorübergerannt war, als alle nach seinem Erscheinen aus dem Garagenhof flüchteten. Einer arbeitete mittlerweile wohl in den Niederlanden. Von der dort vorgesehenen Vernehmung lagen ihm noch keine Informationen vor.

Bertram dachte an den schlimmen Zustand des Opfers. Der junge Mann namens Benjamin Lückert lag unverändert im Koma. Wenn er überlebte, meinten die behandelnden Ärzte, war aufgrund der gravierenden Schädel- und Hirnverletzungen mit einer dauerhaften Behinderung zu rechnen. Er würde nie mehr gehen und wahrscheinlich auch nie mehr richtig sprechen können. Mit neunzehn Jahren ein Krüppel, dauerhaft pflegebedürftig. Weniger schlimm erschienen daneben die schweren Kiefer- und Gesichtsverletzungen, die dem Opfer durch die prügelnde Meute zugefügt worden waren. Doch das alles zusammen steckte man auch nach vierzig Dienstjahren nicht so ohne Weiteres weg.

Bertram war so in Gedanken an das Opfer vertieft, dass er gar nicht hörte, wie die Präsidentin ihn fragte: »Wann können Sie gesicherte Erkenntnisse vorlegen?«

Als sie die Frage zum zweiten Mal stellte, stieß ihn sein Kollege Falkenhorst so unauffällig wie möglich von der Seite an. Bertram, der die Frage auch beim zweiten Mal nur mit halbem Ohr gehört hatte, blickte in die Runde und sagte unverfänglich: »Wir tun unser Bestes, Frau Präsidentin.«

×××

Im lang gestreckten Flur des Gerichtsgebäudes kam es an einem dieser heißen Augusttage zu einer unsäglichen Begegnung. Der Vater des Opfers, Josef Lückert, schob den Rollstuhl, in dem sein dauerhaft behinderter jüngster Sohn saß, just in dem Augenblick in Richtung des Verhandlungssaales, als zwei der fünf Angeklagten ihnen vom anderen Ende des Flures entgegenkamen. Andreas Lückert drängte sich an seinen Eltern und dem Rollstuhl vorbei und machte Anstalten, auf Mirko Weise loszugehen. Doch noch ehe er ihn erreichen konnte, wurde er von einer massigen Gestalt abgeblockt, die er von Veranstaltungen und aus der Hochschule kannte. Aron Winter, der die Verhandlungen mit Studierenden seines Politikseminars verfolgen wollte, trat mit einer Schnelligkeit, die ihm nur diejenigen nicht zutrauten, die ihn nicht kannten, zwischen Andreas Lückert und den verängstigt aussehenden Angeklagten.

»Sie erreichen nur, dass die daraus noch einen Vorteil ziehen«, sagte der Professor leise.

»Das ist mir scheißegal«, brüllte Andy. »Mein Bruder wird sein Leben lang ein Krüppel bleiben und diese Schweine laufen frei herum.«

Benjamin Lückert blickte auch jetzt mit schief gestelltem Kopf apathisch geradeaus. Niemand wusste, was er von dem, das sich um ihn herum abspielte, noch mitbekam.

Hedwig Lückert, die Mutter, war mittlerweile an den Rasenden herangetreten und hielt ihn eher sachte und dennoch wirkungsvoll an der Schulter zurück. »Der Herr hat recht«, sagte sie leise zu ihrem ältesten Sohn.

»Sind Sie der Anwalt der Nebenklage?« Ein fettleibiger Mann mittleren Alters, dessen dunkler Anzug an manchen Stellen sichtbar spannte, hatte sich Winter genähert. Über dem linken Arm trug er eine akkurat zusammengefaltete Robe. Er streckte Winter die rechte Hand entgegen. »Borchert«, sagte er knapp.

Winter musterte ihn entgeistert. Die rechte Szene schien hier alles in die Waagschale geworfen zu haben. Borchert war ein prominenter Münchner Anwalt, der in der Vergangenheit schon einige Rechtsextremisten mit Erfolg verteidigt hatte, meist Angehörige der DVU und der Republikaner, aber auch einige bekannte Akteure aus dem CSU-Umfeld der immer wieder auf die schiefe Bahn geratenden Nachkommen von Franz Josef Strauß.

»Nein«, murmelte Winter, ohne dem Anwalt die Hand zu geben. »Ich will mir nur ein Bild davon machen, wie der Prozess hier ablaufen wird.«

»Na, dann wünsche ich interessante Anregungen«, erwiderte der Anwalt kühl und marschierte in Richtung Saal, der sich langsam mit Publikum und Sicherheitskräften füllte. Aus Furcht vor Störungen hatte der Richter Polizeipräsenz angefordert, mit der die Zahl der am Gericht beschäftigten Beamten deutlich und sichtbar verstärkt worden war.

Winter musterte die heute erschienenen drei Angeklagten. Die Verfahren gegen Ricardo Heyer, dem Jüngsten der Gruppe, und Saskia Krone, dem einzigen angeklagten Mädchen, waren abgetrennt worden und sollten in wenigen Wochen nach den Bestimmungen des Jugendstrafrechts verhandelt werden. Die drei hatten äußerlich nichts mit dem Aussehen rechter Schläger gemein. Sie waren normal und passend gekleidet. Offensichtlich hatte man die Tatverdächtigen gut beraten. Auch ihr Haar war jetzt mittellang und sportlich frisiert. Der älteste der Täter, Heiko Grunert, war offensichtlich aus freien Stucken aus den Niederlanden angereist, wo er seit einem Vierteljahr einen Job als Gerüstbauer hatte.

Borchert machte von Beginn an deutlich, dass er gewillt war, eine Verunsicherungsstrategie zu fahren. Die Indizienlage war nicht besonders aussagestark. Das Opfer, obwohl mit seiner Familie bei der Verhandlung anwesend, konnte nichts zur Aufklärung beitragen. Und bislang zumindest hatten die vermeintlichen Täter konsequent geschwiegen. Neben dem ebenfalls überfallenen Mädchen war der Mann, der mutig eingeschritten war, der einzige Zeuge der Anklage. Harald Leitner wirkte gefasst und konzentriert, obwohl man ihn in den letzten Tagen mehrfach anonym am Telefon bedroht hatte. Im Publikum saßen, durch Polizeibeamte getrennt, außer den Familienangehörigen des Täters, Winter und einigen Studenten, zwei Blöcke mit annähernd gleich vielen Angehörigen der regionalen rechten Szene und der örtlichen Antifa. Die Verhandlung wurde von Beginn an von auf- und abschwellender Unruhe begleitet. Mehrfach musste der Vorsitzende Richter Ruhe herstellen. Zum Schluss drohte er, den Saal räumen zu lassen.

Borchert versuchte auf subtile und geschickte Weise die Frage in den Vordergrund zu rücken, ob Leitner in »jener besagten Stresssituation« überhaupt in der Lage gewesen sei, einen oder gar mehrere Tatbeteiligte eindeutig zu erkennen. Er ließ sich von dem Zeugen ausführlich beschreiben, wie die Personen ausgesehen hatten, die nach seinem Erscheinen an ihm vorbeigerannt waren.

»Hohes Gericht«, hob Borchert nach Abschluss der Schilderungen an, »keiner meiner Mandanten entspricht auch nur annähernd dem dargestellten Erscheinungsbild.«

Unruhe kam im Saal auf. Empörte Pfiffe und Rufe aus der linken und zustimmendes Gelächter aus der rechten Szene begleiteten die Ausführungen des Anwalts.

Leitner ließ sich dadurch nicht irritieren. Es sei ja offensichtlich, dass sich die Angeklagten in den letzten Monaten ein verändertes Outfit zugelegt hätten, aber den größten der drei könne er zweifelsfrei als einen der Schläger identifizieren. »Und auch diesen Herrn«, er zeigte auf den Angeklagten Sven Müller, »erkenne ich mit hoher Wahrscheinlichkeit wieder.«

Borchert philosophierte unter Bezugnahme auf mehrere Grundsatzurteile geraume Zeit über Aspekte des Aussagewertes von »hoher Wahrscheinlichkeit«, ehe er nacheinander und zur Überraschung aller drei Entlastungszeugen präsentierte, die widerspruchsfrei bezeugten, dass die Angeklagten zum maßgeblichen Zeitpunkt an anderer Stelle der Stadt als Teilnehmer der »Nationalen Demonstration gegen die Schlechterstellung deutscher Arbeiter« von der Polizei und Gegendemonstranten am weiteren Vorankommen gehindert worden seien.

Andreas Lückert brüllte wütend auf, als er in dem dritten und letzten Zeugen seinen Kommilitonen Sieghardt Althans erkannte, der, in einem dunklen Anzug gekleidet, ruhig den bereits von den anderen Entlastungszeugen geschilderten Sachverhalt bestätigte.

»Ich bitte Sie das letzte Mal um Ruhe, ansonsten erhalten Sie eine Ordnungsstrafe und ich lasse den Saal räumen«, wandte sich der Vorsitzende Richter an den Bruder des Opfers. Der Vater saß blass neben ihm. Die Mutter kauerte zusammengesunken auf ihrem Stuhl und weinte in ihr Taschentuch, mit einer Hand hielt sie den Griff des Rollstuhls umklammert.

Als der Vorsitzende Richter den Freispruch aus Mangel an Beweisen verkündete, gingen seine weiteren Ausführungen in einem aufbrandenden Tumult unter. Der Richter ließ den Saal räumen. Von Aron Winter, der laut »Skandalurteil« gerufen hatte, wurden die Personalien aufgenommen.

xxx

Jens Bratke und Oliver Spindler blickten enttäuscht in die Runde von wenig mehr als dreißig Anwesenden, die dem Aufruf des neugegründeten »Rats gegen Rechts« in das heruntergekommene »Roxi-Kino« gefolgt waren, um zu besprechen, auf welche Weise »Rache für Benni« geübt werden konnte. Nicht alle nahmen den Slogan wörtlich. Wie immer standen sich Gewaltfreie und Befürworter »begrenzter Gewalteinsätze« heftig diskutierend gegenüber.

Werner Bugmann, ein bereits etwas in die Jahre gekommener Kollege von Desiderius Jonas und Aron Winter, fühlte sich vor einigen Jahren von den Anforderungen seiner Professur nicht ausgelastet und hatte »aus alter Liebe zum Magdeburger Kulturleben«, wie er es umschrieb, das seit Langem stillgelegte Kino mit dem Ziel aufgekauft, hier ein soziokulturelles Zentrum, ein Kino, einen Handwerkerhof und attraktive gastronomische Angebote unter einem Dach zu vereinigen. Längst waren seine hochtrabenden Pläne verflogen. Gelegentlich gab es Kino, hin und wieder ein kleines Konzert. Der bauliche Zustand war in den letzten Jahren nicht verbessert worden. Die alten Polstersitze muffelten. In der Luft lag eine scharfe Prise Salpetergeruch.

Professor Bugmann blickte gleich doppelt enttäuscht in die überschaubare Runde. Als Berliner Altlinker war er seit jeher jeglicher Form des Widerstands aufgeschlossen. Aber mit diesem Haufen war wieder mal kein Staat zu machen. Und umsatzträchtig versprach dieser Abend auch nicht zu werden. Bugmann hatte den Ausschank bei Veranstaltungen selbst übernommen, seit er gemerkt hatte, dass die von ihm rekrutierten Kneipenteams erheblichen Getränkeschwund und lückenhafte Barumsätze produzierten.

Spindler blickte auf Andreas Lückert, der schweigend auf einem Stuhl an der Längswand saß. Er war blass und wirkte verbittert, zwar energisch, aber ohne Kraft, die Führung zu übernehmen. Als der Bruder des Überfallenen unmerklich nickte, übernahm der Altpunk die Regie. »Es nutzt ja nichts, wir fangen mal an«, rief er in die Runde. Fast alle nickten oder brachten auf andere Weise ihre Zustimmung zum Ausdruck. Die meisten Anwesenden suchten sich eine Sitzgelegenheit. Nur wenige blieben stehen, meist an eine der Wände gelehnt. René Becht, der mit Andreas Lückert und den anderen in der Wohngemeinschaft lebte, kramte in einer alten Ledertasche und zog dann schließlich einen schmalen Hefter heraus, den er halbhoch in die Luft hielt. »Ich glaube, wir sollten erst einmal Bestandsaufnahme machen. Und dann überlegen, was wir weiter tun, wenn der sogenannte Rechtsstaat nur noch eine lausige Farce ist. Wenn Bullen Nazischläger schützen und noch nicht mal eingreifen, wenn Andersdenkende verprügelt werden, wie in Halberstadt und anderswo.«

Aus dem Kreis der Anwesenden kamen einige Zurufe, die sich auf das Skandalurteil und gegen die Täter richteten, die Benjamin Lückert zum Krüppel geschlagen hatten. Es wurde aber noch nicht deutlich, in welche Richtung etwaige Aktionen gehen sollten.

»Denkt doch mal nach.« Bugmann ergriff nun das Wort. Man sah ihm an, wie er es genoss, dass diese Meute ihm zumindest für einen kurzen Augenblick schweigend zuhörte. »Wenn man dieses Skandalurteil angehen will, darf man nicht mit unüberlegten Aktionen reagieren. Wir sollten uns überlegen, wie wir zu einem langfristig wirksamen, tragfähigen Konzept kommen, das Medien, Öffentlichkeit und Gerichte zwingt, den Unrechtscharakter dieser Freisprüche anzuerkennen.«

Gemurmel kam auf, einzelne abfällige Zwischenrufe wiesen auf eine anders gelagerte Stimmung im Raum hin. Bugmann hatte kurz innegehalten und war eben im Begriff, seine Rede fortzusetzen, als die breite Saaltür aufschwang. Renate Schröder betrat zusammen mit Klara Elgert, der Freundin von René Becht, den Saal des »Roxi«.

Renni hatte in den letzten Monaten sichtbar abgenommen. Sie wirkte aber keineswegs schwach, sondern betrat eher resolut den Raum. »Sorry, Bugmann, aber das, was du hier verzapfst, das ist doch das übliche Professoren- und Politikergewäsch. Die Faschos bringen Leute um, verletzen andere schwer und wir sollen die Jesuslatschentour fahren.«

Die Anwesenden blickten erstaunt auf. So energisch hatten sie Renni bislang noch nicht erlebt. Professor Bugmann sah irritiert auf das Mädchen. »Aber Renate, du hast doch früher auch immer für den gewaltfreien Weg plädiert.«

Renate Schröder zögerte kurz, ehe sie fortfuhr: »Bugmann, das war mal. Aber nach diesem Skandalurteil sage ich klipp und klar: Ich will Rache für das, was die Schweine Benni angetan haben.« Ihre Stimme klang belegt, aber sie stand kerzengerade, vielleicht eine Spur zu gerade, als sie in den Kreis der anwesenden Personen sah. »Professor Bugmann, ich sag dir eins. Wärst du dabei gewesen, würdest du heute auch anders reden. Ich kann hier nich fünfe groad sein lassen.«

Andreas Lückert, der die beginnende Debatte bislang schweigend verfolgt hatte, stand auf, ging auf Renni zu und umarmte sie demonstrativ. »Ich schlage vor«, sagte er dann, dass diejenigen, die wirklich was tun wollen, sich nochmals treffen. Heute reden wir über das, was alle, die hier sind, vertreten können. René hat hierzu eine Resolution vorbereitet. Die soll er nun vorlesen, dann beschließen wir sie.«

×××

Wer die Gruppe aus der Ferne sah, konnte meinen, es sei eine Klasse älterer Schüler auf Wandertag. Da ihr Festplatz am Ufer des Neustädter Sees mit den Autos nicht zu erreichen war, hatten sich die Jugendlichen aus dem Jugendclub »Bernstein« gummibereifte Bollerwagen organisiert, in denen sie alles transportierten, was sie am Abend zum »Abfeiern« brauchten. Mehrere Kästen Bier waren dabei, ganze Berge Chips und alles, was man zum Grillen brauchte. Sie hatten auch eine der beiden Musikanlagen aus dem Club aufgeladen. Hubert Kraft, den die Jugendlichen nur »Hupsi« nannten, hatte sie den Besuchern zugesagt, noch ehe Evelyn Denninger, seine Chefin, die für sie typischen Bedenken vortragen konnte. Kraft war der einzige männliche Mitarbeiter der Jugendeinrichtung. Obwohl er über keine sozialpädagogische Ausbildung verfügte, hatte er sich im Laufe der letzten Jahre sowohl die Akzeptanz der Jugendlichen als auch den Respekt seiner Kolleginnen erarbeitet.

Evelyn Denninger trug eine Box mit CDs. Bedingung für die Unterstützung des Festes war gewesen, dass die Jugendlichen auf »Nazimucke« verzichteten. Und damit da nichts schief ging, hatte die Leiterin wohlweislich Tonträger aus dem Club mitgenommen.

Zwischen ihr und Monique Boskamp, der zweiten weiblichen Angestellten, trottete wortlos Saskia Krone.

»Und, erleichtert?«, fragte Evelyn Denninger.

Das Mädchen schwieg.

»Bist du froh darüber, wie der Prozess gegen die Jungs ausgegangen ist? Damit bist du doch auch aus dem Schneider.«

»Mal seh'n«, nuschelte das Mädchen und bohrte ausgiebig in der Nase.

»Denkst du auch manchmal an das Opfer?« Die Jugendclubleiterin ließ nicht locker.

Saskia Krone schüttelte den Kopf. »Damit hab ich nischt zu tun. Geht mich nischt an.«

Evelyn Denninger kam nicht mehr dazu, weiter nachzufragen. Monique Boskamp hatte dem Mädchen mütterlich den Arm um die Schulter gelegt. »Evi, lass man gut sein. Saskia braucht doch Zeit, um das zu verarbeiten: Vielleicht kann sie sich dann mit der Freundin von diesem Lückert in Verbindung setzen.«

»Moni, du spinnst.« Ein Junge hatte sich von hinten ins Gespräch eingemischt. Gregor Teltschyk, den alle nur »Strasser« nannten, schob seinen schlaksigen Körper zwischen das Mädchen und die Angesprochene. »Unsere Jungs sind freigesprochen worden. Damit ist klar, wir waren es nicht. Die Zecke ist auf andere Weise zu Schaden gekommen. Punkt. Aus. Schluss.«

Evelyn Denninger atmete hörbar aus, blieb aber beherrscht. »Hör mal, Gregor, uns braucht ihr nichts vorzumachen.«

Nach wenigen Minuten hatten sie die Spitze der Halbinsel erreicht. Keiner aus der Clique interessierte sich für den wunderbaren Rundblick über das Wasser, der vergessen ließ, dass man sich noch immer inmitten einer Großstadt befand.

Ohne weitere Absprachen und ohne Hilfe durch die Betreuer begannen die Jugendlichen den Grillplatz einzurichten. Obwohl Evelyn Denninger seit fast zwanzig Jahren in der Jugendarbeit tätig war, erstaunte es sie immer wieder, wie ein oftmals im Jugendclub nur schwer zu aktivierender Haufen mit einem Mal zu gut aufeinander abgestimmten, zum Ziel führenden Aktivitäten in der Lage war. Als sie die annähernd runde Freifläche erreichte, hatten einige Jungs bereits Holz gesammelt und waren dabei, ein Feuer zu entfachen.

Strasser öffnete mit den Backenzähnen drei Bierflaschen und reichte zwei davon an Mirko Weise und Sven Müller weiter.

»Hier regiert der nationale Widerstand«, grölte er. Aber auch nach mehrmaliger Wiederholung fiel heute niemand in seine Parolen ein, so dass er sein Gebrülle nach einigen schwächer werdenden Versuchen einstellte.

Sven Müller setzte sich mit Saskia Krone etwas abseits. Beide tranken schweigend aus einer Flasche, wobei sie sich in gleichförmiger Regelmäßigkeit abwechselten.

Einige der Mädchen hatten von großen, verschließbaren Plastikschüsseln die Deckel abgenommen und machten Salate an, die sie im Jugendclub oder bei sich zu Hause schon vorbereitet hatten.

Hubert Kraft legte mit Heiko Grunert, der heute noch schweigsamer war als sonst, Würste auf den Grill. Nach dem Prozess war der einzige Tatbeteiligte, der nicht der Skinheadszene angehörte, ein paar Tage länger in Magdeburg geblieben. Ob er Urlaub genommen hatte oder seiner Arbeit in den Niederlanden unentschuldigt fernblieb, hatte er nicht verraten.

Evelyn Denninger schlenderte über das Gelände, auf dem sich in unterschiedlicher Nähe zum Feuer kleine Grüppchen gebildet hatten. Am Fuße eines mit Sträuchern bewachsenen Erdwalls saßen Mirko Weise und Monique Boskamp. Die Leiterin des Jugendclubs »Bernstein« konnte von Weitem erkennen, dass sich ihre Kollegin äußerst erregt mit dem freigesprochenen Täter unterhielt. Auch der Junge schien in Rage zu sein, denn er begleitete seine Sätze mit ebenso heftigen wie ausladenden Gesten. Nach einer Weile stand die Sozialarbeiterin auf und ging mit schnellen Schritten auf ihre Chefin zu.

»Ich fass es nicht«, sagte sie und schüttelte dabei immer wieder den Kopf. »Ich fass es einfach nicht. Da hab ich ihn gefragt, ob er nicht endlich dazu stehen wolle, an der schweren Körperverletzung beteiligt gewesen zu sein. Und weißt du, was er sagt?«

Evelyn Denninger schüttelte den Kopf. »Na, sag schon.«

Monique Boskamp verharrte einige Sekunden mit erhobenen Händen, die sie fallen ließ und dann wieder hob.

»Ich fass es nicht. Und mit denen arbeiten wir seit Jahren.«

»Was hat er denn nun gesagt?«

»Da sagt er einfach zu mir, erst ganz leise, so, als wolle er mir was Nettes sagen, da sagt er, das geile Gefühl, das er hatte, als er das Knirschen der brechenden Knochen und Zähne hörte, dieses unsagbar geile Gefühl wolle er für nichts in der Welt eintauschen. Das sei geiler als Sex.« Monique Boskamp liefen Tränen über das Gesicht. Hilflos blickte sie ihre Vorgesetzte an. »Das sind doch keine Menschen. Das sind Monster.« Voller Erregung rannte sie einige Schritte in Richtung des Feuers.

»Ihr seid Monster«, rief sie in die Runde der Jugendlichen, die, soweit sie ihre Worte vernehmen konnten, irritiert zu ihr herübersahen. Monique war ja die beliebteste der drei Hauptamtlichen. »Monster seid ihr, Zombies«, rief die junge Frau. Dann rannte sie den Weg zurück und war alsbald aus dem Blickfeld der anderen verschwunden.

Die von Ratlosigkeit geprägte Stille war nur von kurzer Dauer. Dann erhob sich Weise von dem niederen Wall, auf dem er die ganze Zeit regungslos gesessen hatte, stieß mit Strasser an und fing an zu skandieren: »Schlagt die Zecken, bis sie verrecken!« Strasser stimmte in den Singsang ein, dann auch andere. Flaschen klirrten. Nach einer Weile überstimmte ein einzelner die grölende Meute: »Unser Vorbild ist Harald Juhnke.« Gelächter folgte, dann nahm die Gruppe den neuen Text auf.

Hupsi Kraft kniete neben dem Feuer und hielt schweigend die Grillzange in die Höhe.

×××

Jana Misdall schnippte eine drei Zentimeter lang gewordene Aschensäule in den Aschenbecher, den ihr die Wirtin diskret gebracht hatte. Im »Capitello« durfte man noch rauchen. Im Unterschied zu ihrer Stammkneipe, die die sachsen-anhaltinische Variante des Rauchverbotes gleich umgesetzt hatte, obwohl dort wenigstens neunzig Prozent aller Gäste Raucher waren. Die Landesregierung von Sachsen-Anhalt hatte die blödeste Variante aller Gesetze zum Schutze der Nichtraucher, die in ihrer Mehrzahl ja sowieso nicht in die Kneipen gingen, beschlossen. Das Rauchen war verboten. Aber im ersten halben Jahr wurden Übertretungen übergangsweise nicht geahndet. Und danach kümmert sich auch kein Mensch darum. Also wurde in den meisten Kneipen munter weitergeraucht. Nur

Jürgen, der Wirt des »Layla«, ihrer Stammkneipe im Stadtfeld, zog das Ding von Anfang an knallhart durch. Nun stand man zum Rauchen in großen Gruppen zwischen den Mülltonnen im Hinterhof, während drinnen im Gastraum vereinzelte Nichtraucher an ihrem Mineralwasser oder einem grünen Tee nippten. Na gut, dann ging sie eben woanders hin.

»Es muss jetzt endlich was passieren«, sagte Jana Misdall und blickte abwechselnd zu den beiden jungen Frauen, mit denen sie sich noch spät im »Capitello« verabredet hatte. »Ich muss mit euch reden«, hatte sie gesagt. »So kann das nicht weitergehen.«

Monique Boskamp schüttelte ihre langen, geflochtenen Zöpfe und legte der jüngeren Kollegin die Hand auf den nackten Unterarm. Mit Jana verband sie eine enge Freundschaft, seit sie diese vor einigen Jahren im Rahmen einer Fortbildungsreihe kennengelernt hatte. »Das Pack wird immer dreister. Da haben wir mit den Jugendlichen aus unserem Club eine Grillfete organisiert. Und was glaubt ihr? Einsicht? Beklemmung? Die feierten ihren Freispruch und die Täter haben sich auch noch mit ihren Taten gebrüstet. Aber wie, sag ich euch. Ich kann es gar nicht wiederholen.«

Die Wirtin des »Capitello« brachte die bestellten Getränke und nickte den drei Frauen zu, die mit zu ihren letzten Gästen gehörten. Nur zwei Tische weiter saß noch ein Pärchen und unterhielt sich leise.

Renate Schröder, die bislang geschwiegen hatte, rührte lange in ihrem Kaffee, obwohl sie ihn schwarz trank. »Wisst ihr was? Ich habe so einen Hass. Ich traf die Liebe meines Lebens. Und ich hatte sie für einen Tag und eine Nacht.«

»Du, Benni ist nicht tot«, flüsterte Jana.

Renate sah die junge Sozialarbeiterin so lange an, bis diese dem Blick der dunklen Augen nicht mehr standhalten konnte. »Natürlich lebt Benni. Und ich liebe ihn noch. Aber wir können unsere Liebe nicht leben. Ich weiß noch nicht einmal, ob er mich überhaupt wahrnimmt, wenn ich mit ihm spreche oder seine Hand berühre, wenn ich ihn mal bei seinen Eltern in Munzlingen besuche.«

»Natürlich fühlt er das.« Jana räusperte sich und drückte den Stummel ihrer Zigarette in den Aschenbecher. »Ich weiß, dass es den

Menschen gut tut, wenn man sich ihnen zuwendet.« Jana arbeitete bei der Pfeifferschen Stiftung in einer Wohngruppe für behinderte Menschen. »Gerade die schwer Hirngeschädigten reagieren sehr intensiv auf körperliche Berührung, auch wenn sie vom medizinischen Standpunkt aus nichts mehr spüren dürften.«

»Aber es ist halt keine Liebe mehr. Jedenfalls keine solche, wie sie sich jeder für sich und seinen Partner wünscht.« Rennis Augen füllten sich mit Tränen.

Monique, die lange schweigend durch das hohe Fenster auf die massigen Türme des Domes geblickt hatte, nahm ihre Hand. »Die werden ihre Strafe schon noch kriegen. Ich glaube das ganz fest. Wisst ihr was? Ich habe kein Mitleid mehr. Obwohl ich die von klein auf kenne. Die kommen ja schon in den Jugendclub seit sie zehn sind. Und immer dieselben Geschichten. Der Vater arbeitslos oder perdu, die Mutter kraftlos oder aus Verzweiflung heimlich saufend. Oder beides. Sven Müllers Mutter hat immer wieder neue Beziehungen. Aber den Kerlen ist ja alles andere wichtiger als sich ernsthaft um die missratene Nachkommenschaft ihrer Vorgänger zu kümmern.«

»Du legst jetzt aber nicht die Platte von den benachteiligten Jugendlichen auf, die aufgrund ihrer schwierigen Lebensverhältnisse zu Tätern wurden.« Renate, die nur äußerst selten rauchte, hatte sich eine Zigarette angezündet und nahm einige kurze, hektische Züge.

»Nein, das will ich wirklich nicht. Obwohl es natürlich irgendwie auch stimmt. Aber es wachsen sehr viel mehr Kinder in Armut auf, die nicht zu Totschlägern werden.«

»Wisst ihr was?«, flüsterte Renate. »Seit das mit Benni passiert ist, will ich die Kerle nur noch tot sehen. Ist das nicht schlimm? Ich hätte nie gedacht, dass ich einmal derartige Gefühle haben könnte.«

»Man müsste vor allem die Drahtzieher umbringen«, sagte Monique so laut, dass das zwei Tische entfernt sitzende Pärchen seinen Austausch an Zärtlichkeiten unterbrach und verstört in ihre Richtung blickte.

»Heckt ihr hier Mordpläne aus?«, fragte die Wirtin, die zum Kassieren an ihren Tisch getreten war.

»Es wäre ja irgendwie verständlich«, murmelte Jana. Der Staat tut nichts. Und unsere Kerle quatschen nur rum.«

×××

Gotthilf Bröckle stand wie immer um fünf Uhr auf. Das hatte sich seit seiner vorzeitigen Pensionierung nicht geändert. Bröckle lebte seit drei Wochen wieder in Magdeburg und war, wie bereits vor einem Jahr – er lachte bei dieser Vorstellung immer wieder still in sich hinein –, Student. Bröckle studierte nun bereits im zweiten Semester Wasserwirtschaft. Genauer gesagt, er hatte das Angebot seines Freundes Desiderius Jonas angenommen, dessen Wohnung über einige Zeit zu nutzen. Denn dieser hatte frei und geplant, einige der kommenden Monate nicht in Magdeburg zu verbringen. »Frei« war vielleicht nicht die ganz richtige Bezeichnung, Jonas sprach von »Forschungssemester«, das er gedachte zu großen Teilen in Spanien zu verbringen, was aber für Bröckle mehr oder weniger dasselbe war wie frei zu haben oder Urlaub zu machen. Jonas, den er jetzt nur selten zu Gesicht bekam, hatte ihn vor ein paar Wochen mit seinem Kollegen Aron Winter bekannt gemacht. »Der Aron kümmert sich bei Bedarf um dich, das ist ein jüdischer Menschenfreund, der die alttestamentarischen Verpflichtungen des Einheimischen gegenüber Neuankömmlingen noch ernst nimmt. Und außerdem ist er ein Landsmann von uns, wenn er am Wochenende nicht hier ist, treibt er sein Unwesen in Hinsbach.«

Winter hatte Jonas leicht genervt angesehen, ihm aber freundlich zugenickt.

Mit dreiundsechzig hatte Bröckle die vermeintlich spannenden Teile des Lebens bereits hinter sich. Nach einer Schlosserlehre trat er in den Sechzigerjahren, als in Baden-Württemberg Polizisten rar waren und händeringend Nachwuchs gesucht wurde, in den mittleren Polizeidienst ein. Bröckle war erfolgreich, schlitzohrig und brachte es bis zum Kriminalhauptwachtmeister. Als er in einer Parteispendenaffäre gegen einen prominenten FDP-Politiker ermittelte, pfiff ihn sein Chef zurück. Gotthilf Bröckle war ein Konservativer.

Ein Wertkonservativer. Er hatte Unrechtsbewusstsein und er hatte eine Ehre. Er verließ im Alter von neunundddreißig Jahren den Polizeidienst und arbeitete bis zur vorzeitigen Berufsunfähigkeit bei der »Süddeutschen Gasversorgung«. Er war kein unglücklicher Mensch geworden, aber manchmal spürte er eine große Leere. Seit seiner Pensionierung war es noch schlimmer. Und so hatte er nach mehrmaligem Drängen seines Freundes dessen Angebot angenommen.

»Da besuchst du als Gaststudent Lehrveranstaltungen, lernst noch was auf deine alten Tage, und bringst den Theoretikern etwas Praxis bei. Und dann besucht dich Eva. Mit der gehst du ins Theater, machst Radtouren in der Börde oder an der Elbe entlang«, hatte Desiderius Jonas ihm vorgeschlagen.

Und als Eva, die Frau, mit der er seit fast vierzig Jahren zusammen war, aufmunternd genickt hatte, hatte er zögernd ja gesagt.

Bröckle hatte sich die Stadt so erschlossen, wie er es in der Vergangenheit immer tat, wenn er an einem Ort fremd war. Unaufdringlich kam er mit Menschen ins Gespräch, hörte dabei mehr zu, als er selbst sagte. Obwohl er leidenschaftlicher Autofahrer und bis heute im Umgang mit großstädtischen öffentlichen Verkehrsmitteln unsicher war, fuhr er mehrfach das komplette Straßenbahnnetz ab, stieg an markanten Orten wie am Dom, am Rathaus, am Nikolai- und am Ambrosiusplatz aus und erkundete die Umgebung zu Fuß. Auf dem Weg vom Dom zum Bahnhof hatte er das »Café Köhler« entdeckt, das bald sein Lieblingslokal wurde. Hier bekam er den besten Mohnkuchen in der Stadt, hier konnte er unauffällig den leisen Gesprächen an den Nachbartischen lauschen, die ihn inhaltlich zwar kaum interessierten, ihm aber Mosaiksteinchen und Farbkleckse für Stimmungsbilder lieferten. Heute Abend war er dort mit Svetlana Kirilowa verabredet, die ihm bei seinem Bemühen, sich in der verwirrenden Welt der Hochschule zurechtzufinden, mehr als einmal behilflich gewesen war.

xxx

Friedericke Mehring ging bereits kurz nach halb sieben an den Neustädter See. Das tat die Achtzigjährige seit ihrer kurz nach der

Wende erfolgten Pensionierung nahezu jeden Tag zwischen dem 1. Mai und dem 30. September. Als sie jünger gewesen war, badete sie schon ab Mitte April in ihrem »Haussee« und hielt dies bis weit in den Oktober hinein durch. Mittlerweile hatte sie ihrem Alter in der Weise Tribut gezollt, dass ihre Badesaison nunmehr gut einen Monat kürzer ausfiel als früher. Als sie die Liegewiese erreichte, zog sich die ehemalige Deutsch- und Russischlehrerin ihre Sandalen aus und ging barfuß durch das noch feuchte Gras in Richtung der Uferzone des großflächigen FKK-Geländes. Der Rasen war so kurz geschnitten, wie sie es liebte. Es roch nach frischem Grasschnitt und dem intensiv duftenden Unterholz, das an dieser Stelle die Liegewiese fast vollständig zur nahen Siedlung abschirmte. Friederike Mehring gehörte zu denen, die das Nacktbaden als eine der letzten noch vorhandenen Errungenschaften des Sozialismus verteidigte. Hier im Nordosten Magdeburgs war das kein Problem. Die entscheidenden Schlachten wurden gegen die prüden Wessis an den Ostseeständen geschlagen. Und auch da war sie stets in der ersten Reihe, zumindest in den drei Augustwochen, die sie auf Hiddensee verbrachte.

Neben einem rötlichen, knapp mannshohen Felsblock, der am Rande der frisch gemähten Wiese lag, kleidete sie sich gemächlich aus, faltete jedes Kleidungsstück sorgfältig zusammen und legte es auf der rauen Oberfläche des Findlings ab. So blieben die Sachen sauber. Vor allem aber konnte sie sich beim Aus- und Ankleiden an dem Felsen abstützen.

Mit schnellen Schritten eilte die Nackte in Richtung des schmalen Durchgangs, den sich eine Gruppe älterer Stammgäste seit vielen Jahren im dichten Schilfgürtel des Sees freihielt. Das war ein kleiner Umweltfrevel, aber doch auch ein Gewohnheitsrecht, das man nicht aufzugeben bereit war.

An diesem Morgen wurde die Ordnung von Friederike Mehring gleich zweimal gestört. Die beiden Begebenheiten hatten wahrscheinlich nichts miteinander zu tun – und sie besaßen auch eine höchst unterschiedliche Tragweite.

Als sie um eine kleine Schilfkante bog, von wo der Weg direkt auf den Durchlass in den See führte, sah sie zu ihrer Verwunderung ein sehr großes Bündel vor einer Hecke liegen. Bei genauer Betrachtung erwies sich das Bündel als ein Mensch, der hier unter mehreren löchrigen Folien in seinem Schlagsack lag. Die leisen Schritte der alten Dame hatten seine Nachtruhe beendet. Verschlafen blinzelte er der rüstigen Nackten entgegen.

»Was machen Sie denn da?«, eröffnete Friederike Mehring das Gespräch, ohne ihre Blöße zu bedecken.

»Na, watt wohl, Omachen, ik habe hier geruht.«

»Mein Herr, das ist ein bewirtschaftetes Badegelände. Und hier ist der FKK-Strand. Sie sollten verschwinden, ehe um acht Uhr die Badeaufsicht eintrifft.«

Der Berber blinzelte in die tief stehende Sonne. »Is ja noch 'n bisschen hin. Da könnteste ja locker noch 'ne Runde zu mir auf meine Pappe kommen.«

Friederike Mehring zischte voller Empörung eine undeutliche Bemerkung in Richtung des Liegenden, die am ehesten als »schmuddeliger Lustmolch« zu verstehen gewesen wäre und strebte entschlossen dem Durchgang im Schilf entgegen. »Lassen Sie bloß die Finger von meinen Sachen«, rief sie beim Betreten des Wassers. »Geld ist keins drin und Schnaps schon gar nicht.«

Der See war heute Morgen recht frisch. Die Regenfälle der letzten Woche und die fehlende Sonne hatten die Wassertemperatur merklich sinken lassen. Energisch spritzte sich die Pensionärin Wasser unter die Achseln, auf Bauch, Brust und Gesicht. Dann ließ sie sich nach vorne fallen und schwamm mit kräftigen Zügen durch das Schilf hindurch in den offenen See, in dem zu dieser Tageszeit noch keine anderen Schwimmer zu sehen waren.

Die Sonne stand nun etwas höher und ließ die Wasseroberfläche glitzern und flirren, als bestünde sie aus unendlich vielen Kristallketten.

Mit gleichmäßigen Bewegungen schwamm Friederike Mehring noch ein Stück hinaus, um dann nach einer Weile einen Schwenk im rechten Winkel zu vollführen. Eine Zeit lang folgte sie in einer Parallele dem Ufer. Schließlich hielt sie an einer ihr gut vertrauten Stelle wieder auf den Schilfgürtel zu, der wie ein geschlossener grüner Wall gegen das Wasser stand. Wie immer wollte sie das letzte Stück zurück zum Durchlass nahe am Schilf entlangschwimmen. Seit vielen Jahren bewältigte sie immer dieselbe Strecke. Mit jeder Richtungsänderung erschloss sich der einsamen Schwimmerin ein anderer Blick. Mal sah sie auf die Weite des Sees, dann auf die in der Ferne aufragenden Sechzehngeschosser ihres Wohngebiets. Und schließlich sah sie in Abkehr von der Zivilisation auf den Schilfvorhang und die oftmals davor schwimmenden Wasservögel. Seit einiger Zeit fehlte ihr Freund Theo. Theo, der Schwan, zu dem sie eine besondere Beziehung hergestellt hatte, die offenbar auf Gegenseitigkeit beruhte: Wir kommen uns nahe, bleiben aber doch in einer gewissen Distanz zueinander. Im Frühsommer war Theo von einer Gruppe marodierender jugendlicher Säufer erschlagen worden. Zu DDR-Zeiten hätte es so etwas nicht gegeben. Im neuen System lagen zu viele Entgrenzungen, mit denen Heranwachsende nicht umgehen konnten. Dies war eine der unwiderruflich feststehenden Überzeugungen der alten Pädagogin, die einst ihre Schüler mit Strenge und festen Regeln unterrichtet hatte.

Während Friederike Mehring zum wiederholten Male über den traurigen Tod Theos sinnierte, nahm sie eine weitere Störung ihrer gewohnten Ordnung wahr. Im Schilf schien Müll zu hängen, ein Sack oder ein großer, aufgerissener Pappkarton. Immer wieder wurde das Schilf von irgendwelchen Rabauken verunreinigt. Und dann hatte die »alte Garde«, zu der Friederike und einige andere Ältere gehörten, die schon ein halbes oder in Einzelfällen fast ein ganzes Leben an diesen FKK-Strand kamen, wieder für Sauberkeit und Ordnung zu sorgen. Oder der junge Mann von der Badeaufsicht musste überredet werden, mit seinem Ruderboot das Zeug zu bergen, das einfach nicht hierher gehörte.

Noch während Friederike Mehring darüber nachdachte, wen sie noch heute mit der Beseitigung des Mülls beauftragen konnte, erkannte sie, dass das, was hier im Schilfgürtel ihr ästhetische Empfinden heute Morgen bereits zum zweiten Mal störte, ein menschlicher Körper war, der offensichtlich leblos zwischen den äußeren Schilfstauden hing.

×××

Es war erst zehn Minuten nach fünf. Gotthilf Bröckle trat ans Fenster der kleinen Einraumwohnung, wie man hier im Osten sagte, die ihm sein Freund in der Rogätzer Straße, eingangs der alten Neustadt, überlassen hatte. Gegen den noch düsteren Himmel konnte er die dunklen Konturen der Hafenanlagen und einiger Speicher erkennen. Im Vordergrund befand sich eine großflächige Baustelle. Zwei Strahler beleuchteten das Gelände, obwohl noch niemand mit der Arbeit begonnen hatte. Nebenan strebte der Neubau der Feuerwache Nord seiner Vollendung entgegen.

Der Alte setzte einen Kaffee auf, dann ging er ins Bad und rasierte sich. Er wollte hier nur eine Tasse Kaffee trinken. Später frühstückte er in der Mensa der Universität. Da traf er Leute, mit denen er plaudern konnte. Bröckle hatte sein Leben lang immer gut zuhören können. Das war hier gefragt und fand rasch Sympathie, obwohl er Wessi war. Und dazu sogar noch Schwabe. Aber seit er in einer Runde in der Mensa erklärt hatte, dass Sachsen-Anhalter nichts anderes waren als wegen Verschwendung in die Verbannung geschickte Schwaben, hatte der ulkige Alte immer mehr fürsorgliche Zuwendung gefunden. Die hatte er auch nötig, denn die Universität war für ihn ein Komplex mit vierzehn Siegeln.

Nach dem Rasieren war es draußen hell geworden. Er verrieb einen winzigen Spritzer »Beckham Instinct« auf der Haut. Dieses Herrenparfüm hatte ihm seine Tochter zum Geburtstag geschenkt. Er mochte das Zeug nicht, zu plüschig, fast unmännlich. »Metrosexuell«, hatte seine Tochter gesagt. War das ein neues Wort für schwul? Bröckle räkelte sich, zündete eine Zigarette an und trat erneut ans Fenster. Nach dem Frühstück in der Mensa wollte er bei Hauptkommissar Bertram vorbeischauen, mit dem ihn seit ihrer allerersten Begegnung ein von gegenseitiger Sympathie getragenes

Verhältnis verband, wie es zwischen einem noch aktiven und einem ehemaligen Polizisten nur dann aufkommen kann, wenn sich der Letztere nicht ungefragt in die Angelegenheiten des Ersteren einmischte.

Diese von Respekt getragene Beziehung hatte sich weiter vertieft, als Bröckle im Sommer 2006 den Mord an dem Magdeburger Bürger Richard Gerber aufklären konnte.

Als Bröckle nach einem ausgiebigen Frühstück, bei dem er länger als geplant mit seiner Lieblingskommilitonin Svetalana Kirikowa geplaudert hatte, das Polizeipräsidium betrat, spürte er sofort eine besondere Anspannung und Hektik, die sich von der ihm aus vorigen Besuchen vertrauten Atmosphäre deutlich unterschied.

Auf dem Flur des zweiten Stockwerkes, in dem das Büro seines Freundes Bertram lag, wurden Türen aufgerissen und zugeschlagen. Die Schritte der Hin- und Hereilenden wirkten auf den Besucher beschleunigt, der Lärmpegel erhöht und das Stimmengewirr lauter und aufgeregter als sonst.

Ohne anzuklopfen betrat er das Büro des Hauptkommissars, der mit konzentriertem Gesichtsausdruck telefonierte. Bröckle sah Falkenhorst, den er bei früheren Besuchen im Präsidium bereits kennengelernt hatte. Den trotz seiner gut 40 Jahre immer noch jungenhaft wirkenden Inspektor umgab immer etwas Tölpelhaftes. Zwei weitere Beamte, die im Zimmer standen, kannte er nicht. Bertram gab ihm mit kurzen heftigen Zeichen zu verstehen, dass er sich auf den einzigen, noch freien Stuhl setzen sollte. Dann konzentrierte er sich wieder auf sein Telefonat. Soweit Bröckle die einzelnen eingeschobenen Nachfragen und Erläuterungen seines Freundes deuten konnte, wurde wohl eben ein Schnellbericht zu einem pathologischen Gutachten erstattet. Nach den Worten »Verstehe ich dich richtig, dass noch nicht gesagt werden kann, ob Selbst- oder Fremdverschulden vorliegt« und einer undeutlich gemurmelten Verabschiedung legte der Beamte auf. Mit einem Seufzer erhob er sich und streckte seinem Gast über den ungeordneten Schreibtisch hinweg die Hand entgegen.

»Schön, dich zu sehen, Gotthilf. Du bist die erste angenehme Erscheinung an diesem verkorksten Morgen.«

Falkenhorst sah mit stiller Empörung auf seinen Chef.

Bröckle schüttelte die dargebotene Hand. »Grüß dich Gott, habt ihr mal wieder Stress?«

»Du weißt doch, seit diesem vermaledeiten Freispruch gegen die Schläger, die deinen jungen Landsmann zum Krüppel geschlagen haben, ist hier der Teufel los. Und jetzt haben wir gestern einen Jungen aus dem Wasser gefischt, der zu der Gruppe der Schläger gehört hat.«

»Tot aus dem Wasser gefischt?«

»Ja tot, natürlich tot, sonst wäre das ja nicht unsere Sache.«

»Und du meinst, die beiden Vorgänge hängen miteinander zusammen?«

»Keineswegs. Aber ich habe dich ja noch gar nicht gefragt, wie es dir geht und weshalb du hier bist. Willst du einen Kaffee?«

Verneinend schüttelte Bröckle den Kopf. »Hab erst grad gefrühstückt und außerdem will ich dir heut keine Umständ macha. Du glaubsch also nicht, dass die beiden Vorgäng miteinander z'sammahängat?«

»Gotthilf, wir wissen es noch nicht. Der Tote gehörte zu einer Gruppe, die auf einer Halbinsel des Neustädter Sees zünftig den Freispruch feierte, der meiner Meinung nach zu Unrecht erfolgt ist. Am anderen Morgen wurde der Kerl von den anderen vermisst, als sie sich langsam wieder mit schweren Köpfen erhoben. Offensichtlich war sogar das Personal des Jugendclubs dabei, in dem sich die Clique regelmäßig aufhält. Zwei Mitarbeiterinnen sind dann aber irgendwann in der Nacht nach Hause gegangen. Ein männlicher Angestellter lag noch besoffen unter den Jugendlichen. Unglaublich!«

»Kann es sein, dass der Bub einfach im Suff noch mal ins Wasser gegangen und dann ertrunken ist? Es war doch eine warme Nacht.«

»Kann sein, kann sein. Wie ich eben am Telefon erfahren habe, war er völlig zugeknallt. Alkohol satt, dann aber noch eine größere Dosis Faustan.«

»Was ist das?«, fragte der Alte.

Bertram zögerte einen Moment, ehe er lächelnd fortfuhr: »Ach so. Das Zeug heißt bei euch ja anders. Faustan war und ist auch heute noch unser Valium oder Diazepam. Ein Benzodiazepin also.«

Bröckle nickte. »Ach so. Früher war bei uns im Westen auch Rohypnol weit verbreitet. Das nahmen die Junkies, wenn sie keinen Stoff mehr hatten. Ich weiß, dass gerade in Verbindung mit Alkohol die Gefahr der Überdosierung groß ist. Die Jungs haben dann das Gefühl, sie könnten mehr von dem Zeug vertragen.«

»Mein Gerichtsmediziner hat mir eben erklärt, dass sich die atemdepressiven, also die den Atem lähmenden Wirkungen von Faustan und Alkohol gegenseitig verstärken. Wer das Zeug nimmt und säuft, kann ersticken, zumal, wenn er dann auch noch ins Wasser geht oder fällt.«

»Und? Ist er gegangen oder gefallen?«

»Genau das wissen wir noch nicht. Am Opfer waren wohl keine äußeren Merkmale weiterer Gewalteinwirkung festzustellen, die üblichen Schürfungen einmal ausgenommen, die sich ein lebloser Körper typischerweise im flachen Wasser und im Schilf zuziehen kann.«

»Glaubst du, es handelt sich um einen Racheakt? Aus dem Kreis der linken Szene? Der Bruder des jetzt schwer behinderten jungen Mannes scheint ja in einem entsprechenden Umfeld zu verkehren.«

Bertram sog hörbar die Luft durch die Nase ein. »Gotthilf, mit diesen Spekulationen solltest du keinen Humbug treiben. Die wirken wie ein Brandbeschleuniger. Nach allem, was hier in den letzten zwanzig Jahren vorgefallen ist, hätten wir dann wahrscheinlich einen Krieg zwischen den Sturmtruppen des sogenannten ›nationalen Widerstandes‹ und den sogenannten ›antifaschistischen Kreisen‹. Bevor ich diese kühne Annahme laut formuliere – die ich natürlich nicht ausschließe –, will ich schon ein paar handfeste Anhaltspunkte haben. Nach allem, was wir jetzt wissen, kann nicht von Fremdverschulden ausgegangen werden. Keiner der befragten Zeugen hat irgendetwas berichtet, was diese These erhärten würde. Im Umfeld des Tatorts wurden keine fremden Personen wahrgenommen. Die Gruppe war alleine auf der Halbinsel. Die meisten haben dort auch übernachtet. Und als Mirko Weise, so hieß der Tote, am anderen Morgen nicht zugegen war, hat sich der Rest der Gruppe keine besonderen Gedanken gemacht. Ein paar andere sind ja auch noch zu später Stunde nach Hause gewankt. Auch zwei betreuende Sozialarbeiterinnen sind wohl so nach eins aufgebrochen. Sofern man bei so was von Betreuung überhaupt reden kann.«

»Sind die alle zusammen gegangen?«

»Nein. Drei Mädchen und ein Junge gingen gemeinsam. Die beiden Sozialarbeiterinnen etwas später, aber getrennt voneinander. Die Leiterin der Einrichtung«, Bertram durchwühlte seine Aufzeichnungen, »ja, hier hab ich's, eine schon lange in der Jugendarbeit tätige Frau namens Evelyn Denniger, hat wohl noch ein Mädchen mitgenommen, das übrigens auch an dem schweren Überfall beteiligt war. Saskia Krone heißt sie. Erst siebzehn, aber schon ein ganz abgezocktes Weibsstück.«

»Bei uns im Hohenlohischen nennt man so eine a abg'schlochas Ripp.«

»Für euren Dialekt benötigt man doch mindestens einen Waffenschein«, erwiderte der Kommissar mit gespielt ernster Miene.

×××

Das Bekanntwerden des Todes von Mirko Weise entfachte eine wilde, feindselige Hektik in der Stadt. Während an den akademisch geprägten Stammtischen der Kneipen gelegentlich wieder – wie schon früher bei den Westlinken – von der »klammheimlichen Freude« die Rede war, fand in rechten Kreisen die Behauptung vom »Mord an einem guten Kameraden« immer mehr Gehör. SS-Siggi heizte die Wut der Rechten mit einem Flugblatt noch weiter an, indem vom »Mord an einem in der Strafsache Lückert voll Rehabilitierten« die Rede war.

Obwohl noch keineswegs geklärt war, ob Weise durch Selbst- oder durch Fremdverschulden zu Tode gekommen war, stieß der Vorgang bereits wieder auf überörtliches Interesse, was sich für

Bertram vor allem dahingehend auswirkte, dass er mehrmals am Tag von Journalisten belästigt wurde, die Informationen über den Stand der Ermittlungen in Erfahrung bringen wollten.

Und auch das dämliche Gequatsche war wieder losgegangen. Krethi und Plethi aus der großen und der kleinen Politik und auch die sogenannten »Expertenkreise« hatten sich bereits zu den Vorgängen geäußert. Bertram dachte in derartigen Zusammenhängen immer gerne an ein hin und wieder eingeflochtenes Wortspiel von Gotthilf Bröckle, der in solchen Fällen immer von »Gretel und Blödel« sprach, was freilich einen Hauch politischer Unkorrektheit in sich trug. Denn was konnte das Gretel dafür, wenn sich diese Blödmännern immer öffentlich produzierten? Diese Frage hatte zuerst die Seeliger gestellt, die einzige Frau in seinem sechsköpfigen Team.

Evelyn Denninger hatte mit großer Umsicht versucht, den Jugendclub »Bernstein« aus der Schusslinie zu nehmen. Solange der Tross der Journalisten durch die Stadt tourte, blieb der Club geschlossen. Wer sie dringend sprechen wollte, konnte sie zu jeder Zeit erreichen. Dann wurde er für den engen Kreis der Stammbesucher wieder geöffnet. Die für die nächsten vierzehn Tage geplanten Veranstaltungen fielen erst einmal aus.

Die kriminaltechnischen Untersuchungen führten zu keinen brauchbaren Ergebnissen. Dort, wo die Jugendlichen mit ihren Betreuern gefeiert hatten, gab es derart viele Spuren, dass sich daraus keine Hinweise mehr auf einen möglichen Tathergang oder die Umstände eines Unfalls ableiten ließen.

»Eine zu große Spurenfülle führt in die Sackgasse«, sagte Bertram zu Falkenhorst, der mit einem feinen Gespür für die Stimmungslagen seines Chefs ausgestattet war und jetzt wahrnahm, dass sich der in einem Zustand befand, in dem jede noch so unbedeutende, aber falsche Bemerkung ein tobendes Gewitter auslösen konnte. Er zog es deshalb vor, die Worte des Hauptkommissars lediglich mit einem schweigenden Nicken zu kommentieren.

Auch die Pathologie lieferte nichts Brauchbares. »Sicher ist, dass eine starke Dosis Benzodiazepin zugeführt wurde, höchstwahrscheinlich Faustan. Letztendlich ist der junge Mann ertrunken. Es ist nicht zu klären, ob er das Faustan selbst genommen hat, oder ob es ihm durch eine andere Person zugeführt wurde.«

»Was jetzt«, hatte Bertram ins Telefon gewettert, »Mord, Selbstmord oder Unfall?«

»Das kannst du dir aussuchen«, hatte Möbius, der alte Pathologe, geknurrt und dann grußlos den Hörer aufgelegt.

×××

Im »Café Köhler« war es spät geworden. Unentschlossen stand Gotthilf Bröckle an der Haltestelle »Alter Markt« und wartete auf die Straßenbahn. Der öffentliche Raum begann bereits wieder unwirtlich zu werden. Er hasste die mittlerweile weit verbreitete Angewohnheit der Jungen, mit geöffneten Bierflaschen durch die Straßen zu laufen. Trinken hatte seinen Ort zu haben, so war er es gewohnt. Zumal viele ihr Leergut einfach irgendwo abstellten. Bestenfalls. Wenn die jungen Krieger angetrunken waren, pfefferten sie die Flaschen auf den Boden, gegen Mauern und manchmal sogar in die Glasscheiben der Haltestellen. Jeden Montag zeugten zahllose Scherbennester von der hässlichen Seite der nächtlichen Eskapaden Jugendlicher. Es widerte ihn an. Der Fluss der eilenden Fußgänger versiegte nun zusehends. Bröckle hatte sich einige Schritte von einer Clique entfernt, die am anderen Ende der Haltestelle trank und lärmte. Hin und wieder meinte er aus dem Gegröle rechte Zoten herauszuhören. Aber er war sich nicht ganz sicher, zumal er nicht mehr so gut hörte und die Jugendlichen nicht wie Jungnazis gekleidet waren. ›Sie sehen eigentlich ganz normal aus‹, dachte er. Aber was hieß das schon. Aus Richtung Uni-Platz kam eine etwa zehnköpfige Gruppe festlich gekleideter Menschen. Sie hatten es eilig. Vermutlich Theaterbesucher, die im Nachgang zur kulturellen Erbauung noch einzukehren gedachten.

Zwei junge Männer verließen das Rund der Clique und eilten breitbeinig auf die Passanten zu. Dabei fixierten sie eine Frau in schwarzem Kostüm. Einer der beiden Jungs begann ein zotiges Grölen. Der andere fiel rasch in dessen Singsang ein.

»Alte, du hast keine wirkliche Klasse.
Dir fehlt nämlich die arische Rasse.«

Verstört und ohne aufzublicken machte die Frau einen Bogen um die beiden. Auch sichtbar irritiert beschleunigten die gut Gekleideten ihre Schritte. Die meisten Männer blickten stur geradeaus. Alle schwiegen. Die beiden Provokateure rannten grinsend und feixend zu ihrer Clique zurück, die sie johlend wieder in ihren Kreis aufnahm. Am meisten ärgerte sich Bröckle über das grelle Lachen eines Mädchens, das einen kleinen Hund an der Leine hielt.

Der Alte sah in der Ferne bereits seine Straßenbahn kommen, als sich vier in dunkles Leder gekleidete Gestalten der Gruppe näherten. Schwarzen Schatten gleich tauchten sie auf. Ihre Gesichter waren hinter den getönten Visieren ihrer Motorradhelme nicht zu erkennen.

Noch ehe die Jugendlichen die Ankömmlinge bemerkten, griff sich einer der Behelmten einen der jungen Männer von hinten und hielt ihn fest. Die fast leere Bierflasche, die dieser eben noch in Händen hatte, zerbrach klirrend auf dem Pflaster. Sein schwarzes Basecap flog durch die Luft. Ein zweiter Angreifer schlug dem nunmehr Wehrlosen mit harten Schlägen auf den Leib. Die beiden anderen drängten in bedrohlicher Eindeutigkeit die Freunde des Angegriffenen ab. Fast alle waren so erschrocken, dass sie keine Anstalten machten, ihrem Kumpel zu Hilfe zu eilen. Lediglich der andere Junge, der zuvor an der Provokation der Passanten beteiligt gewesen war, hob einen Moment lang drohend seine noch volle Bierflasche, was zur Folge hatte, dass einer der Männer in Lederkombi mit schnellen Schritten auf ihn zuging, ihm mit einem Ruck die Flasche entwand und eine Ohrfeige versetzte, die ihn taumeln ließ.

Die Straßenbahn, die der unfreiwillige Zeuge zu nehmen gedachte, war noch nicht zum Halten gekommen, als die Aktion, einem Spuk gleich, zu Ende war. Die Behelmten rannten in Richtung Rathaus. Die Jugendlichen blieben verstört und eingeschüchtert zurück. Erst mit größer werdender Entfernung der Angreifer wurden sie wieder mutiger und stießen einzelne Verwünschungen und Beleidigungen aus. Der mit Schlägen auf den Körper Malträtierte saß benommen auf dem metallenen Sitz der Haltestelle. Der Geohrfeigte hielt sich mit der linken Hand den Kiefer und wehrte eines der Mädchen ab, das sich ihm fürsorglich zuwandte.

Gotthilf Bröckle ging nur ungern ins »Layla«. Seit er vor zwei Jahren einen akuten Anfall von Tinnitus nur dank den Künsten der Homöopathin seiner Frau überstanden hatte, mied er Orte mit lauter Musik, denn die führte dazu, dass auch die Lautstärke der Gespräche anschwoll. Hin und wieder allerdings ging er dienstags zu einem Stammtisch, an dem Desiderius Jonas verkehrte, seit er von der HFSK Leipzig an die hiesige Hochschule gewechselt war. Und für heute hatte er sich wieder einmal angekündigt, nachdem er die meiste Zeit seines Forschungssemesters in Spanien verbracht hatte. Angeblich, um ein neues Fachbuch zu schreiben. Auch Aron Winter hatte er im »Layla« schon mehrfach getroffen. In der seiner Meinung nach viel zu dunklen Kneipe erblickte er im Hintergrund des Schankraumes den Tisch, an dem Jonas und Winter mit einigen anderen Männern saßen. Sie schienen sich köstlich zu amüsieren.

Bröckle blickte in die Runde und fixierte dann seinen Kumpel Desiderius Jonas, der ihn erstaunt ansah. »Und da hän ihr alte Dackel au no Spaß dra. An so 'ma U'fug.«

Die Runde lachte nunmehr über das breite Schwäbisch des neuen Gastes. Jonas aber kannte seinen Freund genau und wusste, dass dieser meist in besonderen Erregungs- und Gemütszuständen in seinen Dialekt verfiel.

»Gottl, was hasch denn?«

»Du warsch doch grad dabei, i han de doch g'sea.«

Jonas blickte irritiert über sein volles Bierglas hinweg. Der Kreis verstummte. »Bei was willst du uns gesehen haben?«

»Ich hab eindeutig nur dich gesehen. Vor einer knappen Stunde. An der Haltestelle. Bist ja unverwechselbar. Und außerdem kenn ich doch dei Lederkombi.«

Jonas griff energisch nach dem Unterarm seines Freundes. »Gottl, red bloß kein Scheiß. Und scho gar net in der Öffentlichkeit. Ich bin nirgends dabei gewesen. Frag die Bedienung, ich bin schon seit mehr als zwei Stunden hier.« Er schaute in die Tischrunde, die plötzlich schwieg. Sein Blick blieb an Aron Winter haften, der noch etwas hünenhafter wirkte als er selbst. Dieser blickte gleichmütig vor sich hin und drehte mit ruhigen, gleichmäßigen Bewegungen weiter eine Zigarette. »Oder siehsch du hier jemanden in Lederkombi? Komm, setz dich her und trink ein Bier.«

Bröckle, der immer noch stand, schüttelte den Kopf. »Koi Lust. Und dir wird's Lacha scho' no' verganga.«

Mit diesen Worten eilte der Alte zum Ausgang und ließ wenigstens für einen Moment eine ratlos schweigende Runde zurück. Erst weit oben in der mit Gründerzeithäusern gesäumten Straßenschlucht der Arndtstraße beruhigte er sich wieder und blickte kurz nach oben. Einzelne Sterne blinkten aus dem nachtblauen Himmel durch das schüttere Geäst alter Bäume. Für einen Augenblick herrschte Ruhe in der Stadt.

×××

Hauptkommissar Bertram blickte missmutig in den kleinen Konferenzraum. Von seinen Leuten, die er zum Dienstgespräch erwartet hatte, fehlten zwei. Der Richter und die Seeliger, die einzige Frau seines Teams. Wahrscheinlich waren beide wieder mal krank. Er schloss die Tür hinter sich und setzte sich neben Müller zwo, der in legerer Körperhaltung in seinem Sessel hing. Müller zwo hieß Müller zwo, weil sie in ihrem kleinen Team zwei Müllers hatten, die zudem noch den nahezu gleichen Vornamen trugen. Claus und Klaus. Statt des steifen »Müller eins« und »Müller zwo«, das sie lediglich im dienstlichen, nach außen wirksamen Sprachgebrauch verwendeten, sprachen sie die Kollegen intern nur als »*Ce*laus« und »*Ka*laus« an. Aber in Gegenwart von Vorgesetzten wurde grundsätzlich von »Müller eins« und »Müller zwo« gesprochen. Müller eins öffnete seine uralte Thermoskanne, die er bereits zu DDR-Zeiten mit ins Büro genommen hatte, und goss sich heißen, noch dampfenden Tee ein. Einer zerbeulten Aluminiumbrotbüchse, die man ohne weiteres als Requisite in einem Film, dessen Handlung in den Dreißigerjahren des letzten Jahrhunderts angesiedelt war, verwenden konnte, entnahm er eine dünne Schnitte, die nochmals akkurat in Butterbrotpapier gewickelt war. Nicht seine Frau, sondern er selbst mache sich die Schnittchen, hatte er im Verlauf ihrer nun schon bald drei Jahrzehnte währenden gemeinsamen Dienstzeit schon hundertmal erklärt. Bertram mochte es nicht, wenn während ihrer Besprechungen gegessen wurde. Aber Müller eins hatte noch ein knappes Jahr bis zur Pensionierung, und er war für sein Alter immer noch außerordentlich engagiert und gewissenhaft. Kein Vergleich mit Richter, der noch einige Monate vorher in Pension ging und seit einigen Jahren deutlich schwächelte, wie man hier so sagte. Warum also sollte er die kleinen Marotten des Alten rügen? Schwierig war es allerdings immer dann, wenn die Präsidentin in die Runde kam und Müller eins ihren missbilligenden Blicken fröhlich entgegengrinste und weiter an seiner Stulle kaute.

Falkenhorst war bereit zum Vortrag. Bertram nickte ihm nach einem leise gemurmelten »Guten Morgen, Kollegen« auffordernd zu.

Der Inspektor blätterte noch wenige Sekunden in seinen Papieren, dann eröffnete er die zusammenfassende Berichterstattung. »Am Samstag, den 8. September ging die Zeugin, die den Toten fand, wie an fast jedem Tag im Sommerhalbjahr zwischen halb sieben und sieben morgens zum Schwimmen an den Neustädter See. Auf der Wiese, auf der sie an ihrem Stammplatz, wie sie sagte, ihre Kleider deponierte, traf sie an diesem Morgen auf eine anfänglich noch schlafende Person. Wohl ein Penner, der da Platte gemacht hatte …«

»Ein Obdachloser, kein Penner«, knurrte Müller zwo.

Falkenhorst blickte irritiert blinzelnd auf. »Also gut, ein Obdachloser.«

»Also, wenn schon korrekt, dann Wohnungsloser«, mischte sich Müller eins ein.

»Auch gut, wenn es den ganz Korrekten unter uns eine besondere Befriedigung verschafft, dann war es halt ein Wohnungsloser«, fuhr Falkenhorst sichtlich gereizt fort. »Nach dem fahnden wir noch, denn als die Frau später wieder zu ihren Habseligkeiten eilte, war der bereits abgezogen.«

»Haben Sie schon die städtischen Notunterkünfte abgeklappert, Wärmestuben, die Tafel?«, fragte Bertram.

»Ich habe damit begonnen«, nuschelte der Inspektor. »In der städtischen Männerunterkunft Am Deichwall wurden ein gutes Dutzend Männer und mehrere Mitarbeiter befragt. Niemand will an diesem Morgen am See gewesen sein oder hat von einem gehört, der in der besagten Nacht dort im Freien geschlafen hat. Andere Einrichtungen werden von mir und Kalaus«, Falkenhorst blickte auf den jüngeren der beiden Müllers, »heute noch durchkämmt. Die Zeugin machte trotz ihres hohen Alters sehr präzise Angaben. Sie sei zwischen halb und dreiviertel sieben ins Wasser gegangen, habe ihre immergleiche Runde gedreht und sei schließlich an der wasserseitigen Schilfkante auf etwas gestoßen, das sie zuerst als Müllsack ansah, was sich aber als die Leiche entpuppte. Rasch sei sie an Land geschwommen, zu ihren Kleidern geeilt. Der Obdachlose sei bereits verschwunden gewesen. Obwohl sie wusste, dass dort um diese Zeit noch keiner war, sei sie erst einmal zum bewirtschafteten Eingangsbereich des Bades gelaufen. Aber die beginnen ihren Dienst erst zwischen halb acht und acht.«

»Und wie hat sie dann die Polizei rufen können. Hatte sie ein Handy dabei?«, fragte Müller eins.

»Nein, das nimmt sie grundsätzlich morgens nie mit, wenn sie alleine schwimmen geht. Sie traf dann einen einsamen morgendlichen Jogger, der ein Handy bei sich hatte.«

»Zeiten sind das«, murmelte Müller eins, »mit dem Handy joggen gehen. Ich laufe seit vierzig Jahren. Aber das würde mir nie einfallen.«

»In deinem Alter ist das aber zu empfehlen. Nimm bloß mal an, du bekommst einen Herzinfarkt.« Der junge Müller sagte das in einem Ton, dass man nicht genau wusste, ob er es wirklich gut meinte mit seinem Kollegen.

»Denn bekommst eher du.« Müller eins war anzumerken, dass ihn die Bemerkung ärgerte und er setzte noch einen drauf. »Für dein Alter bist du doch schon viel zu fett.«

»Zur Sache.« Nun fing auch Bertram an sich zu ärgern, als der in der Tat bereits etwas zu Übergewicht neigende Jüngste seines Teams zu einer Erwiderung ansetzen wollte. »Celaus, was hast du von Möbius erfahren?«

Müller eins räusperte sich, legte den Rest seiner zweiten Schnitte auf das in der Mitte exakt gefaltete Butterbrotpapier und blätterte in seinem Notizbuch. »Der alte Leichenschnippler will sich nicht festlegen. Sie würden zügig arbeiten und uns in wenigen Tagen einen dann schon sehr verbindlichen vorläufigen Bericht vorlegen. Man gehe von einer Potenzierung der Wirkungen von Alkohol und einem Benzodiazepin aus. Wie er dir bereits am Telefon sagte, handelt es sich vermutlich um Faustan. Sie haben wohl bislang eine Übersichtsanalyse mittels Dünnschichtchromatografie durchgeführt.« Er blickte angestrengt auf seine Notizen. »Auch eine sogenannte Azokoppelung mit Phenylethylendiamin wurde vorgenommen.« Er zuckte mit den Achseln. »Ach was. Ich verstehe seine gesalbten Vorträge auch heute noch nicht.«

»Man kann damit verflüssigte Benzodiazepine nachweisen«, erklärte Bertram. »Das als Droge verwendete Medikament schwamm ja in reichlich Alkohol.«

»Jedenfalls scheint klar zu sein, dass er letztendlich ertrunken ist. In der Lunge war Wasser. Ob Weise allein durch das ungute Zusammenwirken von Alkohol und Faustan gestorben wäre, will er uns erst in ein paar Tagen sagen. Sie hätten ja immer noch keinen Dünnschichtchromatogramm-Scanner. Seit Jahren weise er das Innenministerium und den Finanzminister erfolglos auf diesen Missstand hin. Gespräche mit den Parteien führe er in dieser Sache konsequent nicht mehr. Das sei reine Zeitverschwendung. Er warte selbst noch auf die Ergebnisse eines eingeschalteten Labors.« Müller eins machte eine Pause und blickte fragend in die überschaubare Runde.

»Wichtig für uns ist doch vor allem ein Hinweis darauf, ob er zufällig, aus freien Stücken oder durch die Einwirkung anderer ins Wasser gelangt ist«, stellte Müller zwo fest, ohne die anderen anzusehen.

Bertram nickte. »Das ist auch schon fast alles, was wir haben. Die gesamten Zeugenbefragungen ergeben keine Hinweise auf einen gewaltsamen Tod oder die Mitwirkung einer anderen Person. Auch die Wunden, die am leblosen Körper festgestellt wurden, sind nichtssagend, eben so, wie sie auftreten können, wenn eine Leiche mehrere Stunden im Wasser treibt oder sich im Schilf verfängt.«

Claus Müller wischte sich mit einem altmodischen Leinentaschentuch den Mund ab. »Kollegen, wir haben genügend Informationen, wenn es ein Unfall war. Sollte dieser Weise aber durch Fremdverschulden zu Tode gekommen sein, haben wir verdammt wenig. Mit anderen Worten: wir haben nichts.«

»Wir haben aber auch keinen Anhaltspunkt für Fremdverschulden«, Müller zwo trommelte mit den Fingern ein kurzes Stakkato auf die Kunststoffoberfläche des ovalen Konferenztisches.

Bertram schien die letzten Bemerkungen nicht gehört zu haben. Wie geistesabwesend starrte er mit aufgestütztem Kopf aus dem Fenster. Er wünschte sich, dass es ein Unfall war. Denn der erfahrene Kollege Claus Müller hatte völlig Recht. Sollte Fremdverschulden vorliegen, hatten sie keine brauchbare Spur. Keine einzige. Und das ging ihm ganz gehörig auf den Sack.

×××

Als Bröckle anderntags den Zugang zum Neustädter See erreicht hatte, war er bereits schweißgebadet. Wieder einmal hatte er, der Dörfler, die Entfernungen im großstädtischen Raum unterschätzt. Er hatte die Nachmittagsvorlesung geschwänzt und verbrachte, ohne es zu bereuen, zwei genussvolle Stunden im »Café Köhler«. Sein Lieblingskuchen war ganz frisch serviert worden und die heiße Schokolade schmeckte so, wie er sie mochte. In der »Magdeburger Volksstimme«, die Desiderius Jonas spöttisch immer nur »Vogelstimme« nannte, stand nur noch ein kleiner Artikel über den Mord. Die Spurenlage am Neustädter See sei unübersichtlich. Mord war es für ihn, den Ex-Polizisten, allemal. Nur die Beweise fehlten. Hieß es nicht einmal Polizist immer Polizist? Einer spontanen Eingebung folgend entschied er beim zweiten Stück Kuchen, das er bei der freundlichen jungen Bedienung bestellt hatte, sich dort einmal umzusehen.

Der Fußweg zwischen der nächstgelegenen Straßenbahnhaltestelle und dem Gewässer zog sich hin. Da er an diesem für die Jahreszeit noch ungewöhnlich heißen Abend nichts anderes vorhatte, wollte er sich den Ort, an dem Mirko Weise aller Wahrscheinlichkeit nach umgekommen war, nochmals genauer anschauen. Er hatte das mit Bertram nicht abgesprochen. Der würde aber auch nichts dagegen einwenden, denn die polizeiliche Spurensicherung war zumindest hier im Gelände bereits abgeschlossen worden.

Das Badegelände wurde bewirtschaftet. Da es aber bereits kurz vor 19 Uhr war, musste er keinen Eintritt mehr bezahlen. Rechts vom Eingang war auf mehreren Volleyballfeldern noch reges Treiben. Irritiert bemerkte Bröckle, dass die Mehrzahl der Freizeitspieler nackt war, darunter auch einige ältere Nudisten. Und sogar einige Frauen. Er zwang sich, wegzuschauen.

Dass er sich in einem der ostdeutschen FKK-Refugien befand, wurde dem Schwaben wenige Minuten später klar, als er über eine menschenleere Liegewiese in Richtung des seit zwei Tagen nicht mehr abgesperrten Tatortes stapfte. Eine unbekleidete ältere Frau steuerte ungeniert mit den Worten auf ihn zu: »Mein Herr, hier ist textilfrei.«

»Ja, ja.« Bröckle bemühte sich, an ihr vorbeizuschen und ging, so rasch er konnte, aus dem Bereich der ineinander übergehenden Liegewiesen hinaus, dorthin, wo das Buschwerk dichter wurde und sein Fortkommen verlangsamte. Im Umkreis der Stelle, wo man die Leiche gefunden hatte, war das sonst so undurchdringliche Schilf als Folge der polizeilichen Ermittlungen großflächig niedergetrampelt. Ihn störte, dass die Polizei aufgrund der Aussage der Betreuerin und der Jugendlichen annahm, dass der im flachen Wasser gelegene Fundort des Toten auch die Stelle war, wo der Junge ins Wasser geraten sein sollte.

Wenn es stimmt, dass Weise mit einem Cocktail aus Alkohol und Faustan vollgepumpt gewesen war, dann war es recht unwahrscheinlich, dass er sich noch dreihundert Meter von seiner Clique entfernt hatte.

Am Ende des FKK-Geländes gelangte der Alte an einen schmalen Durchgang zu jener kleinen Bucht, in der die im Rhythmus der Wellen schlingernde Leiche im Schilfgürtel gefunden worden war.

Bröckle sah sich prüfend um. Eine spitz zulaufende Landzunge geriet in sein Blickfeld. Das Wasser bewegte sich von dort aus in seine Richtung. Hatte der hier häufig stark wehende Westwind den Toten hergetrieben? Bröckle umkreiste die Bucht eines weiteren Badestrandes, passierte zwei Türme, die wohl tagsüber von der Badeaufsicht besetzt waren, und näherte sich der Ausflugsgaststätte »Seeblick«, in deren Gartenlokal die Tische noch gut besetzt waren.

Und wenn es ihm doch gelungen war, in seinem Zustand so weit zu laufen, dann musste er einen Grund gehabt haben. Der Alte näherte sich erneut dem Wasser. Noch immer brannte die Sonne. Sein Kommen wirbelte Scharen von Stechmücken auf, die in dem niedergetrampelten Schilf auf ein Opfer gewartet hatten. Wild um sich schlagend inspizierte er die Uferkante, ohne auf etwas zu stoßen, was eine Spur sein konnte.

Von der Spitze der Landzunge hörte er fröhliches Lärmen. Bald stieg Rauch auf. Offensichtlich war auch der Grillplatz wieder für die öffentliche Nutzung freigegeben worden. Er näherte sich der Feuerstelle. Hier hatte die Clique an dem Abend gefeiert, als Mirko Weise starb. Ohne auf die Gruppe zuzusteuern, die hier eben mit Grillen begonnen hatte, inspizierte Bröckle weiter das Ufer. Ihm fiel auf, dass das schaukelnde Wasser an der Uferkante einen wenige Zentimeter hohen, regelmäßigen Rand aus Sand, kleinen Ästen und abgestorbenen Wasserpflanzen aufschwemmte. Er wurde vom schwer zu durchdringenden Unterholz geschützt und war nur an den Stellen zertrampelt, an denen die Leute ins Wasser gingen.

Ächzend und schwitzend arbeitete sich der Bröckle weiter durch den Uferbewuchs. Das klatschnasse Hemd klebte auf seinem Oberkörper. Längst hatte er es aufgegeben, die Mückenschwärme abzuwehren. Etwa Hundert Meter vom Grillplatz entfernt lichtete sich das Strauchwerk. Ein Baumstumpf lud zum Ausruhen ein. Von hier aus hatte man eine gute Sicht auf den größten Teil des gesamten Sees. Das Gras war an manchen Stellen niedergetrampelt. Auch die wellenförmige Erhebung zur Wasserkante hin war durchbrochen. Mit einem leisen Pfiff blieb Gotthilf Bröckle stehen. Deutliche Schleifspuren reichten vom Ufer ins Wasser hinein. Sie wurden im Abstand von etwa dreißig Zentimetern als unregelmäßig stark verlaufende Rinnen sichtbar. Hatte man hier ein Boot auf das Ufer gezogen? Prüfend setzte der Alte seinen linken Absatz in eine der beiden Rillen. Die Rundung passte in die Spur. Oder wurde hier ein Mensch aus dem Wasser gezogen, dessen Schuhe diese Spuren im weichen Untergrund hinterließen? Schwerfällig ging er in die Hocke. Die Doppelspur setzte sich schwach noch etwa einen Meter im Wasser fort. Undeutlich waren auch einige spitz zulaufende Vertiefungen zu erkennen, die durchaus von Schuhen stammen konnten, die das Wasser aber bereits wieder so gut wie verwischt hatte. Wenn es wirklich Schuhabdrücke waren, dann zeigten sie mit der Spitze in Richtung Ufer. Es hatte eher den Anschein, als habe man etwas ins Wasser hineingezogen. Wenn man einen menschlichen Körper von hinten umfasste, so würde der beim Hineinbugsieren noch eine kurze Strecke mit den Füßen über den Grund schleifen. Erst wenn man den Oberkörper losließ, würde der Auftrieb den Körper so anheben, dass keine tiefen Spuren im ufernahen Grund erkennbar wären.

Bröckle richtete sich auf und blickte auf die spiegelnde Wasseroberfläche. Hatte man hier den von Alkohol und Benzodiazepinen betäubten Mirko Weise ins Wasser gezogen? Möglich war das. Möglich, aber schwer nachweisbar. Und die Polizei ging von einem Unfall aus.

***

Schwerer Regen schlug in peitschenden Intervallen gegen die Scheiben des ICE, der mit hoher Geschwindigkeit über die Schnellbahntrasse zwischen Kassel und Göttingen ratterte. Tage wie dieser legten über das Befinden von Aron Winter jene milde Depression, die er gelegentlich und auch nur im engsten Freundeskreis als seine »althebräische Melancholie« bezeichnete. Er fuhr zurück nach Magdeburg, nachdem sich am Vortag jenes merkwürdige Zusammentreffen von drei gänzlich unterschiedlichen und auch nicht miteinander im Zusammenhang stehenden Ereignissen zum fünften Mal gejährt hatte. Gestern vor fünf Jahren war sein Vater gestorben. Jakob Winter, zu dessen Wesen er nie völlig durchgedrungen war, den er gleichermaßen bewundert, geliebt und gehasst hatte und dessen Leben für ihn bis zu seinem letzten Tag und sogar über den Tod hinaus von zahlreichen Geheimnissen umwittert war. Und am selben Tag erhielt er mit der erst am frühen Nachmittag eingehenden Post zwei Briefe, die sein weiteres Leben nachhaltig bestimmen sollten. Einen Brief von seiner Frau und ein Schreiben der Hochschule Magdeburg, wie unschwer an den Absendern zu erkennen war. Er konnte sich genau daran erinnern, wie er mit gespannter Erwartung das Schreiben des Magdeburger Rektors öffnete, der ihm endlich bestätigte, worauf er in den letzten Monaten gehofft und worum er zugleich auch gebangt hatte. Er hatte den Ruf an diese Hochschule erhalten. Seine Bewerbung um eine Professur war erfolgreich verlaufen. Eine winzige Freude an diesem so überaus traurigen Tag, die er gerne mit seinen Freunden bei einem fröhlichen Umtrunk geteilt hätte. Aber das blieb ihm damals versagt, denn er schickte sich an, mit den Vorbereitungen zur Bestattung seines Vaters zu beginnen.

Den Brief seiner Frau hatte er im Zusammenhang mit dem langen Leiden und qualvollen Sterben seines Vaters vermutet. Er war an Leukämie erkrankt und hatte in der für ihn eigenen Art darauf bestanden, die letzten Wochen ohne Behandlung und vor allem ohne schmerzstillende Medikation zu ertragen. »Ich will meinen Tod begehen«, hatte er gesagt, »man hat mir schon so viel gestohlen in diesem Leben. Meinen Tod kriegt ihr nicht.«

Davon konnte niemand den Sterbenskranken abbringen. Weder das Altenheimpersonal, noch die Ärzte oder der Stuttgarter Rabbiner, auch nicht seine drei Stiefschwestern aus Jakob Winters dritter und vierter Ehe, von denen allerdings nur Judith, die Älteste, in Deutschland lebte und hin und wieder zu einem Besuch kam. Und auch er nicht, der er noch den meisten Kontakt zum Vater hatte.

Dass ihm der Brief seiner Frau ebenfalls in unauslöschlicher Erinnerung blieb, hatte damit zu tun, dass sie sich mit keinem Wort nach dem Befinden seines Vaters erkundigte, sondern ihm mit wenigen Zeilen eröffnete, dass sie die Scheidung eingereicht hatte.

Ja, das war ein verdammt intensiver Tag gewesen, der sich gestern zum fünften Mal jährte.

Aron Winter war aus diesem Grund zuerst auf den Göppinger Friedhof gegangen. Zu seiner Freude hatte er festgestellt, dass auf dem schlichten Grabstein seines Vaters einige frische Steine lagen. Es gab also noch andere Menschen, die Jakob Winter in Erinnerung behielten. Aron Winter hatte seinen Vater, der nach einem unsteten Leben seine letzten Jahre in Stuttgart verbrachte, in Göppingen zur letzten Ruhe begleitet, denn dort wurde er geboren und dort hatte er Kindheit und Jugend verbracht. Er war ein Nachfahre der jüdischen Gemeinde Jebenhausen, die Mitte des 19. Jahrhunderts mehr Mitglieder zählte als die unten in der Ebene lebende Christengemeinde des schwäbischen Dorfes. Elias Winter, der Urgroßvater, zog mit seiner Familie 1902 nach Göppingen und eröffnete eine Goldschmiedewerkstatt, was ihm als Juden bis dahin nicht gestattet war. In der aufstrebenden Industriestadt brachte er es alsbald zu augenfälligem Wohlstand. Sein Sohn Joshua kehrte hochdekoriert aus dem Ersten Weltkrieg zurück und übernahm das Geschäft des Vaters, der wenige Wochen nach Ende des Krieges starb und auf dem neuen jüdischen Friedhof in Göppingen beigesetzt wurde. Arons Vater Jakob lernte, der Familientradition folgend, den Goldschmiedeberuf, obwohl er mit seinem sanften Vater immer wieder heftig zusammenstieß, denn angesteckt von den einheimischen Textilarbeitern, sympathisierte er schon als junger Kerl mit den Kommunisten, die Großvater Joshua ein Gräuel waren. Doch der gutmütige Mann wurde seines Sohnes nicht mehr Herr. Er führte das auf das wilde Blut seiner Mutter zurück, einer geborenen Gutmann und in direkter Linie von jenen Gutmanns abstammend, die 1777 maßgeblich an der Gründung einer jüdischen Siedlung auf der Markung von Jebenhausen beteiligt waren. Jakob Winter konnte seine Lehre nicht mehr beenden. Sein Vater verkaufte, der Not gehorchend und weil er schon lange nicht mehr an Edelmetalle herankam, nur wenige Wochen nach der Zerstörung der Göppinger Synagoge sein Geschäft für »einen Appel und ein Ei« an seinen einzigen nichtjüdischen Mitarbeiter. Weil der Charakter hatte, vor allem aber, weil der alte Winter ein Meister seines Fachs war, übertrug er seinem frühen Chef hin und wieder einige ausgefallene Arbeiten.

Jakob, der keinem »Arier« als Lehrherrn haben durfte, schlug sich mehr schlecht als recht durch, half dem Vater bei den wenigen anfallenden Goldschmiedearbeiten, wobei er großes Talent bewies. Das war Jakob Winters Glück gewesen.

Gleich zu Beginn der »Endlösung der Jugendfrage« trieb örtliche Gestapo ihn zusammen mit seinen Eltern und seinen beiden Schwestern zum Sammelplatz und dann auf den Bahnhof. Die Deportation der Göppinger Juden nach Riga hatte begonnen. Ursprünglich sollten sie nach Minsk gebracht werden, doch dort konnten keine Verschleppten mehr aufgenommen werden. Damit man die nach Riga umgeleiteten deutschen Juden überhaupt unterbringen konnte, hatte man das schon bestehende Lager »freigemacht«. Unter Aufsicht deutscher SS, das erfuhr Jakob wenige Wochen später, brachten lettische Kollaborateure alle lettischen Juden in den Wäldern von Rumbula um und erschossen die ersten deutschen Ankömmlinge, über Tausend an der Zahl, gleich mit. In der unaufgeräumten Unterkunft waren die Öfen noch warm gewesen. Gierig stürzte sich Jakob mit den anderen auf vereinzelte Essensreste, die noch auf den Tischen lagen. Sie waren von jenen nicht mehr aufgegessen worden, die man vor dem Anrollen des fünften Deportationszugs aus Deutschland auf die Lastwagen geprügelt hatte, um sie in den umliegenden Wäldern zu erschießen und zu verscharren.

Jakob wurde von seinen Eltern und seinen Schwestern getrennt. Er sah sie niemals wieder.

Der schmächtige Junge, der als Beruf Goldschmied angegeben hatte, kam in ein separiertes Arbeitskommando des »kleinen Ghettos«, wo sie das herausgebrochene Zahngold der Ermordeten verarbeiteten. Dort hatte Gerhard Fuchs das Sagen, ein aus dem württembergischen Fellbach stammender SS-Sturmbannführer, der

Jakob Winter mehr und mehr zu seinem »persönlichen Häftling« machte. Dies geschah nicht etwa aus Sympathie für seinen schwäbischen Landsmann, sondern weil Fuchs sich aus unterschlagenem Gold Schmuckstücke fertigen ließ. Dass sein Überleben für Fuchs ökonomisch bedeutsam war, merkte Jakob Winter daran, dass dieser ihn nach Wilna verlegen ließ, als er selbst, mittlerweile zum Obersturmbannführer befördert, kurz vor Weihnachten dort ein Kommando übernahm. Dem neunzehnjährigen Jakob war rasch klar geworden, dass Fuchs für ihn nur eine begrenzte Zeit Verwendung haben würde. Und zudem war er ein lästiger Mitwisser von Unterschlagungen geworden, die selbst einen SS-Mann an den Galgen bringen konnten. Jakob Winter empfand diese Konstellation als so lebensbedrohend, dass er gleich bei einer Verlegung in das neue »Ghetto Nr. 2« über einen bislang unentdeckten Abwasserkanal floh. Mit anderen Flüchtenden schloss er sich nach Tagen des Herumirrens einer jüdischen Partisaneneinheit an, die in den Rudniki-Wäldern kämpfte. Aufgrund seiner »geschickten deitschen Finger«, die Jechiel Scheinbaum, dem Führer ihrer Kampfgruppe aufgefallen waren, wurde er zur Herstellung von Zündern und Sprengsätzen ausgebildet. Schnell freundete er sich mit Mitgliedern der linkszionistischen Organisation »Haschomer Hazair« an, die ihn im Frühjahr 1942 zusammen mit fünf anderen auf abenteuerlichen Wegen über Afghanistan nach Palästina schmuggelte. Dort gelangte er als Mitglied eines Sprengkommandos als einziger Deutscher in eine Einheit jüdischer Freiwilliger, die im Juni 1942 bei Bir Hakeim Angriffe der italienischen Division »Ariete« zurückschlug, die dann von Rommels Panzern Verstärkung erhielt. Jakob Winter befand sich zehn Tage in der Hölle. Doch die Juden von Bir Hakeim entwickelten sich zu einem »Stachel«, der Rommels rasches Vordringen verhinderte und somit seine Einheiten tödlichen Schlägen der englischen Luftwaffe aussetzte.

Am Nachmittag des fünften Todestages seines Vaters besuchte Aron Winter die Ausstellung »Mythos Rommel« im Stuttgarter »Haus der Geschichte«. Mit grimmigem Humor musste er nach intensiven

Betrachtungen feststellen, dass man den Mythos nicht angekratzt hatte. Dass ausgerechnet vierhundert jüdische Freiwillige, von denen mehr als dreihundert ihr Leben ließen, zum Scheitern des »genialen Feldherrn« beigetragen hatten, wurde hier nicht vermerkt. Bir Hakeim blieb in Deutschland weiterhin – anders als in England, Frankreich und Israel – eine »Schlacht ohne Namen«. Er stieß lediglich auf ein großformatiges Bild, auf dem ein sichtlich erschöpfter Rommel mit seinem Stabschef Oberst Fritz Bayerlein und anderen Offizieren zu sehen war. »Lagebesprechung in Bir Hakeim 1942«, lautete die nichtssagende Beschriftung.

Als der Zug in den Bahnhof Göttingen einfuhr, wurde er aus den Erinnerungen an seinen Vater gerissen. Was der wohl heute zu seinen kleinen Unternehmungen sagen würde? Aron Winter war sich dessen nicht sicher. Vielleicht wäre, wie so oft, sein arroganter Zynismus mit ihm durchgegangen. Oder er hätte zustimmend gegrinst und ihm erneut zu verstehen gegeben, was er immer wieder gesagt hatte: Dass Nazis nur eines verstünden – Schläge.

xxx

Renate Schröder drückte bereits das dritte Mal die Klingel. Bis die mal in Gang kamen, das dauerte. Und sie stand im strömenden Regen. Aus einer defekten Dachrinne platschten zudem zwei fingerdicke Rinnsale auf das Pflaster vor der schweren Eingangstür. Nach einigen sommerlich warmen Tagen ging der September kühl und regnerisch zu Ende. Sie betätigte erneut den Klingelknopf und ließ ihn nun ununterbrochen gedrückt, bis die Haustür von einem mechanischen Summen begleitet aufsprang.

Im vierten Stock stand die Wohnungstür offen. Renni schüttelte die Nässe ab, zog dann die Regenjacke aus und hängte sie an die völlig überfüllte Garderobe im langen, unaufgeräumten Flur.

Ein knappes Dutzend Augenpaare sahen ihr entgegen, als sie die große Küche betrat. Die gesamte Wohngemeinschaft saß noch mit einigen ihrer Gäste beim Frühstück.

Laura Hansen stand als erste auf, ging auf die Besucherin zu und begrüßte sie mit einer langen und innigen Umarmung. »Schön, dich mal wieder zu sehen, Renni. Wie geht es dir?«

Die Angesprochene löste sich aus den Armen der großen Frau und zog kaum sichtbar zweimal die Schultern hoch. »Wie soll's schon gehen. Ich schlafe schlecht, weiß nicht, wie es weitergehen soll. Und hab eine Mordswut. Eine irrsinnige Wut. Alle soach'n, nehm's hin, kanns' es doch nich ändern. Aber ich komm so nich zurecht.«

Andreas Lückert war aufgestanden und hatte aus einem angrenzenden Zimmer einen Stuhl geholt. »Komm, setz dich, Renni. Wir reden gerade über den Tod von diesem Weise, einem der Verbrecher, die das Leben von Benni verpfuscht haben.«

»Wie geht es denn Benni?« Sie sah Andy direkt in die Augen, die denen Bennis glichen, dann brach es aus ihr heraus: »Ich hab so ein schlechtes Gewissen. Ich hab doch noch nie jemanden so geliebt. Obwohl es eigentlich nur eine Liebe für einen Tag war. Und jetzt kann ich nichts für ihn tun.«

»Meine Eltern haben für Benni einen Pflegedienst organisiert. Es genügt ja nicht, dass du all das Elend hast. Meine Mutter hat das ja immer noch nicht verkraftet. Und mein Alter auch nicht, obwohl der das alles mit geschäftiger Sachlichkeit zu überspielen versucht. Dieser Scheißstaat gibt kein Pardon, hat Mitleid nur mit den Tätern. Bis die Pflegestufe durch war, musste wirklich jede bürokratische Hürde genommen werden, die man sich denken kann.«

René Becht nickte. »Wenn der Alte von Benni und Andi nicht gute Freunde aus der Ärzteschaft gehabt hätte und einen guten Juristen, der sich mit dem Kram auskennt und dort im Süden auch noch im Landtag hockt, wäre das immer noch nicht durch. Überlegt mal, wie es dann für andere Leute ausgeht, die keinen solchen Support haben.«

Jana Misdall hatte sich erhoben und stellte vor Renni eine saubere Tasse auf den Tisch. »Willst du einen Kaffee?«

Renni nickte, worauf sie ihr eine Tasse einschenkte. Dann strich sie Renni über ihr langes Haar. »Glaub mir, wir alle wissen, was in dir vorgeht. Wir überlegen doch auch die ganze Zeit schon, was wir tun können. Aber wir reden und reden. Und nichts kommt raus dabei. Eine Demo, mal ein Aufruf, ein Pamphlet.«

»Weiß man schon, wie dieser Dreckskerl in dem See umgekommen ist?«, fragte Olli Spindler, der bislang geschwiegen hatte.

»Die Bullen waren da«, sagte Andy und blickte dabei auf Renni, für die diese Information bestimmt war. »Man ermittle in alle Richtungen. Mord, Selbstmord, Unfall.«

»Aber von uns wollten sie nur wissen, was wir in besagter Nacht gemacht haben«, mischte sich Martin Beckstein ein.

»War ja ein Glück, dass wir alle Alibis haben. Sonst wär die Kacke richtig am dampfen.« Andy versuchte ihr zuzulächeln, als er das sagte, aber es gelang ihm nicht so recht.

»Das bedeutet also wirklich, dass die Polizei Mord nicht ausschließt«, stellte Renni überraschend trocken fest.

»Ich weine dieser Sau keine Träne nach«, sagte Martin Beckstein.

»Hast du ein Alibi?«, fragte Oliver Spindler und blickte über den langen Tisch hinweg auf Renate Schröder, die den Frager anstarrte, ohne ein einziges Wort zu erwidern.

»Was soll der Quatsch?« Andy haute mit der flachen Hand auf den Tisch. »Bist du bescheuert? Du bist echt bescheuert.«

Als Olli voller Empörung aufspringen wollte, hob Laura Hansen, die nach der Begrüßung von Renni nur noch schweigend und dabei nun schon die dritte Zigarette rauchend dem Gespräch zugehört hatte, die Hand, was alle anderen sofort verstummen ließ. Sie schien, vielleicht, weil sie ein paar Jahre älter war als alle anderen, in dieser Runde eine starke Autorität zu besitzen. »Jetzt hört mal mit eurem Gequatsche auf. Damit helfen wir Benni nicht, das hilft auch Renni nicht. Und die Welt wird davon keinen Deut besser.«

»Aber wenn es Mord war, dann kann das doch jemand von uns ...« Erneute Unruhe unterbrach Andy in seinen Überlegungen. »Ich meine natürlich nicht uns direkt, sondern die Antifa. Die Linke allgemein.«

»Also klar ist, von uns hier war das niemand. Aber wer kann das dann gewesen sein?«, fragte Jana.

»Es kann ja auch ein Rechter gewesen sein. In den letzten zwanzig Jahren gab es doch da einiges. Vom Todschlag im Suff bis hin zum Fememord. Und dann wird daraus ein Märtyrer gebastelt.« Voller Abscheu spuckte Martin Beckstein einen Krümel Tabak zielgenau in den Aschenbecher.

»Was ist denn mit dieser Motorradtruppe, diesen roten Rockern, oder was die auch immer sein wollen? Könnten die das gewesen sein?«, fragte René Becht.

Andreas schüttelte den Kopf. »Nein, glaub ich nicht. Das sind altlinke Überzeugungstäter aus guten Kreisen. Die riskieren was. Aber immer gut kalkuliert. Nicht zu viel Risiko. Aus der Gegend, aus der ich komme, hat mir ein Freund von einer ähnlichen Truppe berichtet. Schlagen Faschos zusammen, die mit Gewalttaten gegen Ausländer und Linke aufgefallen sind. Die bereiten das wohl sehr gut vor. Wurden noch nie erwischt. Es geht das Gerücht um, dass da sogar Bullen dabei sind. Nennen sich da unten angeberisch ›Rote Reiter‹.«

»Hab ich schon mal gehört«, sagte René und nickte.

Renate, die lange geschwiegen hatte, blickte ernst in die Runde. »Es wäre doch eigentlich an der Zeit, dass hier auch mal was passiert. Nicht immer nur das Gequatsche. All die Theorien, all das dumme Zeug vom Widerstand. Andy, sag doch du mal was. Benni ist doch schließlich dein Bruder.« Ihre letzten Worte gingen in ein leises, unterdrücktes Schluchzen über.

Der Angesprochene hatte den linken Arm auf seinen übereinandergeschlagenen Beinen aufgestützt und das Kinn zwischen den Daumen und den gekrümmten Zeigefinger gelegt. Mit der anderen Hand zupfte er an den Stoppeln eines drei Tage alten Oberlippenbartes. Alle sahen auf ihn. Aber Andreas Lückert starrte gegen die Wand und zupfte schweigend weiter.

×××

›Missgestimmt ist noch ein zu schwacher Ausdruck‹, dachte Bertram, als er seine Vorgesetzte erblickte. Die Präsidentin hatte sich zur Lagebesprechung angekündigt. In ihrer Begleitung kam auch Fröhlich, ihr Stellvertreter. Fröhlich, stellte Bertram nüchtern und ohne einen Anflug von Neid fest, würde es noch weit bringen. Zwar war der etwas zu dicke junge Mann ein Wessi, aber er hatte Stallgeruch. War schon seit dem Abitur im Osten. Und vor Kurzem hatte er an der Polizeihochschule Aschersleben noch einen der neuen Master-Studiengänge mit Bravour abgeschlossen. Vor allem aber zeichnete ihn aus, dass er ein kluger Organisator und Stratege war, dazu noch devot und äußerst loyal gegenüber seiner oftmals aufbrausenden Chefin, die heute Morgen mal wieder auf hundertachtzig war.

Mit einem knappen »Guten Morgen, meine Herren«, hatte sie die Besprechung begonnen. »Ich stelle fest, dass Ihr in unserer letzten gemeinsamen Sitzung gezeigter Optimismus wohl einen Hauch zu stark entwickelt war. Oder um es deutlicher zu sagen: er war unangemessen, völlig deplaziert.«

Bei den letzten Worten richtete sich ihr Blick fest auf Bertram, der bislang regungslos in seinem Sessel fläzte. Man hatte den Eindruck, nur noch sein auf den Tisch gestützter Ellenbogen verhinderte, dass er gänzlich zu Boden glitt.

Falkenhorst rutschte unruhig hin und her. Müller zwo war krank und Müller eins starrte steif aufrecht sitzend auf ein vor ihm liegendes leeres Blatt Papier. Ursula Seeliger hatte ihren Laptop hochgefahren und tippte hin und wieder ein paar Notizen.

Richter fehlte, ohne sich zuvor abgemeldet zu haben.

›Hoffentlich kommt der nicht verspätet noch hier rein. Dann rastet sie völlig aus‹, dachte der Hauptkommissar, obwohl er den immer besonnen argumentierenden Senior seiner Gruppe in diesem Disput gerne an seiner Seite gehabt hätte.

Die anderen Teams waren offensichtlich nicht zu dieser Besprechung eingeladen worden, sodass es wohl nicht die sonst übliche »große Lage« mit der Präsidentin war. Vermutlich wollte sie ganz speziell ihnen hier die Leviten lesen.

›Klar‹, dachte Bertram. ›Die ist nervös. Die bekommt Druck. Da wird sich schon das Innenministerium gemeldet haben, vielleicht das Büro des Ministerpräsidenten, eventuell die Staatskanzlei – oder sogar schon der Ministerpräsident persönlich. Ein Mord, ein dauerhaft behindertes Opfer eines Überfalls aus der rechten Szene. Und allerhand Begleitmusik, die bundesweite Schlagzeilen produziert hat.‹

»... und das Allerschlimmste«, fuhr die Präsidentin fort, »Sie ermitteln fehlerhaft, Bertram. Das kenne ich doch gar nicht von Ihnen.«

Der Angesprochene wuchtete sich mit einem winzigen Ruck wenige Zentimeter in seinem Sessel nach oben. »Wieso fehlerhaft?«

»Da muss doch erst dieser hergelaufene Schwabe den Nachweis erbringen, dass der Tote im Wasser nicht einfach ertrunken, sondern ermordet worden ist. Wenn das an die Presse kommt, haben wir gleich mehrere offene Flanken.«

»Die Spuren im Wasser sind doch auch nur ein Indiz, das eine bestimmte Hypothese stärkt, ohne dafür ein sicherer Beweis zu sein«, knurrte Bertram und ließ sich in seinem Sessel wieder ein Stück hinuntergleiten. »Wir nehmen das ernst. Und ich persönlich bin Herrn Bröckle auch dankbar. Ich habe damit kein Problem. Aber wenn sich die Gerichtsmedizin trotz mehrfacher Nachfrage nicht darauf festlegen kann, ob der Tod des Jungen durch leichtsinnigen Umgang mit Faustan und Alkohol oder durch Fremdeinwirkung eingetreten ist, können wir nicht von vorneherein von Mord ausgehen.«

»Aber wir haben Mord auch zu keinem Zeitpunkt ausgeschlossen«, sagte Müller eins, ohne dabei von seinem immer noch leeren Blatt aufzublicken.

Die Präsidentin blätterte in ihren Unterlagen. Hilfreich reichte ihr Fröhlich, der bislang der Debatte schweigend gefolgt war, ein Blatt Papier, das er bereits längere Zeit bereitgehalten hatte. Nach einem kurzen Blick auf das Geschriebene wandte sie sich wieder an den Hauptkommissar: »Es ist doch aber richtig, dass Ihre Leute die Schleifspuren im Wasser übersehen haben. Oder stimmt das etwa nicht?«

»Da wurde nichts übersehen, was zum Zeitpunkt des Leichenfundes relevant war. An dem See gibt es Tausende von Spuren. Die Spuren, auf die Herr Bröckle gestoßen ist, haben wir sofort untersucht. Sie sind nur relevant, wenn man von einer bestimmten Hypothese ausgeht.«

»Und die hatten Sie bis dahin noch nicht entwickelt.«

»Nein. Wie bereits mehrfach ausgeführt, hatten wir zum Zeitpunkt der Untersuchungen hierfür noch keinen Grund.« Bertram wirkte jetzt sichtlich genervt.

Müller eins blickte erstmals von seinem immer noch unbeschriebenen Blatt auf und sah die Präsidentin in einer Weise an, die sie sofort wieder an das für diesen Kollegen so typische, stets unangemessene Grinsen erinnerte. »Wir haben vor einigen Tagen den Obdachlosen ermitteln können, der in besagter Nacht in der Nähe der Stelle übernachtet hat, wo anderntags die Leiche im Schilfgürtel gefunden wurde. Auf den hat uns die Zeugin aufmerksam gemacht, die den Toten beim Schwimmen entdeckte.«

»Und was hat das gebracht?«

»Eigentlich nicht viel«, fuhr Claus Müller fort. Der Mann, den wir in der Suppenküche des Sozialzentrums ›Mutter Theresa‹ ausfindig machen konnten, gab an, dass er im Sommer regelmäßig am See übernachtet. Wenn es regnet, liege er unter dem Vordach des Wirtschaftsgebäudes, ansonsten, wie in besagter Nacht auch, am Rand der Büsche. Er habe den Lärm von der Halbinsel vernommen. Das habe ihn aber nicht gestört. Das käme im Sommer bei gutem Wetter oft vor. Und auf seiner Seite habe er nichts gehört. Er habe einen leichten Schlaf, also sei da nichts gewesen.«

»Das spricht für die These von Bröckle, der behauptet, der Leichnam sei von der anderen Seite bis zur Fundstelle getrieben worden.«

»Nun meine Herren«, sagte die Präsidentin und erhob sich dabei, »es wird Zeit, dass Sie zur Klärung kommen. Außer den kriminaltechnischen Befunden haben Sie ja in dieser Sache noch überhaupt nichts vorlegen können. Das ist wenig. Viel zu wenig.«

Mit Fröhlich im Gefolge rauschte sie aus den Besprechungsraum. Müller eins blickte Ursula Seeliger an und nippte an seinem Tee, ehe er zu ihr sagte »Werd bloß niemals so, Ulla. Auch dann nicht, wenn du eines Tages Karriere gemacht hast.«

Die Angesprochene lachte. Es war das erste Lachen an diesem Morgen. »Mein lieber Celaus, Frau Präsidentin verhält sich doch nur so, wie neunzig Prozent des männlichen Führungspersonals. Für mich war das längst nicht so schlimm wie für euch Männer, die ihr das nur von euresgleichen akzeptiert.«

×××

Quietschend scheuerte Metall auf Metall. Schwere Radreifen rutschten abrupt gebremst noch ein Stück die Schienen entlang. Aron Winter sprang instinktiv zurück. Und dennoch schlug der Außenspiegel der Straßenbahn hart gegen seine Schulter. Augenblicklich wurde ihm klar, dass er soeben fast von der »Zwei« überrollt worden wäre, als er noch versucht hatte, die auf der anderen Seite einfahrende »Fünf«, Richtung Messegelände, zu erreichen. Er hatte bei seinem kurzen Spurt die leise aus der Gegenrichtung anrollende »Zwei« schlichtweg übersehen.

»Sie spinnen wohl völlig«, brüllte ihm ein rotgesichtiger Fahrer durch die mittlerweile geöffnete Tür entgegen.

»Sorry. Schon gut«, erwiderte Winter leise. ›Man hat mir heute einen wirklich ganz beschissenen, schon dreifach benutzten Tag angedreht‹, dachte er.

»Wohl lebensmüde, was?« Der Fahrer hatte sich immer noch nicht beruhigt. »Aber wenn Sie schon sterben wollen, dann nicht unter meinem Zug. Nicht mit mir.«

Winter rannte weiter, obwohl er die »Fünf« nun verpasst hatte. Er war in Eile. Mario Röttgens wollte ihn sprechen. Ihn und die anderen.

»Nicht in der Kneipe und nicht bei mir im Büro«, hatte er verlauten lassen. Röttgens arbeitete im Innenministerium und trotzdem machte er bei ihren Aktionen mit. Oder gerade auch deshalb, weil er an manchen Stellen mehr Einblick in die rechte Szene im Lande hatte. Röttgens hatte früher geboxt, mehrere Spartakiaden gewonnen und es bis zum Vizejugendmeister der DDR gebracht. Auch das machte ihn für die Aktivitäten der »Roten Reiter« so wertvoll.

Sie hatten sich schließlich bei Steffen Süskant verabredet, der mit seiner Frau ganz in der Nähe des Theaters eine Apotheke führte. Süskant war in der DDR einer der ganz wenigen gewesen, die außerhalb der »bewaffneten Organe« nichtolympische Kampfsportarten trainierten. Man sah es damals nicht gerne, wenn Bürger sich Kampftechniken aneigneten, die Angehörigen der Armee und der Sicherheitskräfte vorbehalten waren. Eine Zeit lang war dies sogar verboten gewesen.

Der Apotheker hatte nach der Wende sein Training intensiviert und war selbst seit Langem ein geschätzter Übungsleiter. Wenn er dabei war, konnte die Gruppe davon ausgehen, dass eine Aktion gut ausging. Er war in der Lage, seine Gegner in kürzester Zeit kampfunfähig machen.

Aber jetzt hatte Röttgens Gesprächsbedarf angemeldet. Winter ahnte schon, um was es gehen könnte. Ihm passte der Termin gar nicht, denn in zwei Stunden musste er noch eine Vorlesung halten. Aber die anderen hatten darauf gedrängt, sich noch heute zu treffen, allen voran Röttgens.

Winter klingelte an der über der Apotheke gelegenen Privatwohnung. Er wurde sofort eingelassen. Außer Süskant war auch Röttgens bereits da. Winter gab beiden die Hand. »Kommt Lennekamp?«, fragte er.

Der Apotheker schüttelte den Kopf. »Matthias ist kurzfristig verhindert. Wollt ihr einen Kaffee?«

Als die anderen seine Frage bejahten, ging er kurz in die Küche und programmierte einen dieser ultramodernen Kaffeeautomaten, die zwar ziemlich teuer waren, aber weitgehend störungsfrei liefen. Zumindest bis jetzt. Und der Kaffee schmeckte wirklich gut, vorausgesetzt man verwendete die richtigen Bohnen.

»Darf man bei dir noch rauchen?«, fragte Röttgens, als der Apotheker wieder aus der Küche zurückgekehrt war. Der nickte und schenkte sogleich unaufgefordert den Kaffee in die drei Tassen ein, die neben Milch und Zucker auf einem Tablett standen.

»Ich habe wenig Zeit«, sagte Röttgens und zündete sich eine Zigarette an. »Muss wieder zurück ins Ministerium. Aber ich wollte mit euch so rasch wie möglich reden.«

»Was liegt an?«, fragte Süskant und steckte sich ebenfalls eine Zigarette an.

Aron Winter grinste ihn an. »Dass deine Frau die Qualmerei in der Wohnung noch duldet.«

Süskant stieß den Rauch aus. »Dies ist noch eine öko- und gesundheitsfaschismusfreie Zone. Ihr wisst, ich habe nie viel geraucht. Aber dieser Gutmenschenterror geht mir schlichtweg auf die Nerven. Und Waltraud hat dafür Verständnis, obwohl sie selbst nie geraucht hat. Aber«, er wandte sich Mario Röttgens zu, »was ist los? Wird dir die ganze Sache zu heiß?«

»Unsinn«, knurrte der Angesprochene. »Aber in unserem Haus verdichten sich die Erkenntnisse dahingehend, dass aus dem Mord eine ganz große Sache werden kann. Die Rechten sind nervös, halluzinieren Racheszenarien. Die Linken sind sichtlich verunsichert. Wissen nicht so recht, wie sie die ganze Sache einschätzen sollen, obwohl sie natürlich unter Verdacht stehen. Aber wir haben über unsere V-Leute keine Erkenntnisse, die den Verdacht erhärten könnten, dass die Personen, die in der Vergangenheit regelmäßig mit Gewalttaten in Erscheinung getreten sind, etwas mit dem Mord an dem Weise zu tun haben.«

»Wieso auch«, entfuhr es Winter. »Wieso soll die Antifa dafür verantwortlich sein?«

»Immerhin ist der jetzt schwerbehinderte Benjamin Lückert der Bruder von Andreas Lückert, und der ist hier 'ne große Nummer in der linksradikalen Szene.«

»Sind wir denn keine Linksradikalen?«, fragte Aron Winter.

»Ich nicht«, antwortete der Apotheker. Ich bin ein konservativer Altkommunist mit besonderer Lust am Raufen.«

»Und ich bin ein moralischer Rigorist mit alttestamentarischer Ausrichtung. Auge um Auge. Zahn um Zahn. Das müsste dir doch vertraut sein.« Röttgens grinste Winter schelmisch an, ehe er fortfuhr: »Aber in der nächsten Zeit sollten wir unsere Aktionen erst einmal einstellen. Die Gefahr, dass wir in das Schussfeld der Ermittlungen geraten, ist einfach zu groß.«

»Da ist schon was dran«, murmelte Süskant. »Die Polizei hat ihre Nachforschungen intensiviert. Mehrere Sonderermittler aus Niedersachsen sind hinzugezogen worden.«

»Bei uns herrscht große Hektik, der Innenminister ist ebenfalls schon nervös. Und ganz ehrlich: meinen Job will ich nicht aufs Spiel setzen.«

»Das will keiner«, sagte Winter. »Ich weiß auch von Matthias, dass er dafür ist, erst einmal auszusetzen. Denn wenn auffliegt, dass wir schon seit Längerem Nazis abgegriffen haben, kommen die noch auf die absurde Idee, dass wir was mit dem Mord zu tun haben. Und so wie ich aussehe, ist es nur eine Frage der Zeit, bis man mich mal erkennt und die Polizei mich ins Visier nimmt. Mit Weitermachen ist erst einmal niemandem geholfen.«

»Du kannst dich ja am Wochenende in Süddeutschland austoben«, sagte Röttgens und lachte blechern.

»Genug der Risiken. Vorhin bin ich um ein Haar von einer Straßenbahn überrollt worden.«

»Wie das denn?«, fragte Süskant.

»Na wie schon. War wie immer in Hektik. Da stand noch die ›Fünf‹, ich renne auf sie zu und übersehe die auf der anderen Seite leise anrollende ›Zwei‹. Mit dem Außenspiegel hat mich der Triebwagen noch leicht an der Schulter erwischt.«

»Das geht oft ganz schnell«, sagte Röttgens. »Überleg mal, da hätte dir die Bahn die Beine abgefahren. Das passiert öfters. Ein Bein ab oder zwei.«

»Da kämt ihr dann zum Krankenbesuch, legtet die Hand auf die Bettdecke und würdet erschreckt feststellen, dass da gar nichts drunter ist.«

Röttgens Lachen ging in zwei kurze Brüller über. »Wenn dich deine Freundin besucht, kannst du zu ihr sagen: ›Schatz, ich habe eine gute und eine schlechte Nachricht‹.« Röttgens gluckste vor Lachen, obwohl er die Pointe noch gar nicht erzählt hatte.

»Ja, und?«, fragte Winter.

»Ja, was wohl? Du sagst: ›Die gute Nachricht ist, dass die wichtigsten Teile unversehrt geblieben sind‹.«

»Dann gibt es sogar zwei gute Nachrichten. Ich hätte auch sagen können: ›Schatz, ich habe deutlich abgenommen‹.«

Winter liefen vor Lachen die Tränen aus den Augenwinkeln. Röttgens Gelächter variierte ein ums andere Mal zwischen Glucksen und kurzen Brüllern.

»Damit macht man keine Scherze.« Als Apotheker fand Süskant das weniger lustig.

Aber Röttgens war nicht mehr zu halten. Er gluckste und brüllte so lange weiter, bis auch ihm dicke Tränen aus den Augen und über die Wangen liefen.

»Leute, ich muss jetzt los«, sagte Winter, dem es schwer fiel, die Blödelei zu beenden.

»Also, alles klar?«, fragte Röttgens und wischte sich das Gesicht ab.

Die anderen nickten.

»Und wer informiert Matthias?«

»Ich«, sagte Süskant und stand auf, um seine Gäste zur Tür zu bringen.

×××

Aron Winter liebte seinen Arbeitsplatz. Wann immer die kleinen Miseren des Alltags aufzogen, war er meist schon getröstet oder beruhigt, wenn er in seinem Büro stand, von dem aus er durch zwei große Flügeltüren in die weitläufige Parklandschaft blicken konnte. Das Gespräch mit seinen Freunden ging ihm durch den Kopf. Irgendwie passte es ihm doch nicht, dass sie jetzt ihre Aktivitäten einstellen sollten. Aber Röttgens hatte Recht. Neben der strafrechtlichen Relevanz gab es zumindest für Lennekamp, Röttgens und ihn auch noch eine dienstrechtliche Komponente. Drei Landesbeamte, die als politisch motivierte Schläger Jungnazis verprügelten, das kam nicht gut. Das hatte auch Ina immer wieder gesagt, mit der er jetzt ziemlich genau zwei Jahre zusammen war. Sie war die erste neue Beziehung nach seiner Scheidung. ›Eigentlich kaum zu glauben, wie man das aushält‹, dachte er und stellte sich vor, wie sich Ina freuen würde, wenn er ihr am Wochenende von der zumindest vorübergehenden Einstellung ihrer Aktionen berichtete.

Die jahreszeitlich bedingten Veränderungen der Natur faszinierten ihn jedes Mal aufs Neue. Nach einem ruhigen Arbeitstag, er hatte eine Vorlesung gehalten und ein Seminar durchgeführt, stand er mit verschränkten Armen vor seinem Schreibtisch und betrachtete durch das Fenster den glutroten Sonnenuntergang. Er hatte seine Vorbereitungen für die kommenden Tage abgeschlossen und überlegte nun, in welchem Gartenlokal er noch ein spätes Abendessen einnehmen könnte, als jemand an seine Bürotür klopfte.

Herein kam zu seiner Überraschung kein Student, der noch spät am Abend einen Versuch unternahm, den Professor zu erreichen. Herein kam Andreas Lückert.

»Störe ich?«, fragte er.

»Nein, nein, kommen Sie rein.«

Winter wies dem Besucher einen Stuhl zu. Er selbst umkreiste das Ensemble aus Stühlen und Schreibtisch und setzte sich dem Besucher gegenüber. Der Hochschullehrer beendete das beginnende Schweigen und fragte: »Sie haben doch kein Anliegen, das mit dem Studium zu tun hat. Oder wollen Sie das Fach wechseln?«

»Sie wissen ja, wer ich bin.«

»Aber klar doch. Wir haben uns zuletzt bei der Gerichtsverhandlung gesehen. Sie sind der Bruder von Benjamin Lückert.«

Der andere nickte. »Schade, dass Sie mich damals zurückgehalten haben. Ich hätte dem Schwein gerne eine reingehauen.«

»Das hätte nichts gebracht und gegen Sie wäre auch noch Anklage erhoben worden.«

»Weiß man's.« Andreas Lückert sah aus dem Fenster auf die verschwindende Sonne. Aron Winter merkte ihm an, dass er ein Anliegen hatte, auf das er offensichtlich nur schwer zu sprechen kommen konnte. Einladend fragte er: »Also, was liegt an?«

»Darf ich rauchen?«, fragte Lückert und ließ seinen Blick durch das geräumige Büro schweifen.

Winter verneinte. »An mir liegt es nicht, aber die Gesundheitsmafia hat erreicht, dass für das gesamte Gebäude Rauchverbot verfügt worden ist. Und wenn es in meinem Büro nach Rauch riecht, werden spätestens morgen die ersten Denunzianten den Vorgang an höherer Stelle gemeldet haben. Kennen wir doch? Oder nicht?«

»Also gut«, sagte Lückert. »Wir haben in den letzten Wochen immer wieder darüber geredet, was jetzt zu tun sei. Wir sollten zusammenarbeiten.«

»Wobei?«, fragte Winter und rollte in seinem Schreibtischstuhl so weit nach vorne, dass er mit dem Bauch gegen die Tischplatte stieß.

»Beim Kampf gegen die Naziplage.«

»Und wer sollte Ihnen wobei helfen?«

»Sie sind doch da seit Langem aktiv.«

»Das stimmt. Im Rahmen meiner Lehrtätigkeit. Aber auch als Bürger. Aber was sollten wir noch tun?«

Andreas Lückert zögerte einen Moment, ehe er auf die Frage reagierte. »Sie und Ihre Freunde gehen doch militant gegen die Schweine vor.«

»Wer behauptet denn so was? Und welche Freunde sollten das sein?«

»Na Ihre Motorradclique. Nennen Sie sich nicht ›Rote Reiter‹?«

»Wer sagt denn so was?« Winter war lauter geworden.

»Es ist doch in der Szene bekannt, dass ein paar ältere Männer mit Kampfsportkenntnissen einige dieser widerlichen Figuren vermöbelt haben.«

»Das sind doch alles nur Gerüchte. Aber was hat das alles mit Ihrem Anliegen und mit mir zu tun?«

»Na, Sie sind doch einer von denen.«

Winter sprang energisch von seinem Stuhl hoch, der in Bewegung geriet und gegen die Kante eines Regals stieß. Einen Augenblick hatte es den Anschein, als wolle er losbrüllen. Doch er hatte sich rasch wieder im Griff, zog den Stuhl wieder zu sich heran und setzte sich. »Wer erzählt denn so was?«

»Ist doch egal. Wir wissen es halt.«

»Das ist nicht gut«, murmelte Winter. »Das ist gar nicht gut.«

»Also können wir jetzt reden? Wir haben da so ’ne Idee.«

»Was für ’ne Idee? Und was habe ich damit zu tun?«

Andreas Lückert beugte sich nach vorne und spielte mit dem Daumen an seinem linken Nasenloch, ehe er antwortete: »Die Tat an meinem Bruder ist immer noch ungesühnt. Wir brauchen das Geständnis eines der Beteiligten.«

»Und wie soll das vonstatten gehen? Einer von denen ist doch schon tot.«

»Einer. Die ganze Bande muss hochgehen. Samt ihrer Drahtzieher.« Jetzt war Andreas Lückert lauter geworden.

»Und welche Rolle haben Sie und ihre Freunde dabei mir zugedacht?«

»Wenn Sie und Ihre Bikerfreunde einen von denen abgreifen und ausquetschen würden, würde das nicht weiter auffallen. Sie haben einen seriösen Ruf, sind etabliert. Wahrscheinlich gilt das auch für Ihre Freunde. Und wenn ein Nazi abgegriffen wird, fällt doch der Verdacht erst einmal auf die Antifa, nicht auf Sie.«

Aron Winter hatte sich bei den letzten Worten seines Besuchers erhoben. Mit den Händen in den Hosentaschen blickte er in die letzten Strahlen der nun fast untergegangenen Sonne. Der Himmel war orangerot gefärbt. Einzelne kleine Wolken ließen Marmorierungen in die Farbmalereien am Himmel fließen. Dem Besucher den Rücken zugewandt, erwiderte Winter: »Das können Sie vergessen. Entführung, Menschenraub, Nötigung, Körperverletzung. Was auch immer.«

»Aber Sie waren doch an den Überfällen auf die Nazis beteiligt.«

»Das würde ich erst einmal bestreiten.« Winter hatte sich umgedreht und blickte auf Lückert herunter. »Und außerdem fand erst heute Nachmittag eine Besprechung der Leute statt, die Sie möglicherweise meinen. Sie stellen ihre Aktivitäten ein. Zumindest eine Zeit lang. Nach dem Mord an diesem Mirko Weise ist es einigen Freunden von mir zu heiß geworden. Da hängen einige berufliche Existenzen dran.«

»Also keine Unterstützung?«, fragte Andreas Lückert und erhob sich.

Aron Winter schüttelte den Kopf.

»Schade«, sagte der Jüngere und bewegte sich langsam in Richtung Tür. »Dann müssen wir uns ein anderes Konzept überlegen.«

»Machen Sie keinen Unsinn. Zurzeit wird hektisch ermittelt. Kripo, Staatsschutz. Alle sind am Ball. Da bleibt nicht viel Raum für die Aktionen Ihrer Freunde.«

»Uns wird schon was einfallen«, sagte Lückert und verließ grußlos den Raum.

Winter schlurfte wieder zur rechten Flügeltür und ließ den immer noch farbenprächtigen Himmel einen Moment lang auf sich wirken. Dann blickte er auf die Uhr. Höchste Zeit, etwas essen zu gehen.

×××

Wie so oft in den letzten Wochen hatte er schlecht geschlafen und war aufgestanden, obwohl es draußen noch dunkel war. Ob er nach Hause zurückkehren sollte? Nach Niederngrün, in sein Haus, in die vertraute Umgebung des kleinen schwäbischen Dorfes am Rande des Hohenlohischen. Nach dem Pinkeln ging er, ohne in dem Zimmer Licht zu machen, ans Fenster, zog das Rollo hoch, öffnete einen Flügel und sog die kühle, nachtfeuchte Luft ein.

In der Ferne ragte der schwach beleuchtete Kegel des Buga-Turms in den noch fast schwarzen Himmel. Davor musste der Fluss sein, die Elbe. Bröckle wartete darauf, dass die Wildgänse wieder fliegen würden. Das kannte er von zu Hause nicht. Es waren nie sehr viele. Aber kleinere Formationen aus zehn bis fünfzehn Tieren konnte man manchmal am frühen Morgen sehen, meist kurz vor und kurz nach Sonnenaufgang. Noch war nicht die Zeit. Unter ihm breitete sich ein großes, leeres Gelände aus. Jonas hatte ihm erzählt, dass hier bis vor Kurzem eine Fabrik gewesen war, die man dem Erdboden gleichgemacht hatte. Nun harrte man der Dinge, hoffte auf Investoren, die nicht kamen. Er lehnte sich auf den steinernen Fenstersims und starrte in die Nacht hinaus. Über die dunkel unter ihm liegende Brache führten einige Trampelpfade, die geringfügig heller und deshalb deutlicher erkennbar waren.

Bröckle dachte an zu Hause. Auch da wäre er bereits aufgestanden. Eva läge um diese Zeit noch im Bett. Als sie noch jünger waren, hatte er es genossen, frühmorgens mit ihr zu schlafen. Das gelang nicht immer. Manchmal hatte Eva einfach keine Lust oder war noch zu müde. Aber diese Ungewissheit hatte einen besonderen Reiz, war ein Prickeln in den Routinen einer langen Ehe. Jetzt schliefen sie nur noch selten miteinander. Und um diese frühe Zeit überhaupt nicht mehr. Schade eigentlich. Man müsste es wieder einmal versuchen.

Ein Müllsack lag inmitten des eingeebneten Geländes. Zur Linken war die neue Feuerwache bis auf einige Nebengebäude fertig geworden. Wenn die einmal in Betrieb sein würde, dachte Bröckle, müsste sein Freund Desiderius wohl umziehen. Hier würde er keine Nacht mehr ungestört schlafen können.

Wie dürre Halme ragten die Enden der Armierungseisen aus den Verschalungen. Schemenhaft erkannte Bröckle etwas, das wie ein Sack aussah und an einer dieser Armierungen baumelte. Wahrscheinlich enthielt er die im Betonbau notwendigen Kleinteile, die ein Arbeiter dort deponiert hatte. Er ließ das Fenster offen und ging ins Bad.

Als der Alte seine morgendlichen Verrichtungen, zu denen auch eine Reihe gymnastischer Übungen gehörten, abgeschlossen hatte, war es draußen bereits so hell geworden, dass er das Licht ausschalten konnte. Fertig zum Gehen sah er nochmals prüfend in den Spiegel, bürstete einige abstehende Strähnen in eine für ihn akzeptable Form und blickte nochmals aus dem Fenster, um nachzuschauen, ob einzelne der Betonbauer, wie so oft in den letzten Wochen, bereits vor sechs Uhr mit vorbereitenden Arbeiten begonnen hatten.

Heute war von denen noch keiner da. Doch das, was er zuvor im Halbdunkel als Sack angesehen hatte, besaß Hände, Füße und einen Kopf. An der Armierung hing ein lebloser Körper. Ein menschlicher Körper.

×××

Hauptkommissar Bertram hatte das Gelände weiträumig absperren lassen. Bis der Polizeiarzt und die Spurensicherung ihre Arbeit erledigt hatten, blieb Zeit für eine Zigarette. Er bot dem kleinen Schwaben, der neben seinem Dienstwagen stand, eine F 6 an, die dieser mit einem verlegen gemurmelten »Sind mir zu stark« ablehnte.

»Scheißgeschichte, was?«

»Kann man wohl sagen.« Bröckle nickte.

»Das ist schon der zweite tote Jugendliche innerhalb weniger Tage. Man hat ihn erdrosselt und entweder vorher oder erst danach an der aus dem Beton ragenden Armierung festgezurrt. Schließlich hat man die Drahtenden an dem dahinterstehenden Gerüst verknotet. Man hat sich keine Mühe gemacht, ihn irgendwie zu verstecken. Das sieht schon fast nach einem Ritualmord aus.«

»Siehst du einen Zusammenhang zwischen dem hier«, Bröckle machte eine schnelle Kopfbewegung in Richtung der Armierung, an der man die männliche Leiche so mit Draht festgebunden hatte, dass sie nicht zusammensank, »und der Leiche im See?«

»Der Zusammenhang ist offensichtlich.«

Einen winzigen Augenblick meinte Bröckle eine lang unterdrückte Wut aus der Stimme des Hauptkommissars herauszuhören, der sich jedoch sofort wieder unter Kontrolle hatte und mit ruhiger Stimme fortfuhr: »Der Erdrosselte gehörte zur selben Clique wie der Tote, den wir im See hatten. Sven Müller, von Beruf Betonbauer. Das hier«, Bertram wies mit dem Arm über die weitläufige Baustelle, »war sein Job.«

Bröckle nickte. »Und beide waren an dem Überfall auf diesen Lückert beteiligt, der ungestraft geblieben ist. Vermutest du auch da einen Zusammenhang?«

Bertram stieß den Rauch seiner Zigarette in die noch kühle Morgenluft und blickte den Frager mühsam lächelnd an. »Wenn dem so wäre, dann haben wir hier in Kürze die Hölle. Die Naziwelpen haben ja schon nach dem Tod von diesem Weise ›heimtückischer Zeckenmord‹ getönt. Und die linke Szene kann zwar ihre ›klammheimliche Freude‹ nicht unterdrücken, wie wir das bereits nach dem Tod von Mirko Weise feststellen konnten, weist aber jede Anschuldigung zurück und wird sicher im Lauf der nächsten Tage sich irgendwas über Fememord zusammenspinnen. Die Art, wie das Opfer zurückgelassen wurde, wirkt ja wirklich wie eine Inszenierung.«

»Und du stehst jetzt unter Druck.«

Bertram zuckte mit den Schultern und breitete, wie Bröckle fand, eine Spur zu theatralisch, beide Arme aus. »Ich komme am Allerwenigsten unter Druck. Ich altes Schlachtross halte das noch durch. Aber die anderen kommen unter Druck. Nicht durch die objektiven Sachverhalte, sondern weil sie sich als Spitzenbeamte oder Politiker erfolgreich im so wichtigen Sicherheitsdiskurs positioniert sehen möchten. Im Grunde genommen sind das die immergleichen Rituale. Die vermeintliche Öffentlichkeit – in der Regel vertreten durch ein Dutzend Journalisten – artikuliert die moralische Entrüstung, verweist auf Sicherheitslücken und baut Druck auf. Und die mehr oder weniger Zuständigen lassen Dampf ab, machen Vorschläge, manchmal auch Versprechungen. Und einige mit minderer Intelligenz reden wirres Zeug, das jedoch leider immer wieder unsägliche Wirkungen entfaltet.«

Aus dem Pulk, der am Fundort der Leiche hantierte, löste sich ein jüngerer Mann. Falkenhorst, Bertrams Assistent, schlenderte ohne große Eile über die weite leere Fläche in Richtung der abgestellten Einsatzwagen.

»Wir sind so weit fertig, Chef. Man kann die Leiche abtransportieren.«

»War der Draht um den Hals die Todesursache? Oder hat man was anderes verwendet, um ihn zu erwürgen?«

»Na weiste. Der Kerl ist übel zugerichtet. Überall Prellungen und Platzwunden. Aber daran ist er wohl nicht gestorben. Der war fast noch warm. Ist in den zwei zurückliegenden Stunden gestorben.«

»Wahrscheinlich doch mit dem Draht erdrosselt«, mischte sich Bröckle ein.

»Man wird sehen.« Bertram machte sich einige knappe Notizen, dann atmete er tief durch. Die Kühle des Morgens tat ihm gut.

›Die Präsidentin wird toben‹, dachte er. ›Schon wieder ist Magdeburg mit einer Scheißgeschichte in den Schlagzeilen. Zuerst mit diesem brutalen Überfall auf den Jungen. Dann der Tote im See. Und jetzt auch noch diese übel zugerichtete Leiche. Die Spuren deuten darauf hin, dass es kein gewöhnlicher Mord war.‹

Die Polizeipräsidentin war, wie auch ihr glückloser Vorgänger, darum bemüht, zusammen mit den jeweiligen Oberbürgermeistern für ein besseres Image ihrer Stadt zu sorgen, die regelmäßig mit Negativmeldungen in die Schlagzeilen geriet.

»Der Tote kann sich ausweisen«, fuhr Falkenhorst fort. »Ein junger Mann namens Sven Müller.«

»Das wissen wir schon«, murmelte Bertram. »Habt ihr sonst noch was Verwertbares gefunden?«

»In der Nähe der am Gerüst festgezurrten Leiche lag eine Wodka-Lemon-Flasche. So Zeug, wie es Jugendliche heutzutage trinken. Ich habe veranlasst, dass die mit in die Untersuchung geht, denn mir scheint das nicht das auf einer Großbaustelle gebräuchliche Getränk zu sein.«

»Wenn du meinst. Aber da drüben ist ein Supermarkt. Vielleicht haben ein paar Kids das Zeug getrunken und anschließend die Flasche auf das Gelände geschmissen. Oder«, er sah dabei an der Fassade des Appartementhauses hinauf, in dem Bröckle vorübergehend wohnte, »ein Bewohner dieses noblen Hauses hat die einsam an seinem Fenster geleert und sie dann hier runtergeschmissen.«

»Dann wäre sie doch zerbrochen«, sagte Falkenhorst eifrig.

»Muss nicht sein, bei diesem Matsch hier. Aber gut, lass sie untersuchen. Wir haben eh nicht viel.«

Bröckle blickte müde auf die Uhr. »Mich braucht ihr, glaub ich, nicht mehr.«

»Ne, ne, du kannst jetzt gehen.« Bertram drückte seinem Gegenüber zum Abschied die Hand. »Komm morgen kurz ins Präsidium. Wegen der Niederschrift. Du kriegst auch einen Kaffee.«

»Isch scho recht, i han ja Zeit.« Bröckle, der gedankenverloren in seinen Heimatdialekt verfallen war, hob nochmals flüchtig den rechten Arm zum Abschiedsgruß, ehe er sich daran machte, die mehr als fußballfeldgroße Brachfläche zu durchqueren.

×××

Strasser, wie Gregor Teltschyck von seinen Kumpels ob seiner gelegentlich vorgetragenen Theoriefragmente zur NS-Ideologie genannt wurde, und wie er auch gerne angesprochen werden wollte, sah die

Gefahr als erster. Sie waren zu viert in der 22-Uhr-Vorstellung im »Cinemaxx« gewesen und hatten einen – wie sich im Nachhinein herausstellte – ausgesprochen dämlichen Film angeschaut. SS-Siggi, Heiko aus dem Jugendclub, Ricardo Heyer und er. Sie schwenkten gerade ab in Richtung »Pizza-Hut«, als er sie aus dem Haupteingang des Bahnhofs kommen sah. Ein ganzes Rudel »Zecken«, einige Weiber darunter, kam in ihre Richtung gerannt, acht, zehn Mann. Ihre Absicht war eindeutig. Zumal Ricardo bei ihnen war, der Jüngste der Freigesprochenen.

»Scheiße, lauft«, brüllte Strasser seinen Begleitern zu, »ein Rudel Zecken, da, beim Bahnhof.«

Aber vor ihnen herrschte noch Gedränge. Abwandernde Kinobesucher und andere Nachtschwärmer, die beim Hut, womit die Pizza-Hut-Filiale an der Ecke gemeint war, oder im gegenüberliegenden McDonald's »Bölkstoff« und »Fressi-Fressi« besorgten, waren im Weg. Wild ruderten die Flüchtenden durch die irritierten Passantengruppen. Flüche, Beschimpfungen und Püffe flogen in beide Richtungen.

Da waren die »Zecken« auch schon heran. Noch ehe sie die Straßenbahnschienen überqueren konnten, fegte ein groß gewachsener Punk, den Strasser vom Sehen kannte, den am weitesten hinten rennenden Heiko Benett mit einem gezielten Tritt in die Kniekehle um. Ein anderer packte den schmächtigen Ricardo, der, ohne Anstalten zur Gegenwehr zu machen, beide Hände schützend vors Gesicht hielt. Wacker hielt sich SS-Siggi. Dafür, dass er Student war, fand Strasser, kämpfte er wirklich gut. Mit einem gezielten Kick hatte er einen Angreifer niedergestreckt und stand zweien gegenüber, die er noch auf Distanz halten konnte. Strasser wusste, was nun kam. Er war seit über zehn Jahren in Kämpfe mit den Linken verstrickt. Und früher hatte er sich auch mal als Hooligan betätigt. Den Träger eines selbst im schummrigen Licht der Straßenlampen noch knallrot leuchtenden Irokesenschnitts machte er mit dem Sprühnebel seines Reizgases unschädlich, das er aus der Innentasche seines schwarzen Blousons gezogen hatte. Einen zweiten konnte er erst einmal in Schach halten. Doch zwischenzeitlich war der lange Lulatsch, der bereits Heiko k.o. geschlagen hatte, in seinen Rücken gelangt und rang ihn am Hals zu Boden. Ein stechender Schmerz raste durch sein Ellenbogengelenk, als der, den er bislang mit dem Reizgas auf Distanz gehalten hatte, ihm auf den Arm und auf die Hand trat, die immer noch die Spraydose umklammert hielt. Er hörte noch das Gewimmer von Ricardo, dann war Strasser nur noch von den Schmerzen umnebelt, die aus der Vielzahl an Schlägen und Tritten resultierten, die nun auf ihn niederprasselten.

×××

Hauptkommissar Bertram schenkte unaufgefordert Kaffee nach. Er unterhielt sich gerne mit dem Alten. Die Protokollaufnahme war sehr zügig vonstatten gegangen.

»Man merkt einfach, dass du früher Bulle gewesen bist, einer mit dem Blick fürs Wesentliche«, hatte er wohlwollend zu Bröckle gesagt. Dieser zündete sich eine zweite Zigarette an.

»Habt ihr schon einen Verdacht?«

»Nein, noch nichts Konkretes. Wir haben einige aus der hiesigen Antifa-Szene ermitteln können, die den Weise schon mal belästigt hatten, damals, als die ganze Clique vom Verdacht des versuchten Mordes und der schweren Körperverletzung an diesem Jungen, wie hieß er gleich noch …?«

»Lückert, Benjamin Lückert«, warf Falkenhorst eilfertig ein.

»Richtig, Benjamin Lückert. Nachdem man die Clique freigesprochen hat, kursierten hier Pamphlete und Anschläge mit allerlei Drohungen. ›Rache für Benni‹ und anderer Unsinn aus dem Kreis der jungen Helden. Gestern Nacht wurden in der Nähe des Bahnhofs auch noch einige unserer rechten Mitbürger verprügelt. Ziemlich heftig sogar. Da war der Jüngste aus dem Kreis der Freigesprochenen dabei.«

»Wer gerade einen Mord begangen hat, wird doch nicht am gleichen Tag auf sich aufmerksam machen wollen, indem er sich an einer Rauferei beteiligt«, murmelte Bröckle nachdenklich.

Bertram schob sein markantes Kinn nach vorne und berichtete unaufgefordert weiter. »Die haben wir ordentlich durchsiebt. Die

Opfer des gestrigen Überfalls kannten ja einen Teil der Täter von früheren Begegnungen. Konnten Personen beschreiben, einzelne Namen nennen. Immerhin, da waren wir rasch erfolgreich«, sagte Bertram mit einem Hauch Sarkasmus in der Stimme und fuhr resolut fort: »Markieren ja alle den starken Max. Sind dann aber rasch weich geklopft. So wie ich das überblicke, haben wir alle ermitteln können, die an diesem Überfall beteiligt waren."

»Und?«, fragte Bröckle, »sind die Rechten schwer zu Schaden gekommen?«

»Na, das Übliche. Prellungen, Blutergüsse. Einer hat sich was am Ellenbogen geholt. Ist wohl was für die orthopädische Chirurgie. Drei Täter sind noch in U-Haft.«

»Echt?« Man sah dem Alten seine Überraschung an. »Drei noch in U-Haft. Das ist doch ziemlich ungewöhnlich. Da gab es doch in jüngster Zeit ganz andere Dinger, da hat man die Täter sofort wieder laufen lassen. War das nicht in Dessau so? Und in Halberstadt? Die Geschichte mit dem Überfall auf die Theatertruppe? Da habt ihr doch noch nicht einmal jemanden festgenommen.«

»Wir nicht, Bröckle, wir nicht. Das waren die Kollegen aus dem Harz. Und zudem ganz normale Streife, von denen auch einige die rechten Schläger persönlich kannten. Da nimmt man halt nicht so schnell jemanden fest.« Bertram schnaubte durch die Nase. Und mit einer Geste des Bedauerns fuhr der Hauptkommissar fort: »Du hast ja recht. Eigentlich waren das gestern nur Fälle leichterer oder mittelschwerer Körperverletzung. Da wird sonst niemand festgenommen. Da werden die Personalien festgestellt. Dann können die Jungs wieder abzwitschern. Und wer verurteilt wird, kriegt eine Geldstrafe oder Arbeitsauflagen. Achtzig Stunden im Altersheim oder so. Aber derzeit sind alle nervös. Und nach der schweren Verletzung dieses Lückert und den beiden Toten dominieren die versammelten Aufgeregtheiten. Zumal da auch noch so 'ne wilde Truppe herumtobt. Die greifen mit Motorrädern gezielt junge Leute an, die der rechten Szene zugeordnet werden. Schlagen gut organisiert einzelne zusammen und sind dann auch schon wieder verschwunden. Hast du davon noch nichts gehört?«

»Ich? Nein.« Bröckle, dessen Gedanken kurz abgeschweift waren, schreckte auf. Vor einigen Tagen war er am Alten Markt Zeuge einer derartigen Szene geworden. Aber nach seinem Wutanfall im »Layla« hatte er mit niemandem mehr darüber gesprochen und auch keine Anzeige gemacht. So was hatte es auch schon in seiner schwäbischen Heimat gegeben. Eine Motorradclique, die Rechte überfiel. Freilich nur solche, die mit Gewalttaten aufgefallen waren. Erst vor Kurzem war in Munzlingen einer auf diese Weise verprügelt worden, dessen Vater er noch vom Fußball kannte. Ihm ging da was durch den Kopf. Ein Gedanke, der die Polizei nichts anging. Auch Bertram nicht.

»Noch einen Kaffee?«, fragte dieser in seine Gedanken hinein.

Bröckle schüttelte den Kopf. »I sott weiter und ihr habt ja schließlich was zu tun.« Bei diesen Worten grinste er den Hauptkommissar fröhlich an. Nach einigen Schritten wandte er sich nochmals um und blieb dabei in der geöffneten Tür stehen: »Heute Abend nach Dienstschluss im ›Köhler‹?«

»Wir telefonieren«, erwiderte Bertram.

×××

Das Nachtverkehrssystem war besser als in Berlin und Stuttgart geregelt. Bis 24 Uhr jede halbe Stunde und die restliche Nacht immerhin noch stündlich kamen die zentralen Linien sternförmig am Damaschkeplatz zusammen, um dann nach fünf bis sieben Minuten Aufenthalt, in denen man in jede beliebige Richtung umsteigen konnte, im selben Moment wieder anzufahren. Das klappte ganz hervorragend.

Es war kurz nach Mitternacht. Aron Winter hatte das »Layla« früher als an anderen Dienstagen verlassen. Bugmann konnte aber auch penetrant sein. Aufgekratzt setzte der sich zu ihnen an den Stammtisch, wo er nach Meinung der anderen nicht hingehörte. Nur gesagt hatte es wieder mal keiner. Dann faselte der den halben Abend über die Höhenflüge, zu denen das »Roxi-Projekt« noch ansetzen würde, wäre erst einmal dieses oder jenes gemacht, dieser oder jener zusätzlich für die Sache gewonnen. Und zu allem Überfluss erzählte er auch noch zum wiederholten Male die Geschichte von der missglückten Aufführung des Kultfilms »Der letzte Tango in Paris«. Statt sadomasochistischer Zuspitzungen zwischen Maria Schneider und Marlon Brando gab es für die enttäuschten Besucher nur hastig ausgeschenkten lauwarmen Sekt. Denn Bugmann und seine Helfer hatten die Tonspur nicht hingekriegt. »Schaut euch das an«, ulkte er mehrmals in die desinteressierte Runde, »zwei linke Hände und lauter große Zehen dran.«

Früher als sonst waren nach und nach einige der Stammtischfreunde aufgestanden. Manche gingen gleich nach Hause, andere wechselten nur die Schenke, gingen noch auf einen Absacker auf die andere Straßenseite ins »Blue Note«.

Aron Winter sah sich vor zwei Entscheidungsalternativen gestellt. Entweder sagte er Bugmann, dass sein Geschwätz niemanden interessiere. Oder er ging selbst früher nach Hause. Er war zu ersterem durchaus in der Lage, aber er hatte sich in letzter Zeit mit Bugmann schon öfter gestritten. Es ging, wie so oft, um die Palästinafrage. Also stand er mit kurzem Nicken auf, zahlte am Tresen und entschloss sich, zu Fuß zum Damaschkeplatz zu gehen.

Die Nacht war mild. Trotz der üppigen Beleuchtung der Großstadt war der Sternenhimmel klar wie nur selten in diesem nun zu Ende gehenden Sommer zu erkennen.

Als er die seit Jahren sanierungsbedürftigen Unterstände des zentralen Verkehrsknotenpunktes erreichte, musste er noch eine Viertelstunde auf das sternförmige Eintreffen der Busse und Straßenbahnen warten. Er schlenderte den Bahnsteig auf und ab. Überall lagen zerbrochene Flaschen. Aus manchen Ecken stank es nach Pisse.

Winter wollte sich eben eine Zigarette anzünden, um den Gestank nach Pisse zu übertünchen, als er sah, wie in der Einfahrt zum gegenüberliegenden zentralen Busbahnhof ein Auto hielt. Vier Männer stiegen aus, überquerten die Straße und sprangen behände über das Geländer, das den Autoverkehr von den Straßenbahnen und Bussen trennte. Ein fünfter war im Wagen geblieben, dessen Motor weiter lief. Das machte ihn stutzig. Zumal die anderen direkt auf ihn zu rannten. Vier kurz geschorene, aber nicht völlig kahl rasierte Kerle in schwarzen Blousons.

Winter überlegte blitzschnell, was zu tun war. Zum Wegrennen blieb keine Zeit. Dazu war er zu alt und auch zu fett geworden. Er blickte sich um. Von den vier, fünf Gestalten, die jetzt schon verstreut auf den Bahn- und Bussteigen standen, war keine große Hilfe zu erwarten. Er war ja kein Schlechter, hatte Kraft, war geschult in Kampfsportarten und trotz seiner akademischen Laufbahn in Raufhändeln nicht unerfahren. Das brachte schon der Umstand mit sich, dass er Jude war. Obwohl er aussah wie ein altgermanischer Recke. Zumindest entsprach er haargenau dem Bild, das die völkische Folklore von den Germanen zeichnete. Er konnte gerade noch seinen dicken Schlüsselbund so in die rechte Hand nehmen, dass er sich beim Zuschlagen daran nicht selbst verletzte, als sie auch schon heran waren. Er blickte in die immer gleichen Männergesichter, die er schon an so vielen Orten gesehen hatte. Zufällig, hier und dort, bei Trinkgelagen im öffentlichen Raum, auf Demonstrationen, in und vor Fußballstadien. Es würde schwierig sein, aussagekräftige Personenbeschreibungen abgeben zu können.

Als der erste auf die passende Distanz zu ihm herangekommen war, zog Winter voll durch. Seine Schuhspitze donnerte in den Unterleib des jungen Mannes, der sich schreiend krümmte. Einem weiteren konnte er noch die schlüsselbewehrte Faust ins Gesicht schlagen. Doch dann hatte ein dritter ihn halb umlaufen und sprang ihn so von der Seite an, dass er ins Straucheln geriet. Winter dachte noch, dass er nicht fallen durfte. Mehr als alles andere fürchtete er die unkontrollierten Schläge und Tritte, die ein wehrlos am Boden Liegender über sich ergehen lassen musste. Da traf ihn ein Faustschlag mit voller Wucht auf der Nase. Er spürte sofort, dass sich etwas verschoben hatte. Voller Schmerz und Wut schlug er noch drei, vier Mal auf den einen oder anderen Angreifer ein. Doch dann hatten sie ihn. Er taumelte gegen die geflieste Wand der Haltestelle und glitt dann zu Boden. So gut es ging, versuchte er mit beiden Armen den Kopf zu schützen. Nun traten sie in rascher Folge auf ihn ein.

Immerhin, eine der Wartenden blieb nicht teilnahmslos. »Aufhören, sofort aufhören«, rief eine weibliche Stimme von einem der gegenüberliegenden Bahnsteige.

Als der erste Nachtbus einfuhr, war der Spuk zu Ende. Die vier rannten zum wartenden Wagen, einer in gekrümmter Haltung, deutlich langsamer als die anderen. Das konnte Winter gerade noch mit dem einen Auge erkennen, das noch nicht völlig zugeschwollen war. Den ersten hatte er wohl gut getroffen.

Der nächste einfahrende Bus war der 93er in Richtung Kannenstieg. ›Den solltest du kriegen‹, dachte er noch, aber dann war er schon umringt von zahlreichen Gaffern und zwei, drei ernsthaften Helfern, die ihm aufhalfen und entschieden darauf bestanden, dass er zur Untersuchung ins Krankenhaus gebracht wurde.

×××

»Glück gehabt, Ronne, großes Glück.«

Gotthilf Bröckle war umgehend in die Wohnung des Kollegen seines besten Freundes geeilt, den er im vertraulichen Gespräch schon seit ihrer zweiten Begegnung im »Layla« immer nur »Ronne« nannte. Zur Linderung der Leiden hatte er den Rest eines Schatzes mitgebracht, eine noch gut halb volle Flasche seines selbst angesetzten Blutwurzelschnapses, der in ihrer gemeinsamen hohenlohischen Heimat allgemein nur als »Blutwurz« bezeichnet wurde.

Aron Winter hatte in der Tat großes Glück gehabt. Er war zwar nicht nur mit einem, sondern gleich mit zwei blauen Augen davongekommen und hatte zahlreiche Prellungen und Hautabschürfungen. Da die Nase nicht, wie befürchtet, gebrochen, sondern lediglich angebrochen war, hatte er im Krankenhaus nach dem Röntgen und der Verarztung verschiedener kleiner Riss- und Schürfwunden freundlich, aber bestimmt abgelehnt, noch ein, zwei Tage zur weiteren Beobachtung zu bleiben. Und da bislang noch nie eine seiner Vorlesungen ausgefallen war, hatte er sogar noch die beiden Veranstaltungen durchgeführt, die er am Vormittag halten sollte. Den fragenden, verwunderten Blicken im Hörsaal war er mit einer eher offensiven Einleitung entgegengetreten.

»Nein, meine Damen und Herren, ich bin nicht im Suff die Treppe hinuntergefallen, der Jude hat von vier Nazitypen am ›Damaschke‹ eins aufs Maul gekriegt.«

Damit war es gut gewesen und er konnte, wenn auch mit kleinen Pausen und im Unterschied zu sonst beim Sprechen stark näselnd, seine beiden Vorlesungen in noch leidlich akzeptabler Qualität abhalten.

Als Bröckle ihn besuchte, hatte er soeben wieder neue Kühlpackungen aufgelegt. Morgen noch eine Veranstaltung, dann war erst einmal Wochenende. Und am Montag, so hoffte er zumindest, würde er schon wieder einigermaßen passabel aussehen.

»Hast du schon Anzeige erstattet?«, fragte der Alte, nachdem sie einen weiteren »Blutwurz« zu sich genommen hatten.

»Die Polizei war gestern noch am Tatort, aber da war ich bereits auf dem Weg ins Krankenhaus. Heute Nachmittag habe ich Bertram angerufen, der hat mich aber mit dem zuständigen Kollegen verbunden. Viel kann man da ja nicht sagen. Wahrscheinlich würde ich nicht einmal mehr alle erkennen, wenn sie mir an anderer Stelle erneut begegnen würden. Das ist schon verrückt. Da denkt man immer, ein Überfall, ein gewaltsamer noch dazu, ist eine so intensive Erfahrung, dass sich jedes Detail unauslöschlich einprägt. Aber dann kannst du doch nur ganz banale Angaben machen. Vier junge Männer, zwischen zwanzig und dreißig, alle mittelgroß, alle in Jeans und schwarzen Blousons. Der eine oder andere war an sichtbaren Körperstellen tätowiert. Einer am Hals, ein anderer an der linken Hand. Aber was waren das für Motive? Und wer trägt in diesem Alter heutzutage kein Tattoo? Da hört es schon auf, da fängt es an, undeutlich zu werden. Am ehesten könnte ich wahrscheinlich noch deren Schuhe beschreiben. Schon komisch.«

»Ist doch klar«, versuchte Bröckle zu trösten, »in solch einer Situation konzentriert sich alles aufs Wesentliche. Auf Gegenwehr und darauf, die Verletzungen und Schmerzen so gering wie möglich zu halten.«

»Immerhin konnte ich noch erkennen, dass der Wagen, in den sie einstiegen, eine SBK-Nummer hatte. Alkreis Schönebeck also.«

»Na also. Das ist doch schon was.«

Winter schüttelte den Kopf. »Dahinten hast du in jedem Dorf so 'ne Clique.«

Bröckle schenkte sich, nachdem Winter mit einem Kopfschütteln einen weiteren Schnaps abgelehnt hatte, noch einen Schluck ein. »Vielleicht ist das die Revanche für eure Strafaktion am Alten Markt gewesen.«

Winter fuhr herum und fragte aufbrausend: »Wie kommst du denn auf so einen Mist?«

Der Alte lächelte. »Wieso Mist? Zuerst dachte ich, es sei Desiderius gewesen. Dem ist auch jeder Blödsinn zuzutrauen. Aber der hat nicht mehr ganz deine Statur. Gleich groß zwar, aber nicht mehr so durchtrainiert. Du warst doch dabei. Oder lassen mich meine alten Augen etwa langsam im Stich?«

»Die Leute, die diese Aktion durchgeführt haben, waren doch nicht zu erkennen gewesen.«

Bröckle grinste, gerade so, als sei er belustigt. Dann leerte er sein Glas und stellte es mit einer energischen Bewegung zurück auf den Tisch.

»Dich erkennt man immer, Ronne, mit oder ohne Montur, mit oder ohne Helm. Vielleicht hat man dich einfach wiedererkannt und dir eine kleine Abreibung verpasst. Oder sie haben ihre Kumpels aus diesem Schönebeck um einen Gefallen gebeten. Wäre doch gut möglich. Oder?«

Als der Alte bereits halb zur Tür hinaus war, kam er noch einen Schritt zurück. »Das hätt ich fast vergessen. Schöne Grüße vom ›Sider‹.« So pflegte er seit mehr als dreißig Jahren Desiderius Jonas zu nennen. »Und gute Besserung noch.«

xxx

Trotz der Schmerzen war Aron Winter eine halbe Stunde, nachdem Gotthilfe Bröckle sich von ihm verabschiedet hatte, auf der Couch seines kleinen Appartements eingeschlafen. Als es erneut an seiner Wohnungstür klingelte, schreckte er auf. Der Ton der Klingel war für ihn ein fremdes Geräusch. Denn hier bekam er so gut wie nie Besuch. Einmal im Jahr erschien jemand zum Ablesen der Zählerstände. In großen Zeitabständen klingelte ein Nachbar, fragte etwas oder lieh sich ein Werkzeug aus. Und eben war Bröckle hier gewesen. Wer mochte das jetzt sein? Einen Moment lang überlegte er, ob er überhaupt öffnen sollte. Mit seinen Verletzungen sah er nicht nur scheiße aus. Er fühlte sich auch so. Und fürsorgliche Besuche ertrug er gerade noch von Gotthilf Bröckle. Und der war bereits hier gewesen. Doch dann siegte wieder einmal seine Neugierde. Nach dem Betätigen des elektrischen Türöffners blieb noch Zeit, um ein Jackett überzuziehen und die Haare mit einer Bürste in eine einigermaßen passable Form zu bringen. Die Besucher kamen in der Regel mit dem Fahrstuhl in den vierten Stock, in dem sein Appartement gelegen war. Als es an seiner Wohnungstür erneut klingelte, öffnete er sofort. Zu seiner großen Überraschung stand der Student Sieghardt Althans vor der Tür, den seine sogenannten Kameraden gemeinhin nur SS-Siggi nannten.

Der Besucher grüßte und fragte: »Darf ich reinkommen?«

Winter blickte prüfend in beide Richtungen des langen Flures, der an der Tür seiner Unterkunft vorbei zu den anderen Appartements führte. »Eigentlich verbitte ich mir Ihren Krankenbesuch. Ich habe überhaupt keine Lust, mit Ihnen zu sprechen.«

»Nur ganz kurz.«

Winter zögerte einen Augenblick. Doch dann siegte ein weiteres Mal seine Neugierde. Wortlos bat er den ungebetenen Gast herein und wies ihm einen der beiden Sessel zu.

»Für die Unordnung hier muss ich mich bei Ihnen nicht entschuldigen, Herr Althans. Dass ich so aussehe wie jetzt und hier in meiner Häuslichkeit nur das Nötigste tun kann, geht auf ihre Schlägerfreunde zurück. Aber der Überfall auf mich dürfte sich ja bis zu Ihnen herumgesprochen haben.«

»Ich habe bereits davon gehört«, erwiderte Althans. »Und das ist auch der Grund, warum ich Sie aufgesucht habe.«

»Ach.« Langsam setzte sich Aron Winter in den freien Sessel. Jede auch noch so kleine Bewegung bereitete ihm höllische Schmerzen.

»Das überrascht Sie?«

»Ich brauche Ihr Mitgefühl nun wirklich nicht.«

»Ich komme nicht aus Mitgefühl. Und ich will mich auch nicht bei Ihnen entschuldigen. Ich habe Ihnen nichts getan. Ich bin Ihnen nichts schuldig. Sie sind selbst ein Schläger. Auch wenn Sie das mir gegenüber gleich abstreiten werden. Ein Professor, der sich mit Jugendlichen prügelt. Wie infantil und albern. Sie haben ihre Quittung gekriegt. Und basta.« Mit den letzten Worten war der Mund von Sieghardt Althans immer schmaler geworden. Jetzt bildete er nur noch einen dünnen Strich.

»Von Ihnen muss ich mir keine Unverschämtheiten bieten lassen. Auch wenn Sie an den Gewalttaten nicht beteiligt waren, so stehen Sie als Strippenzieher in der Verantwortung. Ich glaube, es ist besser, wenn Sie jetzt gehen. Ich habe keine Lust mehr, mir noch länger Ihren Scheiß anzuhören.«

»Nur noch einen Augenblick. Ich bin gekommen, weil ich die Gefahr sehe, dass die ganze Sache weiter eskaliert. Ich meine nicht so sehr Ihre Geschichte. Bislang haben Sie mit Ihren Freunden ausgeteilt. Jetzt haben Sie die passende Antwort gekriegt. Fertig, aus. Aber es hat schon zwei Tote gegeben. Und einen Schwerverletzten bei den Linken. Das kann ganz leicht aus dem Ruder geraten. Die Polizei sieht ja mal wieder ganz alt aus.«

»Jetzt geht dir die Muffe, was?«

»Herr Doktor Winter, ich möchte von Ihnen nicht geduzt werden. Mir Angst zu unterstellen, ist absurd. Ich habe keine Angst. Aber unsere Bewegung ist nicht daran interessiert, dass die Gewalt eskaliert. Auch wenn Sie das vielleicht anders sehen. Wir von der NPD sind Demokraten. Nationale Demokraten. Wir brauchen die Randale nicht. Wir kämpfen längst nicht mehr um die Straße, sondern um die Köpfe und die Parlamente.«

»Ihre Bewegung. Wenn ich das schon höre. Der Brandstifter übt sich in Besonnenheit. Ist Ihnen eigentlich klar, was Sie für eine lächerliche Figur abgeben?«

»Sehen Sie das, wie Sie wollen. Ich wollte Ihnen nur vorschlagen, gehen Sie auf Ihre Leute zu. Sie sind jemand, der Einfluss hat. Und ich kümmere mich um unsere Leute. Überlegen Sie es sich gut.«

Bei den letzten Worten hatte sich Althans erhoben. »Bleiben Sie sitzen«, fuhr er fort. »Ich finde selbst hinaus. Und gute Besserung.« Dann hatte er auch bereits den kleinen Raum durchschritten. Er öffnete die Wohnungstür und schloss sie hinter sich.

Aron Winter ballte wütend die Fäuste, bis er den Schmerz der Fingernägel in seinen Handballen spürte. Dann malte er sich aus, wie sie Sieghardt Althans bei einer ihrer nächsten Aktionen so richtig in die Mangel nehmen würden. Aber daran war ja vorläufig nicht zu denken.

×××

Da ihn das Magdeburger Straßennetz immer noch so verwirrte, dass er an seinem Orientierungssinn zu zweifeln begann, nahm Bröckle trotz seiner Unsicherheit im Umgang mit öffentlichen Verkehrsmitteln die Straßenbahn. Bis er sein Ziel im Norden von Magdeburg endlich erreicht hatte, musste er einige Passanten nach dem Weg fragen, zumal er auch noch umsteigen musste. Als er die Bahn an der vorletzten Haltestelle verlassen hatte, stand er etwas orientierungslos zwischen zahlreichen Plattenbauten, die wie große Bauklötze in die Landschaft gesetzt worden waren. Umständlich nestelte er einen zusammengefalteten Stadtplan aus der Innentasche seines Mantels. Der meistens in der Börde wehende Wind machte es ihm nicht leicht, ihn auseinanderzufalten.

»Wo soll's denn hingehn?« Ein junger Mann in weinroter Bomberjacke lümmelte lässig an der Innenwand der Haltestelle. Er kaute auf einem Streichholz und hatte beide Hände tief in den ausgebeulten Taschen seiner Jeans vergraben.

Bröckle ging ein paar Schritte auf den Frager zu. »Ich suche hier eine Jugendfreizeitstätte.«

»'ne Kneipe oder das Bowlingzentrum?«

»Nein, nein, so eine Art Jugendzentrum. ›Bernstein‹ heißt das, glaube ich.«

»Ach, in den Club woll'n se. Ich geh mal'n paar Schritte mit.«

Bröckle tippelte hinter dem Jungen her, der zügig voranschritt. An einer Stelle, an der sich mehrere Zwölfgeschosser um eine Art Platz formierten, hielt er an und zeigte auf ein flaches Gebäude.

»Da is der ›Bernstein‹, aber ich glaube, die haben heute keen Bock auf Besuch.«

»Wieso denn?«

»Müssen'se schon selbst fragen.«

Der junge Mann grüßte flüchtig und ging mit schlenkernden Armen zurück in Richtung Straßenbahnhaltestelle. Bröckle wandte sich dem Gebäude zu. Über dem Eingang hafteten Aufkleber, die suggerierten, dass hier nicht gerade Ausländerfreunde verkehrten. Er öffnete die Tür. In einem Vorraum lehnte ein Pärchen an der Wand, das so intensiv am Knutschen war, dass es den Fremden gar nicht wahrnahm. Bröckle blickte sich unentschlossen um, als ihm energisch eine etwa dreißigjährige Frau entgegentrat. »Was wollen Sie denn noch? Wir haben doch erklärt, dass wir Journalisten keine Auskunft mehr geben. Gehen Sie bitte. Wir haben schon genügend Ärger.«

»Aber ich bin kein Journalist.« Bröckle musterte die braun gebrannte Frau, die offensichtlich Mitarbeiterin dieser Einrichtung war, wohlwollend. Ihr langes blondes Haar war in feine Zöpfe geflochten. Hinter ihr bauten sich nun einige Kahlgeschorene auf.

»Aber von der Polizei sind Sie auch nicht. Die kenn wa alle.«

Nun kam Bewegung auf.

»Der Opa ist bestimmt vom Verfassungsschutz.«

»Undercover.«

Ein Mädchen mit grellblonden Haaren zischte leise, aber hörbar: »Jetzt komm'se schon zum Sterben in den Jugendclub.«

Die Bande grölte.

»Also Alter, was willste.« Ein Größerer war vorgetreten und baute sich aufreizend nahe vor ihm auf. Die Mitarbeiterin drängte den kaum Zwanzigjährigen ab. Er ließ es ohne Widerstand mit sich geschehen. Bröckle sah, dass sie bei den Jugendlichen offensichtlich einen Stein im Brett hatte.

»Kommen Sie mal rein, Sie Störenfried. Sie müssen heute mit mir vorliebnehmen. Evelyn Denninger, die den Jugendclub hier leitet, hat heute frei.« Die Blonde schritt voran. Der Pulk der Jugendlichen öffnete sich zu einer schmalen Gasse. Sie gingen in einen Raum mit einer kleinen Theke. An der Wand war ein Fernseher montiert. Einige alte Sessel standen im Raum verteilt. »Aber jetzt sagen Sie mal endlich, was Sie hierher führt.«

»Ich hätte gerne mit jemanden von den Jungs gesprochen, die vor ein paar Tagen am Cinemaxx waren«, sagte Bröckle leise. Für einen Moment wurde es still im Raum. Aber auf ihn wirkte die absolute Ruhe bedrohlich. Er hatte das Gefühl, dass ein winziger Funke die Luft zum Explodieren bringen konnte.

Der Große ergriff als erster wieder das Wort. »Wer soll am Cinemaxx gewesen sein?«

»Na, einige von euch.«

»Woher woll'n se das denn wissen.«

»Von Hauptkommissar Bertram. Man hat euch gesehen. Zwei von euch sind doch verletzt worden.«

»Was soll denn das, die Bullen waren doch schon hier.«

»Da kann'ste nicht mal mehr ins Kino gehen.« Immer mehr Jugendliche mischten sich ein. Bröckle versuchte die aufgeheizte Stimmung zu entkrampfen. Er ging in Richtung Tresen und wies den dahinter stehenden Thekendienstler an: »Stellen Sie mal einige Getränke raus. Aber keinen Alkohol.«

Dann drehte er sich mit einer scharfen Wendung um und trat nahe an den Großen heran.

»Und ich glaub auch nicht, dass jemand von euch den Überfall auf den Professor verübt hat, der zufälligerweise ein guter Bekannter von mir ist.«

»Ach nee.«

»Das is wohl der Mann von Mutter Theresa.«

»Jetzt macht er die Softnummer.«

Die Mitarbeiterin hatte mit ruhigen Bewegungen einen Teil der Getränke auf einigen nahe stehenden Tischen verteilt. Fast beiläufig blickte sie zu Bröckle herüber.

»Sie haben uns immer noch nicht gesagt, wer Sie sind und was Sie wollen.«

»Mein Name ist Gotthilf Bröckle und ich habe zufällig das zweite Mordopfer gefunden. Der Junge war doch auch öfters hier.«

»Sie haben Svenni gefunden?«, fragte ein Mädchen mit leiser werdender Stimme.

Einige Sekunden herrschte Ruhe, dann durchbrach ein kleiner Blonder, der eine viel zu große Bomberjacke trug, das triste Schweigen. »Ach nee, auch noch 'n Schwabe«, gluckste er. Doch sein Versuch, die angespannte Situation mit einem weiteren Gag zu überspielen, scheiterte. Schweigend standen die anderen Jugendlichen im Halbkreis um Bröckle und die Betreuerin.

»Aber sagt doch mal, die meisten von euch waren doch dabei, als ein Kumpel von euch ertrunken ist. Der war doch auch immer hier im Club.«

»Umgebracht«, fauchte ein blasser, schmaler Junge mit einer großen schwarzen Brille, die Bröckle als unpassend empfand.

»Die Polizei geht davon aus, dass sich Mirko, so hieß doch euer Freund, noch einige Hundert Meter von euch entfernt hat, ehe er starb. Habt ihr das angegeben?«

»So war das wohl«, mischte sich die Betreuerin in das Gespräch ein. »Ich bin hier die stellvertretende Leiterin. Mein Name ist Boskamp. Und wer sind Sie eigentlich? Sie haben doch hier nichts zu fragen. Zuerst reden Sie über den kleinen Vorfall am Cinemaxx. Dann kommen sie auf den Überfall auf den Professor Winter zu sprechen, von dem dieser Tage in der Zeitung stand. Und jetzt rühren Sie in der traurigen Geschichte von Mirkos Tod rum. Das geht doch über die Kraft der Jugendlichen. Manche sind ja fast noch Kinder«, fügte sie hinzu.

Der Alte musterte die energische junge Frau mit ihrer blonden, tief in den Rücken fallenden Rastafrisur. Ob die Haare alle echt waren? Dann hätte sie ja wirklich einen tollen Schopf.

»Stimmt«, murmelte Bröckle halblaut. »Ich hätte mich zuerst vorstellen sollen. Wie ich schon sagte, heiße ich Gotthilf Bröckle, war vor langer Zeit einmal Polizist und bin im Gegensatz zur hiesigen

Polizei davon überzeugt, dass der Junge nicht selbstverschuldet an zuviel Faustan und Alkohol starb, sondern dass da noch jemand nachgeholfen hat.«

»Die bringen uns alle um, die Schweine«, heulte ein Mädchen auf.

»Nun mal keine Panik, Saskia.« Beruhigend legte Monique Boskamp den Arm um die Schultern von Saskia Krone und zog sie einen Moment lang an sich.

»Hat denn jemand von euch Mirko weggehen sehen?«, fragte Bröckle die Jugendlichen, die ihn daraufhin schweigend ansahen.

»Das war so der allgemeine Eindruck«, erwiderte Monique Boskamp zögernd. »Wir hatten später gedacht, dass er weggegangen ist. Frau Denninger hat das bei der Vernehmung ausgesagt.«

Einige der Umstehenden nickten.

»Evi hat ihn noch weggehen sehen«, schniefte Saskia Krone.

»Damit meint sie Evelyn Denninger«, erklärte die Betreuerin ihrem Gast. »Das ist unsere Leiterin. Ich sagte Ihnen ja bereits, dass sie heute keinen Dienst hat.«

»Und sonst hat ihn keiner weggehen sehen?«, fragte Bröckle nochmals energisch in die Runde.

Einige schüttelten schweigend den Kopf oder zuckten mit den Schultern.

»Na, dann will ich hier mal das Durchschnittsalter durch meinen Abgang senken. Was muss ich bezahlen?«

×××

Der Kontakt zu den Linken gestaltete sich schwieriger. Bröckle kannte ihre Treffpunkte nicht. Und einfach in ihre Privatsphäre einzudringen traute er sich nicht. Was sollte er tun? Unangemeldet in der Wohngemeinschaft von Andreas Lückert auftauchen und sich mit der Bemerkung vorstellen, es sei ja nicht ausgeschlossen, dass die Mörder an den jungen Rechten aus ihrem Umfeld oder gar aus ihren Reihen kämen? Undenkbar. Bröckle beschloss, diese Angelegenheit telefonisch mit seinem Freund Desiderius zu besprechen. Der nannte ihm deren bekannte Treffpunkte, einige Kneipen und auch zwei Jugendclubs, die er im Rahmen einer Kooperation mit dem Jugendamt im letzten Jahr untersucht hatte.

»Der eine heißt allen Ernstes ›Knast‹. Befindet sich direkt am Moritz-Platz. Der ausgefallene Name hat wohl was damit zu tun, dass sich in dem Gebäudekomplex früher mal ein kleines Stasi-Gefängnis befunden hat. Nebenan ist auch eine bescheidene Gedenkstätte. Aber diese Einrichtung ist, so weit ich das einschätzen kann, uninteressant. Da treffen sich nur Jüngere. Aus deren Reihen kommt mit Sicherheit keiner der Täter. Ich halte die These, dass es sich bei dem Mörder oder den Mördern um linke Jugendliche handeln soll, ohnehin für gewagt, um nicht zu sagen, für schwachsinnig.«

»Dann betrachte das halt andersherum.«

»Wie andersherum? Manchmal hast du eine schrecklich geheimhalterische Ausdrucksweise.«

»Nimm einfach an, wir arbeiten im Ausschlussverfahren.« Bröckle lachte in den Hörer. »Und wie heißt der andere Jugendclub?«

»Es gibt noch einen Treffpunkt älterer Punks. Man nennt ihn auch nach seiner früheren Funktion ›Heizhaus‹. Ist von der Straßenbahnhaltestelle ›Olvenstädter Platz‹ in zehn Minuten zu Fuß zu erreichen. Aber da kommst du nicht so ohne Weiteres rein.«

»Warum denn das?«

»Na, die haben ihr eigenes Sicherheitskonzept.«

Bröckle fand dieses merkwürdige Anwesen auf Anhieb. Er war überrascht, dass es sich in unmittelbarer Angrenzung zu einigen Einfamilienhäusern befand. Hier herrschte bestimmt eine spannungsreiche Nachbarschaft. Das grell bemalte Gebäude wurde von einem hohen Zaun gegenüber der Außenwelt abgeschirmt. Und auf dem ungepflegten Rasen zwischen dem Club und dem Maschendrahtzaun kreiste ein halbes Dutzend Hunde. Aus dem Haus dröhnte ein Höllenlärm. Diejenigen, die sich im Inneren des Gebäudes aufhielten, nannten diese Orgie der schlechten Geräusche vermutlich Musik. Also war jemand da. Die Hunde und der Lärm ließen zumindest darauf schließen.

»Hallo«, rief Gotthilf Bröckle in Richtung Eingangstür und schalt sich sogleich einen alten Narren. Egal, wie laut er auch immer rief, hinter der Lärmwand des Jugendclubs hörte ihn keiner. Die Hunde beachteten ihn nicht mehr und drehten weiter ihre Kreise zwischen Zaun und Haus. Einer plötzlichen Eingebung folgend gab sich der Alte einen Ruck, öffnete die mit löchrigem Draht bespannte Tür, die zum Anwesen führte und ging zügig zur Eingangstür des Jugendclubs. Zwei Hunde kläfften ihn aus gehörigem Abstand an. Die anderen beachteten ihn nicht, bis auf einen, der schwanzwedelnd ein Stück in seine Richtung lief und dann erwartungsvoll stehen blieb. Wenigstens das schien zu klappen. Als er die Eingangstür öffnete, schwoll der Lärm der Musik an zu einem Orkan harter Beats.

Im Raum mochten wohl um die fünfzehn Personen sein, in der Mehrzahl, soweit konnte Bröckle das zuordnen, ältere Punks im Alter zwischen fünfundzwanzig und fünfunddreißig. Die meisten waren vom Leben und vom übermäßigen Alkohol- und Drogenkonsum gezeichnet, viele hatten schlechte Zähne, was es schwierig machte, das genaue Alter jedes einzelnen zu schätzen. Der Raum war dominiert von einem langen Tresen, vor dem einige auf altertümlichen Barhockern lümmelten. Zwei spielten mit mäßigem Können Tischtennis. Offensichtlich hatten sie trotzdem Spaß dabei. Der Rest hatte sich um einen Billardtisch gruppiert.

Ein Dreißigjähriger, der nur ein löchriges, selbst bemaltes T-Shirt über seiner zerrissenen und an manchen Stellen mit Aufnähern besetzten Hose trug, drückte sich lässig von dem schlecht gewarteten Billardtisch weg, der in der Mitte des Raumes stand und kam auf ihn zu. Dabei fuchtelte er mit seinem Queue, das er einem zweihändigen Schwert gleich in beiden Händen hielt. »Alter, deine Tochter ist nicht hier und sie hat auch kein'n Bock, nach Hause zurückzukommen. Sie hat kein'n Nerv mehr für eure Spießerfamilie.«

Bröckle fühlte, wie der Druck im Magen wuchs. Offensichtlich ging man hier davon aus, dass er der Vater eines Mädchens war, das in diesen Kreisen verkehrte und aus irgendwelchen Gründen mit seinen Eltern Zoff hatte. Was ihn nicht weiter verwunderte. Hätte sich seine Tochter in einem derartigen Milieu herumgetrieben, wäre es vermutlich auch bei ihnen Zuhause zu heftigen Auseinandersetzungen gekommen. Obwohl, seine Frau Eva war da ziemlich unberechenbar. Möglicherweise hätte sie sich sofort auf die Seite seiner Tochter gestellt, die, das stellte er in diesem Moment mit Erleichterung fest, nie durch die Zugehörigkeit zu einer expressiven Jugendkultur in Erscheinung getreten war. Er räusperte sich verlegen und strich sich dabei ohne Unterbrechung mit den Fingern der rechten Hand über die Knöchel der geballten linken Faust. »Ich suche niemanden. Meine Tochter wohnt gar nicht hier. Sie scheinen mich mit jemand anderem zu verwechseln?«

»Was willst du dann, Alter?«, fragte der Billardspieler, der noch einige Schritte weiter auf ihn zugegangen war und sich nun auf seinen Billardstock stützte.

Bröckle wusste nicht so recht, wie er es anfangen sollte. Die Situation, in die er sich hier hineinbegeben hatte, war für ihn fremd und unangenehm. »Es geht um die zwei Morde, die passiert sind, nachdem ein junger Mann von rechten Schlägern schwer verletzt worden ist.«

»Hier bedauert das niemand«, mischte sich ein Punkermädchen ein, das bisher schweigend am Tresen gesessen und die Szene beobachtet hatte. Bröckle schätzte es auf höchstens fünfzehn.

»Bist du Bulle?«, zischte einer der beiden Tischtennisspieler, nachdem er zuvor den weißen Ball ungeschickt ins Netz geschmettert hatte.

»Nein. Natürlich nicht. Ich habe nur zufälligerweise den zweiten Toten gefunden. Er hing erdrosselt an einem Gerüst vor meiner Wohnung.«

»Das geschah der Drecksau gerade recht«, schrie das Mädchen vom Tresen herüber.

»Er war ein Mensch, ein schlechter vielleicht, aber ein Mensch«, empörte sich Bröckle.

»Oh Mann, oh Mann, was soll dieses Gutmenschengelalle«, knurrte der Altpunk, der immer noch mit dem Queue in der Hand vor ihm stand.

»Ich hätte da nur ein paar Fragen an Sie.«

»Fragen an uns? Hier gibt's nichts zu fragen. Von uns kriegst du null Informationen. Aber wenn du schon mal da bist, kannst du ja einen ausgeben.«

Das brachte den Alten auf eine Idee. »Leute, ich hab da so 'nen Gedanken. Ich spiele gegen alle hier Anwesenden einen Satz Tischtennis. Gewinne ich alle, redet ihr mit mir. Gewinnt auch nur einer von euch, geb ich für alle einen aus?«

»Der Alte spinnt doch.« Ein anfängliches Gemurmel ging in eine Debatte über, die eher einem wilden Geschrei glich. ›Ob sie sich darauf einlassen würden? Und ob das dann gut ging?‹, fragte er sich. Immerhin spielte er noch im Herbst und im Winter in der höchsten württembergischen Seniorenklasse. In wenigen Wochen ging die Saison wieder los. Die beiden, denen er beiläufig zugesehen hatte, waren schlechte Spieler gewesen. Aber vielleicht befand sich hier im Raum doch noch ein unentdecktes Talent.

Der Lärm ebbte ab und der ältere der beiden, die vorhin Tischtennis gespielt hatten, kam auf ihn zu. »Also gut. Spaß muss sein. Lass uns mal loslegen, damit wir bald was zu trinken kriegen.«

Bröckle legte seine Jacke ab. Ungefähr fünfzehn Sätze waren zu spielen. Er schätzte, dass dies wohl eine gute Stunde dauern würde, siebzig Minuten vielleicht. Die beiden ersten Spiele gingen nur knapp zu seinen Gunsten aus, denn er kam nur schlecht mit den abgespielten Belägen des Schlägers zurecht, den er sich aus dem kläglichen Fundus des »Heizhauses« ausgesucht hatte. Doch als routinierter Seniorenspieler der Tischtennisabteilung des FC Niedergrün kam er immer besser ins Spiel und hatte alsbald seine jeweiligen Gegner fest im Griff. Nachdem er den zuvor billardspielenden Altpunk besiegt hatte, machte sich unter den »Heizhaus«-Besuchern Enttäuschung breit. Offensichtlich hatten ihre Hoffnungen in erster Linie auf dessen Können beruht. Zuletzt trat er gegen das Mädchen an, das er mit 11:1 besiegte. Wütend schmetterte sie den Schläger auf die Platte. Bröckle unterdrückte eine tadelnde Bemerkung und sagte strahlend: »Also.«

Mürrisch schlurften einige der Herumstehenden an ihn heran. »Also, Alterchen, was willste wissen?«, fragte eine Rothaarige, die den gesamten Vorgang bislang schweigend vom Tresen aus verfolgt hatte.

×××

Der Sommer war übergangslos herbstlichem Schmuddelwetter gewichen. Am späten Nachmittag hatte es angefangen zu stürmen. Regenschauer peitschten durch die Straßen. Bröckle fühlte sich unwohl, denn von der Tischtennisspielerei war er noch immer leicht verschwitzt. Und Aufwand und Ertrag standen in keinem adäquaten Verhältnis zueinander. Die Punks hatten ihm zwar allerhand fantasievoll ausgeschmücktes Zeug über die alten Kämpfe zwischen den Rechten und den Linken erzählt, allerdings überhaupt nichts, was für die Lösung der Morde brauchbar schien. Obwohl er von der Straßenbahnhaltestelle nur wenige Minuten zum Präsidium zu gehen hatte, war er klitschnass, als er das Büro des Hauptkommissars betrat. Dieser war trotz der vorgerückten Stunde noch in seiner Dienststelle und gerade dabei, sich ausgiebig zu dehnen und zu strecken. Mit belegter Stimme, die auf eine Erkältung schließen ließ, grüßte er seinen Gast, begleitete seine Worte mit einem freundlichen Nicken, ohne sich jedoch von seinem Schreibtisch zu erheben.

»Falkenhorst hat den richtigen Riecher gehabt«, sagte er anstelle weiterer Begrüßungsformeln.

»Bei was?«

»Erinnerst du dich noch an die Spurensicherung auf der Baustelle, nachdem du den Toten entdeckt hast?«

»So was vergisst man nicht so schnell«, antwortete Bröckle leise.

»Die Flasche, die Falkenhorst ins Labor bringen ließ, entpuppte sich doch als interessantes Objekt. Keine Fingerabdrücke. Alles sauber abgewischt, aber neben den Inkredenzien dieses modischen Zeugs, Wodka-Lemon-Mix oder was auch immer an Ungenießbarem, deutliche Spuren von Faustan. Und das hatte auch der Tote intus.«

»Du meinst, man hat ihn erst betäubt und dann erdrosselt?«

»Kann durchaus sein. Der Junge gehörte, wie schon der Tote im See, zu den Schlägern, die ja bekanntlich straffrei ausgingen. Auch bei der Sache am See war Faustan im Spiel. Und da wir das nicht bekannt werden ließen, scheidet zumindest eine Nachahmungstat aus. Entweder ist es reiner Zufall oder die beiden Morde hängen miteinander zusammen. Entweder ist der Mörder des ersten auch der Mörder des zweiten oder es sind die Taten mehrerer Personen, die unter einer Decke stecken.« Bertram schnäuzte sich mit wässrigen Augen in ein schon mehrfach benutztes Taschentuch. »Mittlerweile gehen auch vermehrt Hinweise aus der Bevölkerung bei uns ein. Nichts Genaues, das Übliche halt. Eine Sache war ganz interessant. In einem anonymen Hinweis wird dein Landsmann bezichtigt, etwas mit den Überfällen dieser Motorradclique zu tun zu haben.«

»Jonas?«

Bertram lachte. »Nein, nicht der. Aron Winter wird in einer anonymen E-Mail vorgeworfen, der Kopf dieser Bande zu sein.«

»Wieso denn anonyme E-Mail. Ich denke, das kann man alles entschlüsseln.«

»In dem Fall wohl nicht. Die Nachricht kam über den Server der Hochschule. Alle Studenten und Mitarbeiter haben über ein persönliches Passwort Zugang. In unserem Fall wurde das Passwort des Studentenrates verwendet, das so vielen Personen auf Anhieb bekannt war, dass wir gar nicht versucht haben, die Sache weiter zu verfolgen. Glaubst du, dass man dem Winter so was zutrauen kann? Immerhin ist er ein bekannter Linkszionist.«

»Nicht jeder Jude ist ein Nazijäger. Von seinem Vater habe ich viel gehört. Ein irrer Typ. Wurde während des Dritten Reiches aus Göppingen verschleppt, floh aus dem KZ, kämpfte in Litauen und Nordafrika gegen die Deutschen und kam schließlich 1945 als Angehöriger der amerikanischen Armee wieder nach Württemberg. Versuchte dann in Israel eine Existenz aufzubauen, kam dann aber nach einigen Jahren wieder nach Deutschland zurück. In den Fünfziger- und Sechzigerjahren ging es ihm wohl sehr schlecht. Der Wind hatte sich wieder gedreht im Lande. Jakob Winter galt lange als Staatenloser und konnte erst nach 1985 seine Entschädigungsansprüche durchsetzen. Und das auch nur teilweise. Sein Vater, so argumentierte man, habe seinen Betrieb in einem korrekten Rechtsgeschäft an seinen früheren Mitarbeiter verkauft. Das ging lange durch die Presse. Als das mit dem Gedenken und Erinnern losging, hat man ihn dann oft als Zeitzeugen angeschleppt.«

»Vielleicht ist ja der Apfel in diesem Fall nicht weit vom Stamm gefallen. Immerhin ist unser Winter auch beim Prozess gegen die Schläger, die den kleinen Lückert so zugerichtet haben, aus der Rolle gefallen.«

Da Bröckle nichts erwiderte, saßen sich die beiden eine Weile schweigend in dem kärglich möblierten Büro gegenüber. Draußen wurde es langsam dunkel. Der Hauptkommissar erhob sich und trat einen kurzen Augenblick an das Fenster. Mit der Bemerkung »Der Sommer ist nun endgültig vorbei« ließ er ein braunes Rollo herab und schaltete genau in dem Augenblick das Licht an, als das Telefon klingelte. Möbius, der Gerichtsmediziner, war am Apparat, an dem Bertram gleich den eingebauten Lautsprecher, den selbst dieses alte Telefon schon hatte, aktivierte.

»Und, was Neues?«, fragte der Hauptkommissar nachdem die seit Jahrzehnten in ihren Telefongesprächen üblichen Begrüßungsspäße absolviert waren.

»Schon wieder eine Sackglatze«, donnerte Möbius in den Telefonhörer, »ich möchte mal wieder einen sehen, der als junger Mensch noch eine vollständige Körperbehaarung aufweist.«

»Sei doch froh, dann musst du vor dem Aufschneiden nicht mehr rasieren.« Bertram grinste zu Gotthilf Bröckle hinüber.

»Wir sind doch nicht bei der Chirurgie«, schnaubte Möbius. »Aber eigentlich wollte ich dir nur mitteilen, dass die Alkohol-Faustan-Mischung mit hoher Wahrscheinlichkeit nicht ausgereicht hat, den Mann zu betäuben oder gar zu töten. Eindeutiger Tod durch Erdrosseln. Durch die Wirkung des Faustans war er höchstens etwas verlangsamt. Die zahlreichen Hand- und Gesichtsverletzungen sind wohl darauf zurückzuführen, dass man den Toten, der auf dem Bauch lag, noch ein Stück in Richtung der Armierung geschleift hat.«

»Und es ist ausgeschlossen, dass das Opfer vorher betäubt war, ehe es erdrosselt wurde?«

»Nicht ausgeschlossen, aber unwahrscheinlich.« Der alte Pathologe machte eine Pause und man hörte, wie er tief Luft holte, bevor er fortfuhr. »Das ist für heute auch schon alles. Einen schönen Tag noch.«

Bertram wollte noch etwas erwidern, aber da hatte der andere schon aufgelegt.

Der Hauptkommissar fing an zu lachen. »Den änderst du nicht mehr. Aber was er sagt, stimmt zu hundert Prozent. Der Täter hat also nicht auf die Wirkung des Faustans gesetzt, sondern hat es darauf angelegt, Sven Müller zu erdrosseln. Schleift ihn danach noch durch die Gegend und zurrt ihn dann an die Armierung und das Gerüst. Da scheidet eine Frau schon mal aus.«

»Sei nicht voreilig. Es gibt heute starke Frauen«, entgegnete Bröckle und lachte meckernd.

»Und außerdem«, sagte Bertram leise, »von hinten jemanden zu strangulieren, ist relativ einfach, wenn man genügend skrupellos ist, die richtige Technik anwendet und den Überraschungseffekt auf seiner Seite hat.«

»Und an dem Draht, der verwendet wurde, befinden sich keine Spuren?«

Bertram schüttelte den Kopf. »Nichts. Es war übrigens kein Draht, sondern eine Gitarrensaite. Sauber an zwei kurze Rundhölzer montiert und dann von hinten zugezogen. Das Opfer stand da vermutlich noch, aber selbst wenn es die Gefahr noch gespürt hat, hatte es keine Chance mehr, sich wieder zu befreien. Du kriegst die Finger nicht mehr unter den Draht. Gegenwehr zwecklos.«

»Vielleicht war er auch von der Wirkung dieses Faustans benommen und lehnte an dem Gerüst.«

»Das ist gut möglich. Dem Bericht von unserem Medizinmann Möbius ist zu entnehmen, dass da mit Faustan nicht gespart worden ist. Das einzig Ungewöhnliche dabei ist der Umstand, dass es sich bei der Gitarrensaite um ein noch unbespieltes Exemplar einer früher in der DDR produzierten Marke gehandelt hat.«

Bröckle, der in den Sechzigerjahren selbst Musiker einer regional gut bekannten Combo gewesen war, blickte den Beamten interessiert an. »Was ist denn daran so ungewöhnlich?«

»Es handelt sich um eine Gitarrensaite der Marke ›Lead Star‹. Nickelstahl, eins Komma nullsechs Millimeter. Nach unseren Erkenntnissen wird dieser Typ seit Beginn der Neunzigerjahre überhaupt nicht mehr produziert. Hersteller war der ›VEB Musikinstrumentenbau Markneukirchen‹.«

»Das klingt nach Bayern.«

»Liegt aber in Thüringen.«

»Ist doch logisch«, murmelte Bröckle, »VEB«. Noch immer lag Erstaunen in seiner Stimme. »Kein intelligenter Mensch würde mit einer Gitarrensaite morden, die er selbst schon bespielt hat. Im Zeitalter der DNA-Analyse wäre man doch schon so gut wie überführt.«

»Na ja, so einfach ist das ja nun auch wieder nicht. Sollten verwertbare Spuren zu finden sein, muss man diese ja auch noch jemandem zuordnen können. Das kann dauern und gelingt keineswegs immer. Denk doch nur mal an die Polizistenmorde bei euch im Süden. In Heilbronn. Da weiß man, dass es sich bei der Mörderin um eine Frau handelt. Man meint, ihre DNA zu haben. Und dann stellt sich heraus, dass die bei der Untersuchung verwendeten Wattestäbchen bei der Verpackung verunreinigt wurden. Und somit bleibt dieser rätselhafte Fall weiterhin ungelöst. Na gut, dass die Saite noch nicht bespielt wurde, ist schlüssig. Aber dass es sich um eine Marke handelt, die seit vielen Jahren nicht mehr produziert und verkauft wird, ist schon ungewöhnlich.«

»Weniger, als du denkst. Bist wohl kein Musiker. Wie in fast allen anderen Lebens- und Tätigkeitsbereichen gibt es auch unter Gitarristen Sammler, Eigenbrödler, Tüftler und Nostalgiker. Solche, die nur auf bestimmten Instrumenten spielen und dabei selbst noch auf die kleinsten Details achten, etwa die Saiten, die härter oder weicher sind, so oder anders klingen. Da stimmt einiges, oftmals sind es aber nur Schrullen. War denn diese Marke in der DDR weit verbreitet?«

»Meines Wissens ja. Lead-Star-Saiten wurden für E-Gitarren hergestellt. Bei Gitarrensaiten gab es sicher kein sehr breites Angebot.

Und ausländische Produkte waren ja nicht auf dem Markt. Höchstens mal als ›Bückware‹.«

»Bückware?«, fragte Bröckle verwundert.

Bertram grinste. »So nannte man bei uns Waren, die es regulär nicht oder nur sehr selten gab. Höchstens mal unter dem Ladentisch.«

Nachdenklich rieb sich der Alte am Kinn. »Vielleicht ist das eine Spur. Wer über eine unbenutzte Saite alter Bauart verfügt, ist vielleicht in der Musikszene bekannt. Zumindest in Nostalgikerkreisen, die auf DDR-Produkte schwören.«

»Kann sein.« Bertram hüstelte und schnäuzte sich erneut. »Aber vielleicht hatte er sie einfach nur in der Schublade rumliegen und kam dadurch überhaupt erst auf die Idee, auf diese Weise zu morden.«

×××

Drei Wochen nach dem Mord an Sven Müller hatte Saskia Krone einen Nervenzusammenbruch. Selbst diejenigen, die sie besser kannten, waren davon überrascht. Denn von der Gruppe, die seinerzeit an dem Überfall auf Benjamin Lückert beteiligt gewesen war, schien sie die am meisten Abgebrühte und die am härtesten Verpackte zu sein. Von ihr hörte man kein furchtsames Gewimmer, wie es in den letzten Wochen immer öfter von Ricardo Heyer, dem jüngsten der männlichen Tatbeteiligten, kam. Von ihr waren am häufigsten und am exzessivsten rassistische Zoten und wüste verbale Ausfälle gegen »Zecken« und »Rotfotzen« zu vernehmen. Und sie war diejenige, die auch weiterhin den Kontakt zu den organisierten Rechten hielt. Regelmäßig verkehrte sie jetzt in der Szene um »SS Siggi« Althans und »Strasser« Teltschyck, der sich im Jugendclub nicht mehr sehen ließ, seit Evelyn Denninger ihm mitgeteilt hatte, dass seine Präsenz im »Bernstein« unerwünscht sei.

Vom Zusammenbruch des Mädchens erfuhr das Team des Jugendclubs von Saskia Krones Mutter, einer nervösen, kettenrauchenden Alleinerziehenden, deren verbliebener Rest an Stolz und

Selbstwertschätzung allein darauf beruhte, dass sie in allen Krisen nach der Wende durch eigenes Geschick und glückliche Umstände niemals arbeitslos gewesen war.

»Können Sie sich nicht um Saskia kümmern?«, hatte sie in die Runde der versammelten Mitarbeiter gefragt, die schweigend ihrer Schilderung der Weinkrämpfe, Wutausbrüche und Ängste ihrer Tochter zugehört hatten.

»So habe ich Saskia noch nie erlebt«, nuschelte die verhärmte Blondine und saugte an ihrer Zigarette, was die Mitarbeiter ausnahmsweise tolerierten, obwohl auch ihre Jugendeinrichtung mittlerweile die Raucher vor die Tür trieb. »Saskia war immer schwierig. Und dann das ganze Nazizeug. Ich habe ihr immer wieder gesagt, sie soll sich von denen fernhalten. Sie hört ja schon lange nicht mehr auf mich. Aber sie war immer sehr belastbar. Richtig robuste Natur.«

»Was haltet ihr davon, Saskia ein paar Tage in Wulkau unterzubringen?«, fragte Monique Boskamp und blickte ihre Chefin Evelyn Denninger und ihren männlichen Kollegen Hubert Kraft fragend an. »Wenn man sie am Donnerstag rausbringt, wäre sie nur einen Tag allein. Ich bin ja ab Freitag mit dem Mädchenprojekt sowieso draußen. Vielleicht kommt sie da wieder etwas zur Ruhe.«

»Ich könnte sie rausbringen«, sagte Hubert Kraft. Anschließend besuche ich meine Eltern in Havelberg. Bei denen bin ich schon viel zu lange nicht mehr gewesen.«

In Wulkau hatte der Träger ihres Jugendclubs unmittelbar nach der Wende einen kleinen Bauernhof gekauft, der für die großstädtische Stammeinrichtung Abenteuerspielplatz, Ferienlager und Beschäftigungsprojekt in einem war. Mit gelegentlich akquirierbaren Fördergeldern, ABM-Kräften und in jüngster Zeit mit Ein-Euro-Jobbern war das alte Gemäuer nach und nach instand gesetzt worden. Vieles war schon sehr schön hergerichtet. Anderes musste noch gemacht werden. Immer mangelte es am Geld. Mitarbeiter und Freunde schossen immer wieder etwas zu. Manchmal waren auch Jugendliche für einen freiwilligen Arbeitseinsatz zu gewinnen. Das waren die Sternstunden der Pädagogik.

»Keine schlechte Idee«, sagte Evelyn Denninger. Vielleicht hilft es ihr ja, wieder zu sich zu finden.«

Zwei Tage später brachte Hubert Kraft das Mädchen nach Wulkau. Sie hatte einen Tag für sich. Danach stand es ihr frei, an den Aktivitäten der Mädchenfreizeit teilzunehmen oder für sich zu bleiben.

×××

Zu ihrer nicht geringen Überraschung fand Monique Boskamp das alte Bauernhaus an dem abgelegenen Ort unverschlossen vor. Dabei hatte Hupsi ihr gegenüber nochmals versichert, er habe Saskia Krone den Schlüssel dagelassen und ihr ausdrücklich eingeschärft, entgegen den bislang üblichen Gepflogenheiten das Haus so lange verschlossen zu halten, bis die Gruppe eintraf.

Sie schwang verärgert ihre Rastazöpfe. Dann rief sie dem Zivildienstleistenden Oliver Hartung zu, er solle mit den Mädchen, die er hergebracht hatte, die eingekauften Lebensmittel in die Küche tragen. Wenn hier alles erledigt war, könne er den VW-Bus zurück nach Magdeburg fahren. Hier war ja ein Wochenende geplant, an dem nur Mädchen teilnehmen sollten. Diejenigen, die in ihrem klapprigen Opel mitgefahren waren, hatten ihr Gepäck bereits aus dem Kofferraum genommen und waren in Richtung der Dreibettzimmer marschiert, in denen die Jugendlichen hier normalerweise untergebracht waren.

Monique Boskamp ergriff ihre schwarze Reisetasche, schlug den Kofferraum zu und verschloss den Wagen. Sie wollte erst einmal nach Saskia Krone sehen und ging in Richtung der massiven Eingangstür, von der aus ein winziger Flur direkt zu den beiden Gemeinschaftsräumen führte.

»Saskia«, rief sie. »Wir sind da.«

Sie hatte eigentlich erwartet, dass das Mädchen vor dem Fernseher abhing, der im größeren der beiden Aufenthaltsräume stand. »Saskia«, rief sie nochmals. »Wo steckst du?«

›Ob sie schläft?‹, fragte sich Monique Boskamp und ging auf den Raum zu, den ihr Kollege dem Mädchen zugewiesen hatte. Es war eines der beiden Mitarbeiterzimmer, ein Einzelzimmer.

Als sich auf ihr zweimaliges Klopfen nichts rührte, drückte sie lautlos die Türklinke. Das Zimmer war unverschlossen, das Bett zerwühlt. Mehrere Kleidungsstücke lagen auf dem Bett, dem Boden und auf dem einzigen Sessel. An dessen geschwungener rechter Armlehne baumelte ein Hauch von einem Slip.

Auch hier war das Mädchen nicht zu finden. Nebenan befand sich ein Bad in »historischem Ambiente«, was so viel bedeutete, dass hier bislang nur wenig saniert worden war. Immerhin stand noch mitten im Raum eine vermutlich aus den Zwanzigerjahren des letzten Jahrhunderts stammende Badewanne auf vier zierlichen Füßen. Nach der Übernahme des Objektes durch ihren Trägerverein wurde mit dem Einbau einer Duschkabine die einzige Neuerung vorgenommen, die zwar praktisch war, aber die Wirkung des Raumes empfindlich beeinträchtigte. Zumal man an der angrenzenden Wand die alten Fliesen mit einer absolut unpassenden Keramik bis unter die Decke erweitert hatte. Der Boden musste weit über achtzig Jahre alt sein. Einige der im Schachbrettmuster verlegten schwarzen und hellbraunen Bodenfliesen waren von Rissen durchzogen.

Die junge Frau klopfte nur einmal an die Badezimmertür und trat dann in den unverschlossenen Raum, nachdem sie auch hier vergeblich auf ein »Herein« oder ein »Werisses« gelauscht hatte. Sie knipste das Licht an und erstarrte für einen Moment, ehe sie mit einem lautem und erschreckten »Saskia« auf die mitten im Raum stehende Badewanne zustürzte. Der nackte Mädchenkörper war nicht in der vollen Wanne versunken. Der Kopf ragte nach hinten hoch über den Wannenrand hinaus. Dennoch erkannte Monique Boskamp sofort, dass Saskia Krone tot war. Ermordet. In ihren Hals schnitt ein dünner Draht, der an der am Kopfende angebrachten senkrecht in die Höhe ragenden Haltestange der Duschbrause so fest verknotet war, dass aus der Rille, die der feine Draht um den schlanken Hals des Mädchens gezogen hatte, teilweise Blut ausgetreten war.

An den meisten Stellen war der Blutfluss nach wenigen Zentimetern versiegt. Aber an der linken Seite des Halses reichte eine feine rote Linie von der Austrittsstelle bis zur Oberfläche des längst erkalteten Badewassers, auf dem sich eine zarte, rötliche Marmorierung gebildet hatte. Die Sozialarbeiterin riss sich von dem Anblick los und rannte ins Freie.

×××

Nachdem Gotthilf Bröckle genickt hatte, schenkte Hauptkommissar Bertram ihm eine weitere Tasse Kaffee ein. Er schätzte den Alten von Mal zu Mal mehr. Die Gespräche, die er mit ihm führte, waren immer aufschlussreich. Und obwohl er ein Wessi war, sprach er kein Wort zuviel. Eher war das Gegenteil der Fall. Seine knappen Sätze kamen Bertram manchmal vor wie die immer weiter konzentrierte Essenz angestrengten Denkens. Bröckle schien förmlich den Knochen zu wittern, der irgendwo in der Sahara im Sand vergraben war.

»Jetzt sind schon drei von den fünfen tot, die im Februar diesen Lückert überfallen haben. Einer lebt wohl noch immer in den Niederlanden, lässt sich nicht mehr blicken, also drei von den vieren, die hier wohnen.« Nachdenklich strich sich der Polizeibeamte über die Nase und fing auch schon an, explosionsartig zu niesen. »Schon so früh im Jahr ein Schnupfen, der nicht weggehen will. Die Widerstandskräfte lassen immer mehr nach.« Er schnäuzte sich in ein bereits mehrfach gebrauchtes Papiertaschentuch.

»Wenn da bei dem Kerl, den ich gefunden habe, und bei dem Mädchen derselbe Typ Gitarrensaite verwendet worden ist, und dann sogar in beiden Fällen ein unbenutztes Exemplar einer Marke, die seit vielen Jahren nicht mehr hergestellt wird, ist das kein Zufall mehr. Es spricht einiges dafür, dass die Morde zwei und drei von demselben Täter oder derselben Tätergruppe verübt worden sind.«

»Das sehe ich genauso. Der letzte Fall wurde ja anfänglich von den Stendaler Kollegen bearbeitet. Aber der Abgleich der Spuren war recht eindeutig.«

»Und keine Fingerabdrücke?«

»Natürlich nicht. Kurze Zeit bestand eine winzige Hoffnung auf ein weiteres brauchbares Indiz. Das Mädchen hatte winzige Partikel unter einzelnen Fingernägeln, die von ungewöhnlichen Gummihandschuhen stammen. Solchen nämlich, die Tierärzte zu DDR-Zeiten bei der Besamung von Mutterkühen trugen. Das waren ganz lange Dinger, die bis über die Ellenbogen gingen. Aber das Material ist so dick, dass leider keine Hautpartikel des Täters anhafteten. Und außerdem ist es über die Jahre hinweg auch spröde geworden. Ein Wunder, dass es solche Handschuhe heute überhaupt noch gibt.«

»Werden die heute nicht mehr hergestellt?«, fragte der Alte.

Bertram schüttelte wortlos den Kopf. Dann nieste er erneut.

»Aber das könnte doch eine Spur sein«, fuhr Bröckle fort. Allzu viele werden doch diese Dinger nicht getragen haben.«

»Das Wichtigste habe ich fast vergessen«, sagte Bertram. »Das Mädchen hatte vor seinem Tod noch Geschlechtsverkehr.«

Bröckle spitzte die Lippen zu einem kurzen, leisen Pfiff. »Sperma als Lebensspur.« Er flüsterte fast. »Das wird deinen alten Gerichtsmediziner aber freuen.« Versonnen blickte er einige Sekunden in das gleißende Licht des späten Nachmittags. »Die Verwendung dieser speziellen Gitarrenseite – hat das keine Erkenntnisse erbracht?«

»Du weißt ja selbst, dass die sich seit Jahren nicht mehr offiziell im Handel befinden. Es gibt einige kleine Fachgeschäfte, die die noch in den Schubladen liegen haben. Müller zwo klappert derzeit alle ab. Die meisten Händler kennen ihre Kunden. Wir arbeiten da ganz systematisch nach dem Ausschlussverfahren. Das kostet Zeit.«

Wieder erinnerte sich der Alte an seine eigene Geschichte. Die Geschichte der »Green Millers« mit ihm in der Rolle des »Grüntal-Elvis«. Schon bald würde diese wilde Zeit fünfzig Jahre zurückliegen. Allerlei merkwürdige Gestalten waren ihm damals begegnet. Und eine ganze Reihe von ihnen war schon verstorben. Manche jung, mit dem Auto oder dem Motorrad verunglückt. Einige später durch Drogen. Dann die, die bereits mit vierzig, fünfzig an Krebs gestorben waren. Hin und wieder ein überraschender Herzinfarkt. Und jetzt, mit über 60, war das Sterben der Alterskameraden schon zur Normalität geworden. Von seiner alten Band lebte nur noch die Hälfte der ersten Besetzung. Verrückte Typen hatte er kennengelernt. Manche hatten auch einen Tick. Spielten immer nur mit genau diesem einen Instrument einer ganz speziellen Marke. Schlagzeuger gaben vor, nur mit ganz bestimmten Stöcken spielen zu können. Vielleicht fand sich unter den Übriggebliebenen der alten DDR-Musikszene auch der eine oder andere, der meinte, nur auf Lead-Star-Saiten wirklich gut zu sein.

Bröckle räusperte sich. »Weißt du, unter Musikern gibt es viele bunte Vögel. Vielleicht gibt es eine ganz bestimmte Gruppe von Gitarristen, die heute noch bevorzugt auf diesen Saiten spielt. Aus Kultgründen vielleicht, vielleicht ist es einfach nur ein Spleen. Hast du schon mal in diese Richtung gedacht?«

Bertram, der seinem Besucher aufmerksam zugehört hatte, putzte sich ausdauernd die Nase und zuckte dann mit den Schultern. »Wir haben versucht, den Weg dieser Saiten zurückzuverfolgen. Aber das hat keine brauchbaren Ergebnisse geliefert.«

×××

»I' han des saublede G'fühl, dass des heut' net mein Dag isch«, murmelte Bröckle, als sie den zugigen Eingangsbereich der »Feuerwache« betraten. Ihm fröstelte und er fürchtete, dass Bertram ihn mit seinem ständigen Gerotze angesteckt hatte. Desiderius Jonas war überraschend ein paar Tage nach Magdeburg gekommen, um für das Schlusskapitel seines neuen Lehrbuchs Materialien in der Hochschulbibliothek zu sichten. Nicht alles ging übers Internet. Bröckle zuliebe hauste er wieder mal bei Bugmann, der in den oberen Stockwerken des »Roxi« noch zahlreiche leere Gemächer vorhielt. Nur widerstrebend ließ sich der Alte von seinem Freund in das Kulturzentrum mitschleppen, in dem an diesem Abend »Engerling« spielte. Er hätte viel lieber im »Köhler« eine heiße Schokolade getrunken und einen saftigen Mohnkuchen dazu gegessen.

»Engerling« war Legende. Eine Blues-Rock-Band, von der einige der heute auftretenden Musiker bereits der Urformation angehört hatten, die schon in den Siebzigerjahren in der DDR eine bekannte Größe gewesen war.

Die »Feuerwache« war an diesem Abend brechend voll. Meist waren es Ältere, darunter einige, die die wenigen verblieben Strähnen ihres Resthaares lang trugen. Manche gehörten bereits zur alten DDR-Blueser-Szene und trugen als Fetisch und als Erinnerung zugleich bei derartigen Konzerten noch ihre alten Parkas, mit denen sie vor dreißig und mehr Jahren durch die Republik getrampt waren. Sofern ihnen dieses historische Kleidungsstück noch passte. Die Jugendlichen, die er im »Bernstein« und im »Heizhaus« getroffen hatte, hätten das Ganze vermutlich in ihrer aggressiven und respektlosen Sprache als »Gammelfleischparty« bezeichnet.

Das Konzert hatte bereits begonnen.

Im Unterschied zu Bröckle kannte Jonas eine Menge Leute. Er grüßte nach allen Seiten, ehe er in einen separat gelegenen Schankraum ging, aus dem er kurze Zeit später mit zwei Weizenbier zurückkam, von denen er eines dem Alten in die Hand drückte.

»Trink, Gotthilf. Und schau dich um. Hier bist du noch nicht mal der Älteste.« Dabei zeigte er auf einen älteren Herrn mit langem weißen Haar und weißem Vollbart, der zusammen mit einem etwa fünfzigjährigen Resthaarschüttler wie wild vor der Bühne tanzte.

»Nicht, dass der noch mit Herzversagen zusammenklappt«, brüllte Bröckle gegen die mit großer Lautstärke spielende Band an. »Ich geh etwas nach hinten. Hier vorne ist mir zuviel Krach.«

Auch im hinteren Bereich des kleinen Veranstaltungssaales stand das Publikum dicht gedrängt. Viele der Gäste tanzten. Neben dem Mischpult fand Bröckle einen Platz, wo er sein Glas auf einem die Wand umlaufenden Holzregal abstellen konnte. »Engerling« spielte melodiösen, zeitlosen Blues-Rock. Dabei sangen sie deutsche Texte, was Bröckle nicht sonderlich gefiel. Vor allem dem Blues nahm es seinen Ursprung.

Vor mehr als vierzig Jahren hatte er selbst in einer Combo gespielt, die sich als Coverband der »Shadows« im Hohenlohischen und im Heilbronner Raum einen Namen gemacht hatte. Bröckle war erstaunt gewesen, als er vor geraumer Zeit in der Zeitung las, dass ihr großes Vorbild erst 2004 ihre Abschiedstournee absolviert hatte. Hank Marvin, der schon 1958 bei der Gründung der Band dabei gewesen war, erzählte, dass die Musiker, die ursprünglich als »The Drifters« auftraten, sich den Namen »The Shadows« gaben, weil sie sich immer im Schatten ihres zeitweiligen, später sehr prominenten Sängers Cliff Richards sahen. Bröckle war seit 1962 Gitarrist der »Green Millers«. Die Band, deren Musiker fast alle aus seinem Heimatort Niederngrün stammten, hatte ihren Namen nach ihrem Probedomizil gewählt. Sie probten nämlich in einem immer zu feuchten Wirtschaftsraum der alten Grüntaler Mühle. Regionale Bekanntheit erlangten sie erst, als sie vorwiegend die populärsten Hits der »Shadows« in ihr Programm nahmen. »Apache« war meist eine ihrer Zugaben. »Kon Tiki« hatte er immer gerne gespielt, ebenso den »Guitar Tango«. Eines der letzten Stücke, das sie übernommen hatten, war »The Rise and the Fall of Flingel Bunt«.

Das musste so um 1965 gewesen sein. Denn kurz darauf hatte er die »Green Millers« verlassen, da die anderen, um dem Zeitgeist zu entsprechen, vor allem aber, weil das beim weiblichen Publikum gut ankam, Beatles-Titel nachspielen wollten. Die Beatles hatte Bröckle nie gemocht. Als er sich an diese Trennung erinnerte, musste er unwillkürlich lachen, denn ihm fiel eine Episode aus einer Zeit ein, in der er noch nicht mit Eva, seiner heutigen Ehefrau, zusammen war. Einmal hatte er sich von Edeltraud, einem Mädchen aus Schwäbisch Hall, eine Langspielplatte ausgeliehen. Seine berechnende Überlegung war dabei, dass er vielleicht bei der Rückgabe des Albums in ihr Zimmer gelangen und die Weichen für Weiteres stellen konnte. Doch die Sache ging schief. Und das Mädchen warf ihm später heftig vor, er habe ihre Platte zerkratzt. Dabei hatte er sie kein einziges Mal aufgelegt, denn es handelte sich um das erste Album der Beatles. Immer noch schmunzelnd wurde er durch heftiges Johlen, Pfeifen und Klatschen aus seinen Erinnerungen gerissen. »Engerling« machte Pause. Das Publikum stob auseinander, bildete kleine Gruppen. Manche gingen zum Rauchen auf den Hof.

Bröckle drängte sich nach vorne durch, um im Nebenraum für sich und Jonas noch ein Bier zu holen. Doch vor dem Tresen herrschte großes Gedränge. Unentschlossen schwenkte er in Richtung Bühne, auf der drei der Musiker saßen und sich plaudernd den Schweiß aus dem Gesicht wischten.

»Kann ich Sie einen Augenblick stören«, fragte er leise.

»Nur zu« erwiderte der eine, der auf dem Stuhl des Schlagzeugers saß.

Bröckle richtete seinen Blick auf den Gitarristen. »Mich würde interessieren, ob es noch Musiker gibt, die ihre Instrumente mit Lead-Star-Saiten bespannen.«

»Da kennt sich einer aber gut aus«, mischte sich der Sänger und Organist Wolfram »Boddi« Bodag ein. »Der Heiner hat diese Drähte lange Zeit uff seine Leier jespannt.«

Der Gitarrist, der von seinem Bandkollegen als »Heiner« vorgestellt worden war, lächelte versonnen. »Das war ja das einzige, was wir in der DDR mit einiger Sicherheit kriegen konnten. Waren ja auch nicht schlecht. Vielleicht einen Tick zu hart, hatten einen ganz kräftigen Klang. Aber die werden ja nicht mehr hergestellt. Auch ich verwende schon lange die Produkte aus dem kapitalistischen Ausland.« Den letzten Satz sagte er mit leichter Ironie.

»Kriegt man diese Saiten heute noch irgendwo?«

Heiner blickte den Alten unentschlossen an. Man sah, dass es in ihm arbeitete. »Wees nich«, nuschelte er. »Es gibt ja Sammler und Liebhaber. Sicher kursieren noch irgendwo ein paar Restbestände.«

»An wen würden Sie sich wenden, wenn Sie die heute noch erstehen wollten?«

Der Musiker zuckte mit den Schultern. »Sie fragen Sachen.« Er sah zu Wolfram Bodag hinüber. Der zuckte ebenfalls mit den Schultern und schüttelte den Kopf.

»Ich würde vielleicht erst mal unseren Musikalien-Dealer fragen«, sagte der Mann, von dem Bröckle bislang nur den Vornamen erfahren hatte. »Der weiß so was vielleicht. Oder ich würde es so machen, wie es die Jugend von heute treibt.«

»Wie denn?«, fragte Bröckle.

»Na, Jugend forscht eben, erst einmal einen Blick ins Internet werfen. Mal guscheln.«

×××

»Ich möcht wissen, zu was du mich überhaupt hierher geschleppt hast. Da redest du wochenlang vom Kurzurlaub im schönen Vogtland. Und jetzt häng ich schon den dritten Tag hier mit dir in deinem Luxusappartement.«

Eva, Bröckles immer noch attraktive, sportlich aussehende Ehefrau, blickte halb fordernd, halb vorwurfsvoll auf ihren Mann, der sich nicht vom Internet lösen konnte.

»Früher hätt dir des g'falla, mit mir drei Tag' emma kloina Appartement zu verbringa. Aber seinerzeit hat's ja grad mol zum 'a Zeltle g'roicht.«

Verschmitzt blickte Bröckle auf Eva. Als sie sich kennengelernt hatten, war sie noch keine achtzehn gewesen und heiß verliebt in den Sänger und Gitarristen der »Green Millers«. Er war fast acht Jahre älter als sie und hatte lange gezögert, sich mit »dem jungen Ding« einzulassen. Aber Eva besaß schon damals jene Hartnäckigkeit, die sie immer wieder dann unter Beweis stellte, wenn sie sich etwas in den Kopf gesetzt hatte. Was sie wollte, erreichte sie. Zwar nicht immer, aber doch meistens. Und Gotthilf Bröckle war ihr größter Fang.

»Evle«, sagte er schmeichelnd, »ich mach dir einen Vorschlag. Du gehst noch eine Stunde spazieren. Wenige Meter von hier bist du an der Elbe. Einmal Dom und zurück. Dann bin ich wirklich fertig.«

»Was mach'scht denn da eigentlich? Bischt doch sonst koi Computer-Freak.« Eva Bröckle hörte sich bereits wieder etwas besänftigt an. »Also gut«, fuhr sie fort, »ich lauf noch a Stund in der Sonne. Aber dann fahr ich. Entweder mit dir ins Vogtland. Oder ohne dich wieder hoim.«

Bröckle hatte nur genickt und sich dann wieder seiner Tätigkeit zugewandt. Desiderius Jonas hatte ihm einst die ersten Schritte ins Internet gezeigt. Er war kein großer Nutzer geworden. Er brauchte das nicht. Seine Welt war auch ohne das weltweite Netz so vollkommen, wie er es als ein der Realität verhafteter Optimist erwarten konnte.

»Guscheln« hatte ihm der Musiker in der »Feuerwache« geraten. »Mal guscheln.« Es hatte eine Weile gedauert, bis er kapierte, dass dies die sächsische Version des »Googelns« war. Und er hatte auch schon was gefunden. Über »Lead Star Gitarren Saiten« war er schnell bei Notizen über deren frühere Herstellerfirma gelandet:

»MUSIMA (Musikinstrumentenbau Markneukirchen) ist eine Markenbezeichnung von Musikinstrumenten aus der Deutschen Demokratischen Republik. Der Markenname ist eine Abkürzung des Herstellerbetriebes, des ehemaligen VEB Musima Markneukirchen (1953–1990). Nach der Wende wurde der VEB Musima bis zum Jahr 2004 von der Musima GmbH weitergeführt.«

Und dann stieß er noch auf die üblichen traurigen Informationen. Dass zu DDR-Zeiten in dem Werk über 1.500 Mitarbeiter beschäftigt waren. Die von ihnen produzierte »A-Ware« wurde vorwiegend im Ausland vertrieben. Für die DDR-Bürger blieb meist nur die B- oder C-Ware. Schließlich wurde der Musima-Instrumentenbau in den 1990er-Jahren in Konkurrenz zu vergleichbaren Produkten am Weltmarkt zu teuer. 2004 musste Konkurs angemeldet werden. Zuletzt wurden gerade noch dreißig Mitarbeiter bei dem Nachfolger der Traditionsfirma beschäftigt. Geblieben war auch ein Musikinstrumentenmuseum Markneukirchen. Bereits vor einigen Tagen war er in einem Internet-Forum eher zufällig auf einen früheren leitenden Angestellten des VEB Musikinstrumentenbau Markneukirchen gestoßen.

»Hubert Fiedler, nicht für den Geigenbau zuständig, sondern ehemals Chefkonstrukteur der Abteilung Forschung und Entwicklung elektronischer Klanginstrumente.« So hatte er sich vorgestellt, als Bröckle ihn anrief.

Das war genau der Richtige. Der Mann verstand was von E-Gitarren. Und er war, so hatte er voller Stolz am Telefon berichtet,

»derjenige, der die Lead-Star-Saiten auf Weltniveau weiterentwickelt hatte.«

Hubert Fiedler hatte vorgeschlagen, sich mit ihm im »Markneukirchner Löwen« zu treffen, einer »Speisegaststätte mit regionaler Küche«. Diese liege zentral und sei auch von einem Auswärtigen leicht zu finden. »Sie können das gar nicht verfehlen, wenn Sie ins Zentrum fahren.«

Der ehemalige Chefkonstrukteur entpuppte sich als beleibter, freundlicher Ruheständler, der sein dichtes weißes Haar seit seiner vorzeitigen Zwangspensionierung, wie er es nannte, länger wachsen ließ. Mittlerweile trug er es schulterlang, was ihm auch wegen seines rundlichen Gesichtes eine gewisse Ähnlichkeit mit »Kröti« gab, dem Mann aus der Kultserie »Dittsche«, »der im Baumarkt an der Säge steht«. Allerdings war er deutlich besser gekleidet als der schweigend vor seinem Bier verharrende »Krötenmann«. Der alte Ingenieur begrüßte Eva und Gotthilf Bröckle mit einer Überschwänglichkeit, die einen unbedarften Beobachter vermuten lassen würde, es handle sich um alte Bekannte, die sich nach sehr langer Zeit wieder einmal begegneten.

»Nehmen Sie doch Platz.« Mit einer einladenden Geste geleitete er das Paar an seinen Tisch. »Haben Sie schon was gegessen? Hier isst man ganz ausgezeichnet.«

Er nickte in Richtung einer drallen Weibsperson, der Wirtin, die mit großem Elan, ausgezeichneten Kochkünsten und eisernem Durchhaltevermögen nach der Wende aus einer heruntergekommenen HO-Gaststätte ein wirklich beachtliches Speiselokal gemacht hatte.

Bröckle bestellte Rostbrätel mit Bratkartoffeln. Seine Frau, die beim Essen noch immer auf ihre Linie achtete, beließ es unter den beleidigten Blicken der Wirtin, die von einem deutlich hörbaren Schnauben begleitet wurden, bei einem kleinen Salat.

Fiedlers ganzes Sinnen und Trachten war darauf ausgerichtet, das Andenken an den VEB Musikinstrumentenbau Markneukirchen zu wahren und zu mehren.

Er hatte maßgeblich zur Gründung eines Musikinstrumentenmuseums beigetragen, das im spätbarocken Paulus-Schlösschen untergebracht war. Mit derselben Gewissenhaftigkeit, mit der er früher an der Weiterentwicklung elektronischer Instrumente gearbeitet hatte, betreute er heute das Internetforum des Museums.

»Da sind über 3.000 Instrumente zu sehen«, berichtete Fiedler mit unüberhörbarem Stolz. »Schade, dass Sie sich erst jetzt melden. Immer am letzten Sonntag im August organisieren wir einen Handwerkertag mit Instrumentenbauern. Das sollten Sie sich fürs nächste Jahr vormerken. Überhaupt sollten uns noch viel mehr Interessierte aus den alten Ländern besuchen.«

Bröckle nickte und schob sich den ersten Bissen des zart gebratenen Fleisches mit einigen Bratkartoffeln in den Mund.

»Und Sie interessieren sich also für die Gitarren, die unser VEB früher hergestellt hat?«, fragte Fiedler.

Bröckle nickte erneut, wischte sich zwischendurch mit der Serviette zufrieden den Mund ab und trank aus seinem Bierglas. Eva hatte aus ihrem kleinen Salat erst einige Blätter herausgepickt.

»Dann sollten Sie es nicht versäumen, die ›Brehmer-Villa‹ zu besuchen. Die finden Sie kurz hinter der westlichen Einfahrt von Markneukirchen. Dort können Sie ganz berühmte Gitarren und Bässe besichtigen, die die ›Framus-Werke‹ bis Mitte der Siebzigerjahre hergestellt haben.«

»Framus?«, fragte Bröckle, »ich denke, hier wurden Musima-Instrumente hergestellt. Hat nicht Bill Wyman von den ›Rolling Stones‹ einen Framus-Bass gespielt?«

»Sie kennen sich aber gut aus.« Der alte Konstrukteur strahlte wie ein Kind, dem man auf dem Weihnachtsmarkt ein Honigkuchenpferd gekauft hatte. »Haben Sie auch selbst Musik gemacht?«

»Nur in einer unbedeutenden Provinzband.« Bröckle beugte sich lachend zu Eva hinüber, die seinen zärtlichen Blick lediglich mit einem flüchtigen Lächeln erwiderte. Sie schien sich offensichtlich zu langweilen und stocherte in ihrem Salat.

»Na immerhin«, murmelte Fiedler. »Ich wünschte, ich hätte auch mal so richtig in die Saiten gegriffen. Aber dafür blieb keine

Zeit. Wyman spiele den legendären ›Star-Bass‹. Auch die Beatles spielten auf Framus-Instrumenten. Dann dieser westdeutsche Jazz-Gitarrist, der vor einigen Jahren gestorben ist. Wie hieß der doch gleich?«

»Meinen Sie Volker Kriegel?« Eva Bröckle hatte sich das erste Mal in das Gespräch eingemischt.

»Ja, genau den. Aber auch Attila Zoller und ›Slavko Avseniks Original Oberkrainer‹ spielten auf Framus.«

Fiedler blickte auf seine Armbanduhr. »Das Framus-Werksmuseum hat bis sechs offen. Da haben Sie noch genügend Zeit.«

Bröckle kam nun zu seinem wirklichen Anliegen. »Eigentlich interessiere ich mich vor allem für eine Gitarrensaite, die ihr Betrieb, die Musima, bis in die Neunzigerjahre hergestellt hat. Lead Star.«

Fiedler lachte. »Ja, die gingen alle durch meine Hand.« Gedankenverloren blickte er aus dem Fenster. Die Sonne war herausgekommen. »Die waren wirklich ausgezeichnet. Stahl, Nickelstahl E6, 1,06 Millimeter. Schlüsselnummer 5394100.« Der ehemalige Entwicklungsingenieur war in die Details schwärmerischer Erinnerungen verfallen, die er, das sah man ihm an, gerne noch eine Zeit lang weiter ausgeführt hätte.

»Kann man die hier noch beziehen?«, fragte Bröckle. »Zum Beispiel von einer Nachfolgefirma Ihres VEB?«

Traurig schüttelte Fiedler den Kopf. »Aus und vorbei. Hier wird außer akustischen Saiteninstrumenten schon lange nichts mehr produziert. Und die Lager sind längst geräumt. Manches ging beim Konkurs noch weg.«

»Gibt es hier keine Spezialisten, die so was noch vorhalten. Für Sammler und Enthusiasten? Heutzutage gibt es doch für manch altes Zeug noch Vertreiber, Liebhaberbörsen und ähnliches.«

»Altes Zeug. Ich bitte Sie, das war erstklassige Ware. Wollte nur nach der Wende keiner mehr haben. Die wollten nur noch amerikanische Stahlsaiten spielen. Vielleicht gab es ein paar Ausnahmen. Nostalgiker, Musiker, die meinten, ihre Höchstleistung nur mit eben diesen Saiten erbringen zu können. Aber das war kein Markt mehr. Höchstens eine winzige Nische.«

Bröckle nickte, stopfte sich zufrieden das letzte Stück Fleisch in den Mund, schaufelte eine reichliche Gabel Bratkartoffeln hinterher und nahm anschließend einen großen Schluck Bier aus seinem Glas, ehe er weiterredete: »Kann es sein, dass solche Saiten noch in einzelnen Musikgeschäften liegen?«

»Da fragen Sie den Falschen. Vielleicht gibt es da und dort noch Restbestände. Aber die kleinen Musikgeschäfte laufen im Osten nicht gut. Das wird alles untergebuttert. So, wie wir es über den Kapitalismus gelernt haben.« Fiedler lachte. »Unsere Analyse war ja recht gut. Die gesellschaftliche Praxis hielt da allerdings nicht Schritt, wie die Geschichte nun mal gezeigt hat. Dass sich das nun bereits zum zwanzigsten Mal gejährt hat. Unglaublich, wie schnell die Zeit vergangen ist.« Der Mann schwieg. Wehmütig und nachdenklich zugleich blickte er geraume Zeit wortlos aus dem Fenster. Dann wandte er sich wieder seinem Gesprächspartner zu, der für sich und seine Frau noch zwei Kaffee bestellt hatte. »Man muss nach vorne schauen. Mir geht es heute ja nicht schlecht. Wir Alten kommen ja noch ganz gut über die Runden. Aber um die Jungen muss man sich wirklich Sorgen machen. Bei der Musima haben wir jährlich fünfzig Schulabgänger eingestellt und zu Musikinstrumentenbauern ausgebildet. Viel los ist hier nicht mehr. Die beiden Museen noch und ein paar Kleinstfertiger. Die bilden nicht mehr aus. Höchstens mal den eigenen Sohn oder die eigene Tochter. Und dann noch die Fachhochschule. Was heißt Fachhochschule, ist ja nur eine winzige Dependance der Westsächsischen Hochschule Zwickau mit dem Studiengang Musikinstrumentenbau. Interessante Geschichte, länderübergreifend.« Mit diesen Worten schob er Bröckle ein Faltblatt zu, das er bereits während seiner letzten Ausführungen aus der Innentasche seines Jacketts gezogen hatte.

×××

Auf der Rückfahrt machten sie Halt in Naumburg. Nachdem sie sich von Fiedler verabschiedet hatten, waren sie in Markneukirchen weder in das Musikinstrumentenmuseum noch in das Framus-Werksmuseum gegangen, denn Bröckle hatte von dem alten Konstrukteur genug erfahren und Eva hatte sich gewünscht, den Naumburger Dom zu besichtigen. Als sie beim anschließenden Bummel durch die größtenteils sanierte Altstadt in einer schmalen Gasse auf ein Musikaliengeschäft stießen, hatte es Bröckle, einer plötzlichen Eingebung folgend, sofort betreten, während seine Frau kopfschüttelnd vor dem Schaufester stehen blieb und nur mäßig interessiert die Auslage betrachtete. Das Läuten eines altmodischen Glockenspiels kündigte die Kundschaft an. Der ungeheizte Laden war menschenleer. Bröckle musterte die zahlreichen, an den Wänden aufgehängten Musikinstrumente, als eine ältere Frau in grauem Kleid und streng nach hinten frisierten Haaren aus dem Nebenzimmer in den Verkaufsraum trat. Sie begrüßte den vermeintlichen Kunden mit routinierter Freundlichkeit und fragte dann: »Sie haben einen Wunsch?«

»Ich habe lediglich eine Frage. Verkaufen Sie auch Gitarrensaiten für E-Gitarren? Ich sehe hier nur akustische.«

»Selbstverständlich führen wir das«, sagte die Frau mit ernstem Gesicht. »Was für welche sollen es denn sein?«

»Führen Sie noch Lead-Star-Gitarrensaiten?«

Die Frau schüttelte den Kopf. »Wir hatten sie noch lange im Angebot. Mein verstorbener Mann hatte nach der Konkurseröffnung gegen die Herstellerfirma Musima noch einen größeren Posten besorgt, weil wir in den Neunzigerjahren immer noch eine gewisse Nachfrage nach Lead-Star-Saiten zu verzeichnen hatten. Aber seit ein paar Jahren verkaufen wir die nicht mehr.«

»Noch eine letzte Frage. Wissen Sie, wo man die noch kriegen könnte?«

Die Frau, die wohl die Inhaberin dieses Musikgeschäfts war, verharrte einen Moment lang regungslos. Sie hielt beide Arme auf dem Ladentisch aufgestützt und schien nachzudenken. Dann schüttelte sie längere Zeit in einer Weise heftig den Kopf, die Bröckle unwillkürlich an den Kater Mikesch aus der »Augsburger Puppenkiste« denken ließ. Zumal die Betreiberin dieses Musikalienhandels nun auch noch damit begann, heftig mit den Armen in der Luft zu rudern. »Das kann ich Ihnen leider nicht sagen. Hier in Naumburg waren wir zuletzt die einzigen. Vielleicht bei meinen Kollegen in Halle. Ich weiß es wirklich nicht.«

×××

»Des isch jo echt d'r Hammer«, schwäbelte Bröckle, als ihm Bertram am Telefon die überraschende Mitteilung machte, seine Stendaler Kollegen hätten Hubert Kraft auf dem Wulkauer Anwesen des Jugendclubs »Einstein« verhaftet. Es bestünde der dringende Verdacht, dass der Jugendclubmitarbeiter zumindest den Mord an Saskia Krone begangen habe. Und vielleicht die beiden anderen Morde auch. Dann wäre diese scheußliche Geschichte endlich aufgeklärt.

»Das ist ja mittlerweile rufschädigend«, maulte der Hauptkommissar in den Hörer. »Die Polizei rafft nix, blickt nix, schafft nix. Wäre ja nicht schlecht, wenn diese Fälle nun aufgeklärt wären.« Bertram hielt einen Moment inne. »Aber ehrlich gesagt, ich glaub nicht, dass der Kerl das war. Obwohl er natürlich alle Opfer kannte und ständig mit ihnen zusammen war. Der ist nicht gerissen genug. Was meinst du dazu?«

»Ich glaub, mein Schwein pfeift«, erwiderte Bröckle, der noch immer unter dem Eindruck dieser für ihn völlig überraschenden Schilderung stand. »I' glaub's ja net.«

»Viel hast du aber dazu nicht zu sagen.«

Bröckle blies beide Backen auf und ließ anschließend die Luft mit einem so lauten Prusten entweichen, dass der Polizist am anderen Ende der Leitung zusammenzuckte. »Wie habt ihr ihn denn gekriegt?«

»Hubert Kraft hatte als letzter noch Sex mit dem Mädchen. Wir haben alle Männer überprüft, von denen bekannt war, dass sie was mit dem Wulkauer Anwesen zu tun hatten. Kraft hat das zugegeben, noch ehe wir auf die Idee kamen, ihm eine Speichelprobe abzuverlangen.«

»Sex mit Schutzbefohlenen«, murmelte der Alte. »Ist das nicht strafbar?«

»Eher ein Grenzfall. Die Krone war ja fast achtzehn und bekannt dafür, dass sie nicht nur mit verschiedenen Jungs aus dem Jugendclub vögelte, sondern auch schon deutlich älteren Semestern den Kopf verdreht hat. War wohl auch so was wie der nordische Vamp der rechten Szene. Zumindest gab sie sich das Image. Obwohl sie eigentlich gar nicht so aussah.«

»Und Hubert Kraft hat die Tat zugegeben?«

»Den Geschlechtsverkehr hat er sofort eingeräumt und hinzugefügt, er habe da einen ganz großen Fehler gemacht. Aber die Krone sei anfangs so völlig aus der Spur gewesen. Er habe nach dem Aussteigen aus dem Wagen nur seinen Arm um ihre Schulter gelegt. Nachdem er das Freizeitheim aufgeschlossen habe, sei ihm das Mädchen um den Hals gefallen und habe ihn nicht mehr losgelassen. Dann habe sie mit der einen Hand plötzlich eine Brust entblößt und mit der anderen ihn so lange an den Haaren gezogen, bis er ihre zierliche Brustwarze in seinem Mund spürte. Er sagte mehrmals: ›ihre zierliche Brustwarze‹. Hat wohl Eindruck auf ihn gemacht. So habe sich das nach und nach entwickelt. Und im Jugendclub sind die ja freiwillig. Da kann man nicht zwangsläufig vom Begriff des Schutzbefohlenen ausgehen. Zumal dann nicht, wenn das Mädchen fast volljährig ist und die Initiative ergreift.«

»Was er behauptet, was aber nicht bewiesen ist.«

»Das ist wohl wahr.«

»Und was sagt er zum Vorwurf des Mordes an Saskia Krone?«

»Wie nicht anders zu erwarten, streitet er das vehement ab. Er habe sie gevögelt, sei kurz in das alte Bad gegangen, habe dort geduscht. Dann sei er in das Zimmer zurückgekehrt. Er habe das Mädchen, das nun ganz ruhig auf dem Bett lag, nochmals küssen wollen, was sie aber ablehnte. Und dann sei er sofort gefahren.«

»Und er fühlte sich nicht durch das Verhalten des Mädchens brüskiert?«

»Das haben wir ihn auch gefragt. Er sagte, das sei typisch für Saskia Krone. So kenne er sie.«

»Es kann doch sein, dass sie mit ihm ihre Spielchen getrieben hat. Und dann ist er ausgerastet. Es kommt zu einer unkontrollierten Handlung. Oder sie hat ihn erpresst.«

»Wir wissen es nicht. Und er streitet alles ab. Auch die beiden anderen Morde. Obwohl er ja beim ersten Mord am See lange Zeit am Tatort war. Als Betreuer bei der Fete der Jugendlichen.«

»Das war ja eine besonders gelungene Betreuung. Lag der nicht besoffen zwischen den Jugendlichen?«

»So ist das zumindest damals protokolliert worden. Vielleicht war das aber alles nur Show. Tarnung. In Wirklichkeit war der ganz und gar nüchtern und hat die Rolle des Besoffenen nur als Maskerade benutzt. Das wäre doch sonst ein durch und durch peinlicher Auftritt für einen Pädagogen gewesen.«

»Aber für die ersten beiden Morde hatte der doch gar kein Motiv. Wird da nicht ein Täter konstruiert, weil die Verantwortlichen unter Druck stehen?«

»Gotthilf, ich muss schon bitten. Ich sagte dir ja bereits, dass ich auch nicht davon ausgehe, dass er der Mörder ist. Aber zur Zeit ist er am meisten belastet.«

»Meinst du, ich könnt' mal mit ihm sprechen? Natürlich nur mit dir zusammen.«

»Bröckle, es gibt Vorschriften, die in diesem Bundesland noch ernst genommen werden.«

»Du kannst mich doch als Experten zu einem Verhör hinzuziehen.«

»Als Experten für was? Als Spezialist für fixe Ideen vielleicht. Bröckle, schlag dir das aus dem Kopf.«

×××

Wie Bertram es letztendlich angestellt hatte, blieb sein Geheimnis. Am Morgen hatte er Bröckle angerufen und ihm im Telegrammstil mitgeteilt, er könne ihn in den U-Haft-Trakt begleiten, in dem Hubert Kraft einsaß. Er solle seinen Personalausweis mitbringen. Bröckles erste Frage, woher dieser plötzliche Sinneswandel rühre, ignorierte er, wie auch die Nachfrage: »Wie hast du das jetzt wieder hingekriegt?«

Sie trafen sich im Präsidium. Bröckle lehnte den obligatorischen Kaffee und die angebotene F 6 ab, worauf sie unverzüglich mit dem Dienstwagen zur JVA fuhren, den der Hauptkommissar auf dem Parkplatz für die Gefängnisbediensteten abstellte.

Kraft machte einen verheerenden Eindruck. Mit wirren Haaren und in einem Hemd, das offensichtlich schon seit mehreren Tagen nicht mehr gewechselt worden war, saß er vor ihnen. Sein ungepflegtes, schwach mit Bartstoppeln durchzogenes Gesicht verstärkte die unvorteilhafte Performance. Aus geröteten Augen sah er hektisch zwischen Bertram und Bröckle hin und her. »Ich war's nicht«, nuschelte er, »ich war das nicht.«

»Immerhin, Sie haben sie da rausgebracht. Klar ist auch, dass Sie Verkehr hatten. Sie waren auf jeden Fall kurz vor ihrem Tod in dem Anwesen.« Bertram sah den Sozialarbeiter, dem die nackte Verzweiflung im Gesicht stand, betont gleichgültig an.

»Das war eine große Dummheit von mir. Die größte, die ich in meinem Leben jemals gemacht habe. Aber Saskia fiel mir so unvermittelt um den Hals, klammerte sich an mich, erwiderte den Druck meiner nur kurzen Umarmung, mit der ich sie ja nur trösten wollte. Sie hat ja mich angemacht und nicht umgekehrt. Ich hatte doch plötzlich ihre zierliche Brustwarze im Mund. Aber egal. Meinen Job bin ich so oder so los. Das lässt mir mein Anstellungsträger nicht durchgehen. Und auch meine Chefin nicht. Auch wenn ich ja nicht mit einem Kind Sex hatte.«

»Ich glaube, das dürfte derzeit Ihr geringstes Problem sein. Sie stehen unverändert unter dem dringenden Verdacht, Saskia Krone vorsätzlich oder im Affekt getötet zu haben. Und dadurch werden Sie automatisch in den Kreis der Verdächtigten erhoben, der für die beiden ersten Morde infrage kommt. Genauer gesagt, Sie sind auch dafür jetzt unser Hauptverdächtigter.«

»Wieso hätte ich Saskia umbringen sollen?«, schniefte Hubert Kraft, während er achtlos mit dem Handrücken wässrigen Schleim aus dem linken Nasenloch wischte.

»Tja«, Bertram räkelte sich einen langen Augenblick, ehe er fortfuhr: »Warum? Warum? Herr Kraft, in Fällen wie Ihrem haben wir schon alle möglichen Motive ausgemacht. Sex und Mord gehören für uns so zueinander wie Eifersucht und Mord. Vielleicht hat es Sie erregt, die Badende zu erdrosseln. Vielleicht begann das Ganze als harmloses erotisches Spiel. Vielleicht drohte das Mädchen damit, die Sache öffentlich werden zu lassen. Ich glaube, mit Ihrer Chefin wäre da nicht gut Kirschen essen.«

»Das sind doch alles ungelegte Eier, nicht beweisbare Vermutungen.« Kraft schien sich gefangen zu haben. Er sprach nun etwas sicherer. »Ihr haltet mich doch nur fest, weil diese ganze Mordserie für euch so peinlich ist wie sonst noch was«, brauste er auf. »Aber einer, der das spätere Opfer vor deren Ableben noch gevögelt hat, der kann in idealer Weise für alles herhalten. Ich bin hier der Arsch.«

»Mit Ihrer letzten Bemerkung liegen Sie durchaus richtig«, erwiderte Bertram kühl.

Bröckle, der bislang geschwiegen hatte, signalisierte mit einem leisen Hüsteln, dass er etwas sagen wollte.

»Machen Sie auch Musik?«, fragte er.

»Ich spiele in meiner Freizeit in einer Band und mache ab und zu was mit den Kids im Club. Aber was soll das?«

»Welches Instrument spielen Sie denn?«

»Gitarre. Aber was hat das mit meiner Sache zu tun? Ich will hier raus. Ich will jetzt meinen Anwalt sprechen. Ich sage ab jetzt nur noch was in Gegenwart meines Anwalts.«

Bröckle konnte sich des Eindrucks nicht erwehren, dass Hubert Kraft nun völlig die Fassung verlor.

×××

»Scheißdreck, verreckter.« Bröckle drückte eine Taste. Und wieder hatte er eine unerwünschte Funktion des Computers, den ihm Jonas in der kleinen Wohnung zur Nutzung überlassen hatte, betätigt. Svetlana Kirilowa blickte vorwurfsvoll zu ihm hinüber. An sie hatte er sich in seiner Not gewandt, die aus dem Unvermögen resultierte, in gleicher Selbstverständlichkeit und Souveränität wie viele Millionen Deutsche im Internet zu surfen.

»Mal guscheln«, hatte ihm der Gitarrist von »Engerling« geraten. Und das klappte heute wieder nicht. Eva war nach dem gemeinsam verbrachten langen Wochenende wieder zurück nach Niedergrün gefahren, in ihre schwäbische Heimat. Sie hätte das vermutlich auch ganz gut gekonnt. Aber nun war er auf die Unterstützung seiner russischen Freundin angewiesen, die wie er zu den älteren Studenten der Universität gehörte. Wenngleich sie fünfundzwanzig Jahre jünger war als er und durchaus noch ernsthaft und zielgerichtet studierte, da ihre in Russland erworbenen Diplome in Deutschland nicht anerkannt wurden.

»Gotthilf, du musst dich besser konzentrieren«, mahnte sie freundlich, „sonst hast du immer Ärger. Du hast den Namen mit zwei ›e‹ geschrieben. ›Lead‹ schreibt sich aber mit ›ea‹ und nicht mit ›ee‹. Das muss dir eine Russin sagen, Gotthilf. Dabei hast doch du als Kind in der amerikanischen Besatzungszone gelebt.«

»Wie blöd von mir«, lachte der Alte. »Früher habe ich in unserer Band die Lead-Gitarre gespielt. Das hätte ich doch wissen müssen.«

Er tippte ›Lead-Star-Gitarrensaiten‹ ein und erzielte damit auf Anhieb 304 Treffer. Das war zwar beim ›Googeln‹ nicht besonders viel, aber er hatte erst einmal damit zu tun.

»Ist es das, was du suchst?«, fragte Svetlana Kirilowa.

Bröckle nickte.

»Dann geh ich wieder. Ich hab noch eine Vorlesung, die ich nicht versäumen darf.« Die Russin stand auf, tätschelte Gotthilf Bröckle mit der Bemerkung »bleib sitzen« sanft die Schulter und war, noch ehe er sich ordentlich von ihr verabschieden konnte, bereits zur Tür hinaus.

Die ersten Suchergebnisse, die er aufrief, standen alle in Bezug zu Musima oder »VEB Musikinstrumentenbau Markneukirchen«. Dann kämpfte er sich durch zahlreiche Einträge, die sich den technischen Eigenschaften verschieden dicker Gitarrensaiten widmeten. Er konnte lesen, dass Lautenmacher bereits seit dem 16. Jahrhundert mit drahtbespannten Instrumenten experimentierten. Da fand er den Hinweis, dass die Stahlsaite meist aus einem Kern und einer Wicklung besteht und dass der bis vor wenigen Jahren Standard gewesene runde Kern von sechseckig gezogenen abgelöst wurde, was ein Abrutschen der Wicklung besser verhinderte. Bronzestahlsaiten, so las er, hätten »eine goldgelbe Farbe und einen klaren, tragenden Ton«. Nickelstahlsaiten eigneten sich besonders gut für den Einsatz von Magnettonabnehmern. – Bei den Lead-Star-Gitarrensaiten, die bei den beiden Morden verwendet wurden, handelte es sich um Nickelstahlsaiten. – Mittlerweile seien auch mit Polymeren beschichtete Stahlsaiten auf dem Markt, die besser gegen Schmutz und den Handschweiß des Gitarristen geschützt waren. Außerdem würden die für schlechte Gitarristen so typischen Greifgeräusche erheblich reduziert.

Bröckle hatte die gefundenen Ergebnisse erst zu einem Drittel überflogen, als ihn ein neuer Link elektrisierte. Er hatte die Seite eines Anbieters geöffnet, die er gerade wieder wegzudrücken gedachte, denn da stand: »Mandolinensaiten ›Goldbrokat‹: Neuwertig. Nie benutzt!«

Vor dem Schließen dieser Seite hatte er noch registriert, dass es sich um einen Verkäufer handelte, der über *ebay.ch* anbot. Ganz am Ende der mehrseitigen Angebotsliste stieß er auf folgenden Hinweis:

»Hallo, ich habe hier noch ein paar Restbestände aus der guten alten DDR zu verkaufen, also schlagt zu, das ist das letzte Päckchen, das ich habe.

Inhalt: ein kompletter Satz Lead-Star-Saiten. Lead-Star-Qualitätssaiten von der MUSIMA Markneukirchen. Die moderne ferromagnetische Saite für höchste Ansprüche.

Lead Star: Die Verwendung von Nickelstahl garantiert einen kräftigen, brillanten Ton.

E / 1 Stahl 0,25 mm
H / 2 Stahl 0,32 mm
G / 3 Stahl 0,42 mm
D / 4 Stahl / Nickelstahl 0,62 mm

A / 5 Stahl / Nickelstahl 0,81 mm
E / 6 Stahl / Nickelstahl 1,06 mm

Made in German Democratic Republik.
Bitte beachtet auch meine anderen Auktionen.
Viel Spaß beim Bieten.«

Bröckle spitzte vor Freude und Anspannung die Lippen zu einem gellenden Pfiff, den in seiner kleinen Absteige freilich niemand hören konnte. Dann notierte er sich die E-Mail-Adresse und druckte zur Sicherheit auch alle Seiten dieses Anbieters aus.

×××

»Das bedeutet ja noch lange nicht, dass die in unseren Fällen verwendeten Saiten über diesen Weg beschafft wurden.« Bertram legte die ausgedruckten Papiere, die Bröckle ihm nach telefonischer Ankündigung ins Präsidium gebracht hatte, auf seinen abgenutzten Holzschreibtisch. »Kann ich das behalten?«

Bröckle nickte.

»Ich will nämlich mal mit den Schweizer Kollegen Kontakt aufnehmen«, fuhr der Hauptkommissar fort. Die Annahme, dass dieser erste Mord, du weißt schon, der an diesem Mirko Weise, mit den anderen Taten in Zusammenhang steht, ist ja sehr plausibel. Aber sie beruht unverändert lediglich auf einer Vermutung. Einer Arbeitshypothese. Weil uns bislang nämlich noch nichts anderes eingefallen ist.« Durch die letzten Worte zog sich eine Spur Verbitterung.

Bertram hatte sich in seinem Schreibtischstuhl um 45 Grad von seinem Besucher weggedreht, die Arme verschränkt, die Beine lang ausgestreckt und sah aus dem Fenster. Die Scheiben müssten mal wieder ordentlich geputzt werden. Nichts klappte mehr, alles nur noch oberflächliches, billiges Getue, husch, husch. Begleitet von den Floskeln des Niedergangs: »Wettbewerb«, »Marktfähigkeit«, »Profilbildung«. Man musste aufpassen, dass die Gründlichkeit, die seiner festen Überzeugung nach eine zentrale Tugend war, nicht auch noch bei der Polizei flöten ging. Draußen herrschte herbstliches Wetter. Bereits zu kühl für diese Jahreszeit. Im Neustädter See würden jetzt nur noch die ganz Hartgesottenen schwimmen. Er drehte den Stuhl mit einer schnellen Bewegung in seine Ausgangsposition zurück. »Falkenhorst, Kalaus! Könnt ihr mal kommen?«, rief er in Richtung der halb geöffneten Tür.

Müller zwo schlenderte in das Büro seines Vorgesetzten. Dabei trocknete er sich ausdauernd die Handflächen an einem viel benutzten Küchenhandtuch ab. »Falki befragt noch mal die Kolleginnen von Kraft. Er wird erst gegen elf wieder zurück sein.«

»Hat denn Möbius noch was darüber verlauten lassen, ob es in der Art und der Menge des bei Mirko Weise und Sven Müller festgestellten Faustan-Alkohol-Gemischs doch irgendwelche Übereinstimmungen gab?«

Klaus Müller hockte sich auf den gegenüberstehenden Schreibtisch und verschob dabei zwei hoch aufgetürmte Aktenstapel soweit, dass sie jeden Augenblick einzustürzen drohten. »Ich habe vorgestern noch kurz mit dem Medizinmann sprechen können. Bei den Morden an Mirko Weise und Sven Müller wurden jeweils überhöhte, allerdings unterschiedlich hohe Dosen Faustan verabreicht. Wie wir wissen, war die Menge Faustan, die im Müller-Fall auftrat, nicht entscheidend. Die Stendaler Kollegen haben ja im Fall Krone nichts über einen Faustan-Nachweis berichtet.«

Bröckle klapperte in kindischer Weise, so fand zumindest Klaus Müller, mit einem Tacker, ehe er sich in das Gespräch der beiden Polizeibeamten einmischte: »Also haben wir, was den Tathergang angeht, Überlappungen in den Fällen eins und zwei. Hier kam Faustan zur Anwendung. Und in den Fällen zwei und drei kamen als Mordwaffen die Lead-Star-Saiten ins Spiel.«

»Nun denn«, murmelte Bertram und zögerte einige Sekunden, ehe er energischer und lauter forfuhr: »Ich werde mich mal über das BKA an die Schweizer Kollegen wenden. Es dürfte doch nicht so schwer sein festzustellen, an wen der Verkäufer über Ebay Schweiz

Gitarrensaiten verkloppt hat. Vielleicht haben wir Glück und es taucht ein interessanter Name auf, einer, den wir schon kennen beispielsweise. Und wenn der Betreffende nicht mehr alle gekauften Saiten in seinem Besitz hat, ist er nachweispflichtig.«

»Gitarrensaiten sind ein Produkt, das dem Verschleiß unterliegt«, warf der alte Musiker Bröckle ein. Er erinnerte sich in diesem Augenblick noch sehr deutlich an das manchmal peinliche Überbrücken, wenn einem der Bandmitglieder während eines Auftritts mal wieder eine Saite gerissen war.

»Er ist nachweispflichtig«, wiederholte der Hauptkommissar.

»Weißt du was«, schlug Bröckle vor, »ich kenne aus meiner Zeit bei der Polizei noch einen alten Kollegen, der ist heute noch im Dienst der Berner Kantonspolizei. Rüedi Bähler. Der ist wie alle Berner etwas langsam, aber wenn er sich erst einmal warm gelaufen hat, ist er auch äußerst hartnäckig. Den rufst du jetzt an, ich rede kurz mit ihm, dann geht das schneller, als wenn die bürokratischen Wege europäischer Zusammenarbeit beschritten werden.«

»Wenn du meinst«, sagte der Hauptkommissar und reichte Bröckle den Hörer seines altmodischen Schnurtelefons, das er noch bis zum Ende seiner Dienstzeit zu nutzen gedachte und das er gegen alle Modernisierungen der letzten Jahre bislang erfolgreich verteidigt hatte, dann fuhr er fort: »Wie schon der alte Goethe zu sagen wusste: ›Alles, was wir treiben und tun, ist ein Abmüden. Wohl dem, der nicht müde wird!‹«

»Zuviel Geschäftigkeit ist misslich«, entgegnete der Alte mit einem fröhlichen Grinsen. »Shakespeare, Hamlet. I' sott erscht mal dahoim a'rufa, i' han die Nummer net hier.«

×××

Rüedi Bähler vom Dezernat III der Berner Kantonspolizei meldete sich viel rascher wieder bei seinem Magdeburger Kollegen, als dieser nach Bröckles Bemerkung zu dessen Arbeitstempo erwartet hatte.

»Grüezi, Herr Kollege.« Bähler betonte das Bernerische seiner schwyzerdütschen Aussprache im Telefonat mit dem ihm unbekannten deutschen Kollegen noch stärker, als er es sonst in seinem Berner Alltag tat. »Wir sind fündig geworden«, fuhr er fort. »Es ist in der Schweiz ja nicht so ganz einfach, den Klarnamen eines Internetverkäufers zu lokalisieren. Aber«, er rollte das »r« aus dramaturgischen Gründen an dieser Stelle besonders lange, »wir haben da unsere besonderen Wege und Möglichkeiten.«

»Und?«, fragte Bertram, der langsam ungeduldig wurde.

»Den Verkäufer haben wir gecheckt. Der ist für euch uninteressant. Handelt schon seit zwanzig Jahren mit musikalischen Raritäten aller Art, Instrumenten, Schallplatten, Zubehör. Ist seit fünf Jahren mit wachsendem Erfolg im Internet distribuierend.« Bähler schwieg einen Moment und schnaufte in die Leitung.

Bertram verdrehte die Augen. »Und?«, fragte er nochmals.

»Ich schick euch die Liste seiner Käufer, an die er einen größeren Restposten von Gitarrensaiten aus der früheren DDR vertrieben hat. Rege Nachfrage kann ich nur sagen. Das war ein gutes Geschäft für ihn.«

Bertram teilte dem Berner Kollegen seine E-Mail-Adresse mit. Dann dankte er rasch und wünschte seinem Gesprächspartner alles Gute und sich selbst, so schnell wie möglich dieses Telefonat beenden zu können.

So umständlich Bähler am Telefon sprach, so rasch hatte er die angekündigte Nachricht verschickt. Als Falkenhorst wenige Minuten nach dem Ende des Telefonats Bertrams Büro betrat, war dieser bereits dabei, die Mail auszudrucken.

»Rat mal, wen wir auf dieser Liste haben?«, fragte er seinen Assistenten, der in der geöffneten Tür stehen geblieben war.

»Welcher Liste denn?«

»Ach so, du warst ja unterwegs. Wir haben einen Schweizer Internetverkäufer ausfindig gemacht, der Restbestände unserer Musima-Produkte vertreibt. Genauer gesagt, ein Berner Kollege, an den uns Bröckle, das alte Schlitzohr, verwiesen hat, konnte das für uns ausfindig machen. Und hier haben wir eine von der Berner Kantonspolizei übermittelte Liste der Käufer von Lead-Star-Gitarrensaiten, made in GDR.«

»Aber hallo, jetzt ist Hubert Kraft aber endgültig dran«, freute sich Falkenhorst, nachdem er die Liste überflogen hatte und sah dabei seinen Chef so triumphierend an, als habe er selbst die wesentlichen Ermittlungserfolge erzielt.

»Mal langsam. Nicht er, sondern der Jugendclub, in dem er angestellt ist, hat in größerer Stückzahl die Saiten bezogen. Und dann gibt es noch einen zweiten Käufer in Magdeburg, der uns nicht völlig unbekannt ist.«

Falkenhorst sah nochmals prüfend auf die Liste. »Richtig Chef, da ist ja noch einer.«

×××

Bertram hatte Celaus, den alten Müller, mitgenommen. Als sie das dritte Mal an der Wohnungstür klingelten, wurde ihnen von einer attraktiven, dunkelhaarigen Frau geöffnet, die Bertram von den Verhandlungen gegen die Schläger zu kennen glaubte, die damals den jungen Lückert zum Krüppel gemacht hatten. War das nicht die Freundin seines Bruders?

»Sie wünschen?«, fragte die Frau kurz angebunden.

»Kriminalpolizei.« Bertram zückte seinen Dienstausweis, Müller eins tat es ihm wortlos gleich.

»Ich weiß, dass Sie von der Kriminalpolizei sind«, sagte die Frau.

»Pflegt man in euren Kreisen nicht ›Bullen‹ zu sagen?«, preschte Claus Müller vor und lachte zu laut und zudem in einer Weise, die selbst Bertram als deplatziert und unangemessen empfand.

»Wenn Sie wieder gegangen sind, werden wir darüber reden, dass die ›Bullen‹ hier herumgeschnüffelt haben. Aber Sie werde ich im persönlichen Gespräch nie als ›Bullenschwein‹ bezeichnen.«

»Wir hätten gerne Herrn Spindler gesprochen. Ist er da?« Bertram versuchte dem Gespräch eine sachliche Wendung zu geben.

»Wieso wollen Sie ihn sprechen?«

»Ist er da? Wir hätten ihm das gerne persönlich gesagt.«

»Weiß nicht, ob er da ist«, antwortete Laura Hansen und rief dann mit lauter, tiefer Stimme in das Innere der Wohnung: »Olli! Olli, bist du da?«

Ein Gemurmel aus einem der hinteren Zimmer ließ vermuten, dass der Gesuchte zu Hause war.

»Dürfen wir reinkommen?«, fragte Bertram die junge Frau. »Sie kennen die Spielregeln ja. Wir haben noch keinen Durchsuchungsbeschluss, aber wir können ihn dann vorladen. Oder wir könnten Verdunklungsgefahr ausmachen.«

»Was wollen Sie von Olli?«, fragte Laura Hansen und drehte sich dann in einer so abrupten Weise von der geöffneten Wohnungstür weg, dass der Hauptkommissar dies nur als unzweifelhafte Aufforderung zum Eintreten deuten konnte.

Oliver Spindler kam ihnen im Flur entgegen.

»Wo können wir uns unterhalten?«, fragte Müller eins, der an seinem Chef vorbei als erster die Wohnung betreten hatte.

»Was ist denn los?«, fragte der junge Mann, dessen schlaff herabhängender, roter Haarschopf jegliche Ähnlichkeit mit den gängigen Formen einer wohlgestylten Punkfrisur vermissen ließ. Er sah müde aus und trug nur ein verwaschenes, trägerloses Unterhemd, das vor vielen Jahren in seiner Originalverpackung vermutlich einmal rot gewesen war, sowie eine graue Schlabberhose, die Gotthilf Bröckle – hätte er sie zu Gesicht gekommen – mit Sicherheit als »Hans-Tilkowski-Gedächtnishose« bezeichnen würde. Wie nannte man so was im Osten? »Perry-Bräutigam-Beinkleider«?

»Herr Spindler, wir hätten Sie gerne mal kurz gesprochen«, sagte der Hauptkommissar und versuchte, möglichst gleichgültig zu klingen. »Sie verfügen doch bestimmt über einen Gemeinschaftsraum oder so etwas Ähnliches, wo wir uns ungestört unterhalten können.«

Olli Spindler blickte verschreckt zu Laura Hansen hinüber. »Aber nur, wenn Laura dabei ist. Ohne sie sage ich gar nichts.«

»Du musst auch nichts sagen, Olli«, mischte sich die Frau in das Gespräch ein, ging dann aber voraus in den Gemeinschaftsraum, der von einem überdimensionalen Tisch dominiert wurde, auf dem noch Tassen und Teller von den letzten Mahlzeiten der Bewohner standen.

Bertram musterte zwei Gitarren, die in Metallhalterungen vor einer Tür standen, die zu einem Balkon führte. »Sie machen Musik?«, fragte er Oliver Spindler.

»Hier machen mehrere Musik«, bemerkte Laura Hansen. »Hier machen fast alle irgendwie Musik.«

»Und Sie?«, fragte Müller eins blickte dabei Oliver Spindler an.

Der rutschte auf der Tischkante hin und her, auf die er sich gesetzt hatte. »Ist doch nicht verboten. Oder? Ich spiel schon lange in Bands. Punk. Old School Punk.«

Bertram, der sich unaufgefordert auf einen Stuhl gesetzt hatte, zog aus der Brusttasche ein Blatt Papier, das er auffaltete. »Herr Spindler, Sie sind hier als Käufer von Lead-Star-Gitarrensaiten ausgewiesen. Sechs Päckchen mit jeweils vollständigem Satz. Was haben Sie damit gemacht?«

Olli Spindler, der die Anwesenheit der Polizei in Belangen des Betäubungsmittelgesetzes vermutet hatte, lachte hell auf und blickte sichtbar amüsiert zu Laura Hansen hinüber, die mit verschränkten Armen an einem massiven alten Küchenschrank lehnte. »Was soll ich schon damit machen? Ich fress die doch nicht anstelle von Spaghettis. Hier«, er nahm eine der beiden Gitarren aus dem Ständer, »hier habe ich einen kompletten Satz neu bespannt. Und die anderen sind in meinem Zimmer.«

»Können wir die mal sehen?«, knurrte Claus Müller.

»Ich hab die ganz legal bei Ebay erworben. Da ist etwas Nostalgie dabei. Außerdem haben die einen besonders harten Sound. Gut für Punk und Hardcore natürlich.«

»Können wir die mal sehen?«, wiederhole Müller eins seine Frage.

»Olli, die verdächtigen dich des Mordes an dem Gesindel, das Benni zum Pflegefall gemacht hat.« Laura Hansen schnellte mit der ganzen Kraft ihres wohlgeformten Hinterns von dem rustikalen Möbelstück weg.

»Wie kommen Sie denn darauf?«, fragte Bertram.

»Der eine Kerl ist mit einer Gitarrensaite aufgehängt worden«, erwiderte sie. »Und jetzt versuchen Sie, es dem Olli anzuhängen. Weil das zu Ihrem Täterprofil passt. Linksradikal und arbeitslos. Das ist es doch.« Sie hatte sich in Rage geredet.

»Unsinn«, entgegnete Bertram. »Wir überprüfen lediglich die Käufer einer seit Langem nicht mehr hergestellten Saitenmarke, die bei dem Mord verwendet wurde. Herr Spindler kann sehr schnell jeglichen Verdacht gegen sich zerstreuen, wenn er uns die Saiten zeigt.«

Wortlos schlurfte Oliver Spindler in sein Zimmer, kramte in einer Schublade fünf Päckchen zusammen und hielt sie Claus Müller unter die Nase. »Sind komplett. Und der sechste Satz ist hier drauf.« Er wies mit dem Kopf in Richtung der Gitarre, die er zuvor bereits in den Händen hatte.

Müller sah die Saitensätze durch. »Die sind vollzählig. Wir müssen sie aber trotzdem mitnehmen«, sagte er und steckte die Päckchen in eine Plastiktüte, die er seiner rechten Jackentasche entnahm.

»Wieso denn das?«, empörte sich der Punk.

»Wir wollen prüfen, ob die wirklich unbenutzt und vollständig sind. Sie kriegen sie dann wieder zurück.«

»Und die Gitarre müssen wir auch mitnehmen«, ergänzte der Hauptkommissar. »Wir wollen die mal von unseren Spezialisten durchsehen lassen. Vielleicht können die erkennen, dass alle Saiten dieses Satzes gleich alt sind. Das wäre gut für Sie. Haben Sie schon darauf gespielt?«

»Natürlich hab ich schon drauf gespielt. Und Andy auch.«

»Mein Freund hat die Gitarre schon zur Probe mitgehabt«, sagte Laura Hansen. »Der spielt auch in einer Band.«

Bertram hatte währenddessen einen Vordruck ausgefüllt, den er von einem Block in DIN-A7-Größe abgetrennt hatte. »Hier haben Sie einen Beleg. Sie erhalten die Sachen umgehend zurück.«

»Wahrscheinlich zu Weihnachten«, maulte der Punk.

»Das hat schon manchmal länger gedauert«, sagte Claus Müller und lächelte dem jungen Mann freundlich zu.

×××

»Wir haben zwei Bezieher dieser merkwürdigen Saiten ausfindig gemacht, die hier in Magdeburg leben.« Der Hauptkommissar nippte entspannt an seinem Tee. Er hatte sich auf Bröckles Wunsch mit ihm im »Café Köhler« getroffen, dessen plüschige Ausstattung bei ihm sofort Assoziationen an die Altwiener Kaffeehaustradition weckte. Zumindest an das, was Bertram sich darunter vorstellte, denn persönlich erlebt oder gar erkundet hatte er sie noch nicht. Keine Zeit gehabt nach der Wende. Merkwürdig, da war die Mauer vor über zwanzig Jahren aufgegangen, aber er war noch nie in Wien gewesen. Einmal waren sie zum Skifahren nach Österreich gefahren, in die Berge. Aber da herrschte zu viel Rummel. Und außerdem war es ihm zu teuer gewesen. Die wenigen Gelegenheiten, die ihm in den letzten Jahren für Wintersport geblieben waren, hatten ihn, wie schon zu DDR-Zeiten, wieder nach Polen und Tschechien geführt.

Er schaute Bröckle dabei zu, wie dieser versuchte, die letzten Krümel des gut schmeckenden Mohnkuchens auf die zierliche Kuchengabel zu schieben. »War gut, was?«

Bröckle nickte. »Hier kriegst du den besten Kuchen in der ganzen Stadt.«

»Doch, der war ganz hervorragend.« Bertram ahnte, dass er künftig hier noch öfter Mohnkuchen essen würde.

Bröckle blickte von seinem Teller auf, den er von den allerletzten Krümeln gesäubert hatte und nickte der jungen Bedienung zu. »Bitte noch einen Latte macchiato.«

»Latte macchiato, das Arschgeweih unter den Kaffeespezialitäten.« Der Hauptkommissar lachte so laut und so plötzlich aus vollem Hals, dass die Bedienung erschrak und mehrere ältere Kaffeehausbesucher mit sichtlicher Missbilligung von den Nachbartischen herübersahen.

»Wer hat dir denn einen solchen Scheiß beigebracht. Oder ist das auf deinem Mist gewachsen?«

»Nein, nein«, Bertram bemühte sich, leiser zu lachen. »Als Polizist bist du halt am Puls der Zeit. Und außerdem ist Latte macchiato in Italien nichts anderes als ein Kindergetränk. Etwas Espresso mit viel Milch aufgeschäumt, damit die Kleinen ihren Kinderkaffee haben.«

»Ach so. Na, du weißt aber gut Bescheid.«

»Tja, etwas Allgemeinbildung hat man uns in der DDR auch beigebracht. Aber interessiert es dich gar nicht, wen wir als Käufer dieser Saiten ausfindig gemacht haben?«

»Der Punk, von dem du erzählt hast. Und wen noch?«

»Rat mal.«

»Was soll ich raten. Da gibt es keinen Anhaltspunkt.«

»Der Jugendclub, in dem Hubert Kraft angestellt ist, hat auch einen größeren Posten dieser Saiten bezogen. Angeblich für den Bandraum. Dort wäre immer ein so hoher Verschleiß. Das sagt zumindest die Denninger, die Leiterin des Clubs. Sie hat auch den Betrag für die Rechnung überwiesen. Bestellt hat allerdings Hubert Kraft. Die Saiten seien viel günstiger gewesen als andere, heute handelsübliche Marken.«

»Und wer hat das gesagt?«

»Beide, Denninger und Kraft.«

»Habt ihr mit beiden darüber gesprochen?«

Der Hauptkommissar nickte und blickte durch die Glaswand des Cafés fasziniert einer, seiner Schätzung nach, fast zwei Meter großen rotblonden Frau hinterher, die ein für seinen Geschmack viel zu kurzes grünes Kleid trug. Ihrem Alter nicht mehr angemessen. Aber mit ihrem wiegenden Gang und den wohlgeformten Beinen hübsch anzusehen. Aus den Augenwinkeln heraus konnte er erkennen, dass nun auch der kleine Bröckle der schönen Riesin nachsah. Wie alt sie wohl sein mochte? Er schätzte sie auf Mitte vierzig. Die Frau hatte, wohl einer plötzlichen Eingebung folgend oder weil sie sich an etwas Vergessenes erinnerte, ihre Richtung geändert und kam wieder zum Café zurück. Ihre Blicke begegneten sich durch die Scheibe hindurch. Sie hielt seinem Blick stand, senkte leicht den Kopf und lächelte. Trotz ihrer Größe war sie wirklich attraktiv. Wahrscheinlich war sie es gewohnt, von Männern angestarrt zu werden. Bertram erinnerte sich beim Anblick dieser Frau an eine antike Überlieferung den römischen Feldherrn Drusus betreffend, der sich anschickte, im Jahre 9 vor Christus seine Truppen aus der norddeutschen Tiefebene über die Elbe zu führen. Angeblich stellte sich den Römern an einem Ort nahe dem heutigen Magdeburg ein »Barbarenweib von übermenschlicher Größe« in den Weg und bot ihnen in lateinischer Sprache Einhalt. Und an Drusus gewandt, habe sie gesagt: »Dir ist es nicht vergönnt, diese Lande zu schauen. Ziehe ab, denn das Ende deines Lebens und deiner Taten ist nah.« Der Feldherr, der wie alle Römer abergläubisch war, kehrte um. Irgendwo im Thüringischen stürzte er vom Pferd und brach sich das Bein. Wundbrand stellte sich ein. Einen Monat später war Drusus tot. Wahrscheinlich war das Auftauchen des Riesenweibes eine Erfindung der römischen Chronisten. Vermutlich hatten dieser Drusus und seine Legionäre nur Muffe gehabt, im späten Herbst noch die neblige Elbauenlandschaft zu durchstreifen. Aber vom Gaul geflogen und an den Folgen gestorben ist er tatsächlich.

»Dann sitzt Kraft ja ganz schön in der Scheiße.«

Bröckles lapidarer Kommentar riss den Polizisten aus der Melange sinnlicher Wahrnehmungen und geschichtlicher Reflexionen. »Er meint, das entlaste ihn. Er habe den Proberaum des Jugendclubs seit Wochen nicht mehr betreten. Der Schlüssel sei weg. Und nachdem es in der Vergangenheit immer wieder Ärger mit zwei Bands gegeben habe, die selbst der Staatsschutz der rechten Szene zuordnete, habe man auf Weisung des Trägers und des Jugendamtes die Bandarbeit erst einmal ganz eingestellt. Er selbst probe in seiner Freizeit mit Freunden woanders, in einem Raum in Schönebeck-Salzelmen. Und auf Lead-Star-Saiten habe er seit DDR-Zeiten nicht mehr gespielt. Der Klang sei ihm zu hart.«

»Aber das beweist doch gar nichts. Vielleicht hat er den Schlüssel. Oder er hat sich Saiten aus der Lieferung abgezweigt.«

»Auf jeden Fall wird er wohl bei der von seinem Anwalt beantragten Haftprüfung nicht freikommen.«

»Die Sache zieht sich zu lange hin.«

»Du sagst es. Mir steht das Ganze bis hierher.« Der Hauptkommissar strich sich mit dem Zeigefinger über den ergrauten Haaransatz an seiner Stirn.

×××

»Bist du schon wieder krank?« Claus Müller runzelte missbilligend die Stirn und suchte sich möglichst fern von seinem Chef einen Platz, der, anstatt seinen Gruß zu erwidern, mehrmals hintereinander heftig geniest hatte.

Bertram schüttelte den Kopf. »Es ist nichts. Nur ein Reiz. Vielleicht eine Allergie gegen Büroluft, Aktenabrieb und Fälle, die zu verstauben drohen.« Sie waren wieder mal nur zu viert. Die Seeliger und Richter fehlten. Bertram glaubte sich zu entsinnen, dass die Kollegin noch Urlaub hatte. Und wo Richter wieder steckte, wusste kein Mensch. In letzter Zeit seilte er sich ohnehin nur noch ab. Hatte noch wenige Wochen bis zur Pensionierung. Einfach weiter ignorieren und keine Unbefugten was mitkriegen lassen. Er blickte in die Runde. »Zeit, dass wir die Sache abschließen. Kalaus, hast du die neuen Ergebnisse von der KTU?«

»Von der Gitarre?«, fragte der Angesprochene zurück.

»Ja, von was denn sonst? Ist da was Brauchbares da? Oder pennen die Kollegen noch?«

»Sei nicht so gereizt. Die haben auch Probleme mit Stellenstreichungen und der ständigen Reduzierung von Sachmitteln. Außerdem«, er machte eine kurze Pause und blickte triumphierend in die Runde, »sind ihre Ergebnisse da.«

»Das ist ja ganz prima. Und?«

Müller zwo öffnete einen vor ihm liegenden Schnellhefter und fand im Nu, was er brauchte. »Es gibt keine Kennzeichnung, die garantiert, dass der auf der Gitarre befindliche Saitensatz genau dem

Inhalt eines Päckchens entspricht. Und der Grad der Abnutzung lässt keine weiteren Schlüsse zu.«

»Und außerdem«, mischte sich Falkenhorst ein, »scheint Oliver Spindler zumindest für die Nacht, in der Sven Müller ermordet wurde, ein Alibi zu besitzen. Nachweislich gab er mit seiner Band ein Konzert in der ›Roten Zora‹, einem Halberstädter Jugendclub, in dem vorwiegend ältere Punks und andere Chaoten verkehren.«

»Falkenhorst, etwas mehr Respekt vor der heutigen Jugend«, sagte Bertram. »Außerdem muss man heutzutage ja geradezu froh darüber sein, dass es in Halberstadt außer Gewalttätern und Naziwelpen noch ein paar andere Jugendliche gibt. Wie lückenlos ist dieses Alibi? Es ist doch nicht ausgeschlossen, dass er den Ort eine Zeit lang verlassen hat. Die werden doch nicht die ganze Nacht ununterbrochen durchgespielt haben.«

»Das Konzert ging wohl bis drei Uhr. Von Halberstadt nach Magdeburg fährt man auch nachts mehr als eine Stunde. Mehrere Personen behaupten, sie hätten Spindler um die Zeit, zu der Sven Müller mit hoher Wahrscheinlichkeit ermordet wurde, in der ›Roten Zora‹ gesehen.«

»Das können die doch gar nicht mehr wissen«, platzte Müller zwo in die Beratung. »Die waren doch um diese Zeit besoffen oder zugekifft. Und außerdem ist dieser Bande nicht zu trauen. Die werden ihren Kumpel im Zweifelsfall decken. Diesen Antifa-Typen ist doch eher eine Falschaussage oder ein Meineid zuzutrauen als eine zuverlässige Aussage oder gar eine vernünftige Zusammenarbeit mit uns.« Klaus Müller blickte herausfordernd in die Runde.

Bertram sah zu Müller eins hinüber, der in seiner typischen Art unbeweglich über einem leeren Blatt Papier brütete. »Hast du den Bandraum in diesem anderen Jugendclub öffnen lassen? Dort, wo angeblich der Schlüssel fehlt.«

Der Angesprochene zog einen gefalteten Zettel aus der Jackentasche, auf den er sich am gestrigen Abend einige Notizen gemacht hatte. »Der Schlüssel scheint in der Tat weg zu sein. Und der Generalschlüssel passt nicht. In die Stahltür zum Bandraum hätten sie andere Schlösser einbauen lassen, nachdem da auf unerklärliche Weise immer mal was wegkam. Jedenfalls, ich habe den Raum öffnen lassen. Wir fanden einen Teil der übers Internet bestellten Saiten. Und die waren noch originalverpackt. Aber der Vergleich mit der Rechnung ergab, dass mehrere Päckchen fehlten. Niemand wusste etwas über deren Verbleib.«

»Wieso auch. Gitarrensaiten sind ja keine seltenen Weine. Das ist Verbrauchsmaterial. In einem Jugendclub klimpern viele auf der Laute. Da geht schon mal was kaputt.«

»Da wird auch mal was geklaut«, warf Klaus Müller ein.

»Warst du früher auch so einer?«, fragte der Hauptkommissar spitz, um dann fortzufahren: »Ich betone nochmals, es ist überhaupt nicht sicher, dass die bei den Morden zwei und drei verwendeten Saiten aus diesem Restposten stammen, aus dem der Punk und dieser Jugendclub ›Bernstein‹ ihre Lieferung erhielten.«

Bertram wollte seine Ausführungen fortsetzen, als die Tür aufging. Zur Überraschung aller betrat Gotthilf Bröckle mit einem »Grüß Gott, stör ich?« den Besprechungsraum. Er blickte mit aufdringlicher Heiterkeit in die Runde.

›Wie der das wieder geschafft hat, unten am Drachen vorbeizukommen‹, dachte Claus Müller verblüfft und leicht verärgert. Das Polizeipräsidium verkam immer mehr zur Laberbude, in der jeder mit jedem quatschen konnte. Er hatte ja eigentlich nichts gegen den Alten. Aber dass der hier immer so reinplatzte, das war nicht in Ordnung.

»Gotthilf, wir sind gleich fertig«, sagte der Hauptkommissar. »Nimm dir in meinem Büro eine Tasse Kaffee. Ich komm gleich rüber.«

Bröckle nickte und zog sich mit einer Handbewegung, die eine Verabschiedung andeuten sollte, aus der Konferenz zurück.

Bertram klopfte mehrmals mit einem Kugelschreiber auf die bereits stark strapazierte Tischplatte. »Meine Herren. Es bleibt uns im Augenblick nichts anderes übrig, als Hubert Kraft nochmals scharf zu verhören. Wer übernimmt das?«

Müller eins und Müller zwo nickten so, dass es gerade noch als Zustimmung erkennbar war.

»Falkenhorst, ich und die anderen, die heute nicht da sind, kümmern sich nochmals um alle Empfänger von Lead-Star-Gitarrensaiten, die wir ausgehend von der Liste der Schweizer Kollegen im Umkreis von zweihundert Kilometern ausmachen konnten. Wir sollten auch herausfinden, wer in dem Jugendclub Zugang zu dem Proberaum hatte, auch wenn angeblich der Schlüssel verloren gegangen ist. Das hat übrigens auch die Denninger ausgesagt. Könnte also stimmen, denn die steckt mit Sicherheit nicht mit dem Kraft unter einer Decke. Frohes Schaffen, Kollegen.«

Als Bertram sein Büro betrat, wandte sich Bröckle, der im Stehen aus dem Fenster geschaut hatte, ihm zu. »Läuft's nicht gut?«

Der Hauptkommissar zuckte mit den Schultern. »Wir haben immer noch Kraft, gegen den ja einiges spricht. Die Haftprüfung hat ergeben, dass er weiter in U-Haft bleibt. Dann ist da noch der Punk, der aber möglicherweise für die Zeit des zweiten Mordes ein Alibi hat, also des ersten, der nach dem Einsatz von Faustan mit einer dieser Gitarrensaiten verübt worden ist.«

»Aber euch ist schon klar, dass die verwendeten Saiten nicht von dem schweizerischen Versand stammen müssen«, sagte Bröckle leise. »Ich habe mich mit einem ehemaligen Musima-Mitarbeiter in Markneukirchen getroffen. Der meinte, es könne sehr wohl noch eine gewisse Anzahl an Saiten unter Liebhabern kursieren.«

»Du warst in Markneukirchen?«

Bröckle griente. »Ja, ich habe mit Eva, die mich über ein verlängertes Wochenende besucht hat, einen Ausflug ins Vogtland gemacht. Wir haben gut gegessen, einiges gesehen und dabei Informationen von einem früheren leitenden Angestellten erhalten, der heute so einer Art Traditionsverein vorsteht und sich bei einem Instrumentenmuseum engagiert.«

»Das hatten die alle nicht gedacht.« Der Hauptkommissar überlegte kurz, ob jetzt eine Situation gekommen war, wo er seinem

Westfreund eine Nachhilfestunde in deutscher Geschichte der DDR geben sollte.

»Was?«, fragte Bröckle auch prompt.

»Daran haben die früheren Kader nicht einmal im Traum gedacht, dass sie eines Tages von den Handlungsreisenden des Kapitalismus abgewickelt würden und heute gerade mal noch mit ihren Förmchen spielen dürfen, die man Erinnerungskultur und Traditionspflege nennt.«

»So isch's no au wieder«, entgegnete der Alte, der weitere Reflexionen über die lange zurückliegenden politischen Änderungen samt deren Folgen vermeiden wollte. »Aber eines will ich dir noch sagen. Diazepine, also Valium, Rohypnol oder Faustan, werden überwiegend von Frauen verwendet. Ist das kein Hinweis darauf, dass der Mörder eine Frau sein könnte?«

»Wenn der Hund nich geschissen hätte«, entgegnete der Hauptkommissar mit vor Ärger gerötetem Gesicht.

Seit sie sich kannten, war dies das allererste Mal, dass Bertram mit deutlichem Verdruss auf den kleinen Schwaben reagierte.

×××

»Das Offensichtliche führt oftmals in die Irre.« Gotthilf Bröckle lehnte sich im Bürosessel zurück und blickte auf das helle Rechteck des Bildschirms. Draußen war es stockdunkel. Auch im Zimmer hatte er kein Licht angemacht. Die einzigen Geräusche, die er hörte, waren das leise Rauschen des Rechners und das scheppernde Ticken seines uralten Reiseweckers, der neben dem Bett auf einem Teewagen stand, den er mangels eines anderen geeigneten Möbelstücks als Nachttisch benutzte. Ihn störte es, dass sich die polizeilichen Ermittlungen derzeit fast ausschließlich auf den unglücklichen Hubert Kraft und andere Bezieher der Restbestände dieser Lead-Star-Gitarrensaiten konzentrierten. Er war nochmals alle ihm bekannt gewordenen Fakten durchgegangen. Im Umfeld der Morde existierte eine Vielzahl aktiver Kreise. Die hiesige linke Szene, zu der auch der Bruder und die Freundin des ersten Gewaltopfers zu rechnen war. Zu deren Freundeskreis gehörte ja auch Spindler, der zweite Hauptverdächtige. Dann gab es da noch diese verrückte Motorradclique, ältere Herren, die Nazis verprügelten. Kaum anzunehmen, dass die was mit diesen Morden zu tun hatten. Oder doch? Zumal da ja höchst offensichtlich auch sein Bekannter Aron Winter dazugehörte.

Dieser Hubert Kraft saß als Hauptverdächtiger immer noch in U-Haft. Der Mann tat ihm leid. Hatte sich offensichtlich von dem Mädchen zum Sex verleiten lassen. Selbst wenn er nicht der Täter war, hatte er mit Sicherheit seinen Job verloren. Dafür würde schon dessen energische Chefin sorgen.

Bröckle starrte in die Nacht. Ein unbestimmtes Gefühl sagte ihm, dass Kraft nicht der Mörder war. Der war ein ausgemachter Blödmann, ein Würstchen. Aber ein Mörder? Obwohl, man konnte sich täuschen. Auch Würstchen werden gelegentlich zu Tätern. Doch wäre es auch nicht das erste Mal, dass die Polizei, wenn sie einen Mörder brauchte, auch einen präsentierte, obwohl die Beweislage gar nicht ausreichte.

Er ging nochmals die Namen durch, die er auf dem Bildschirm hatte. »Tierärzte Sachsen-Anhalt« hatte er eingegeben. Das waren schon noch etliche Hundert. Aber ein Name elektrisierte ihn. Ein Tierarzt in Stendal. War es Zufall, dass dieser denselben markanten Nachnamen hatte wie eine Person, auf die er in dieser vertrackten Geschichte schon gestoßen war?

Bröckle wunderte sich darüber, dass draußen eine so ungewöhnlich dunkle Nacht herrschte. Der Himmel war bewölkt, der Mond schien abgetaucht zu sein. Nun gut. Was ihm fehlte, waren die vertrauten Lichter der Großstadt, wie er sie sonst nachts aus dem in Richtung Elbe gelegenen Appartement sehen konnte. Der Buga-Turm war unbeleuchtet. Es würde ihm immer ein Rätsel bleiben, wann er beleuchtet war und wann nicht. Die am Flussufer gelegenen Lastkräne lagen im Dunkel und auch die Außenbeleuchtung der vor Kurzem fertig gewordenen neuen Feuerwache war, anders als sonst, abgeschaltet.

Je länger er in die Finsternis starrte, desto mehr Einzelheiten konnte er erkennen. Die Umrisse des Buga-Turmes ragten hoch über die

Elbe. Abgeknickten Grashalmen gleich stachen die dunklen Ausleger der Kräne in das geringfügig hellere Dunkel des Nachthimmels. Er erahnte die Stelle, wo der Junge an das Gerüst gehängt worden war. Nach der Fertigstellung der Feuerwache Nord hatte man es längst abgebaut. Wie ein Sack hatte die Leiche ausgesehen, als er sie im Morgengrauen entdeckt hatte. ›Der Mörder musste ganz schön abgebrüht sein‹, dachte Bröckle. Es wäre durchaus möglich gewesen, dass jemand hätte sehen können, wie Sven Müller an das Gerüst gezurrt wurde. Andererseits hatte sich das ja in den frühen Morgenstunden abgespielt. Das Faustan musste zu diesem Zeitpunkt längst sedierend gewirkt haben, auch wenn die Dosis nicht tödlich war. Und der Junge hatte zudem Etliches getrunken. Der Mörder brauchte nur darauf zu warten, bis der sein Reaktionsvermögen so weit verloren hatte, dass er nicht mehr zu schreien oder zur Gegenwehr fähig war. Der Täter musste Sven Müller gekannt haben. Zumindest musste er wissen, dass er auf dieser Baustelle arbeitete. Wie sonst hätte er ihn hierher gekriegt? Hatte er ihn unter dem Vorwand hierher gelockt, etwas Wertvolles stehlen zu wollen? Der Mörder hatte offensichtlich das Vertrauen des Jungen besessen. Anders war das Ganze nicht zu erklären. Auch das Mädchen musste ihren Mörder gekannt haben. War es doch Hubert Kraft gewesen? Aber wäre Saskia Krone in der Badewanne geblieben, wenn ein Mann das Badezimmer betreten hätte? Nun, immerhin hatten sie vorher Geschlechtsverkehr gehabt. Da ist alles denkbar. Am verworrensten waren immer noch die Umstände des ersten Mordes. Obwohl da so viele Menschen in der Nähe gewesen waren. Aber vielleicht gerade deswegen? Dem Jungen – hieß er Wiese oder Weise? – im schon besoffenen Zustand Faustan zu verabreichen, war keine Kunst. Hatte der Pathologe, dieser alte Kauz, etwas darüber gesagt, ob das Medikament, das ja üblicherweise in Tablettenform verkauft wurde, zuvor in einer Flüssigkeit aufgelöst worden war? Das müsste doch festzustellen sein. Gab es Faustan wie das westdeutsche Medikament Diazepam auch in Tropfen? Oder war es eine Verabreichungsform, wie sie in der Forschung oder in Kliniken Verwendung fand? Das wäre noch ein interessanter Aspekt.

›Mal Bertram fragen‹, dachte der Alte, ehe er wieder auf den Bildschirm blickte. Er notierte sich den einen Namen und die zugehörige Adresse und fuhr dann den PC herunter. Zeit, die finsteren Gedanken an diese Mordserie auszublenden. Der Reisewecker zeigte halb vier.

×××

Bröckle war unzufrieden. Er hatte bereits mehrmals die Festnetznummer angerufen, auf die er im Magdeburger Telefonbuch gestoßen war. Jedes Mal sprang der Anrufbeantworter an. Nun hatte er kein passendes Kleingeld mehr, um nochmals in der Telefonzelle am Schellheimer Platz die Nummer zu wählen. Es war nicht sehr wahrscheinlich, dass um diese Zeit jemand zu Hause war. Was wollte er überhaupt in dieser Wohnung? Bröckle erinnerte sich mit Grausen daran, wie ein ähnliches Unterfangen vor vielen Jahren bei den Ermittlungen gegen den Politiker Detlev Kurz im schwäbischen Backnang schief gegangen war. Er hätte sich um ein Haar um seinen eigenen Ermittlungserfolg gebracht.

Am Morgen hatte er das Haus in der Chopin-Straße in Augenschein genommen. Zu seiner Überraschung lag die Wohnung, in der der ältere Lückert mit seinen Freunden wohnte, nur ein paar Häuser weiter auf der anderen Straßenseite. Er sah auf Anhieb, dass er durch einen Torbogen auf einen Innenhof gelangen konnte, auf dem die Bewohner dieses und umliegender Häuser ihre Fahrräder abstellten. Einige schlichtere Spielgeräte waren für kleinere Kinder gedacht. Als Überbleibsel des zu Ende gegangenen Sommers standen noch ein einzelner Gartenstuhl und ein schäbiger Grill auf einem unebenen Plattenboden. Am Morgen hatte er auch festgestellt, dass eine Hintertür des Mehrfamilienhauses nicht verschlossen war. Das ersparte ihm ein risikoreiches Hantieren an der metallenen Haustür. Beim Blick auf die Klingelschilder hatte er das Schloss inspiziert. Das wäre kein Problem gewesen. Aber wie stand er da, wenn plötzlich die Haustür von innen geöffnet würde und er hantierte mit dem Satz Feinwerkzeuge, den er sich einmal bei passender Gelegenheit in der lange zurückliegenden Zeit bei der Häller Polizei beschafft hatte? Damit hatte er noch jede konventionelle Tür in weniger als einer halben Minute geöffnet. Heute war das altmodisches Zeug. Längst gab es elektronische Geräte. Aber darum hatte er sich nicht mehr gekümmert. Wozu auch als Rentner und »Student des dritten Lebensalters«?

Obwohl es kurz vor zehn Uhr abends war, fand er den Hintereingang unverschlossen vor. Er lief ein halbes Dutzend gefliester Stufen hoch, die ihn in das hölzerne Treppenhaus des Gründerzeithauses führten. Dort stieß er auf die üblichen ausgetretenen Stufen und gedrechselten Staketen, von denen einige deutlich sichtbar durch schlecht gearbeitete neue ausgetauscht worden waren.

Die Wohnung, die er suchte, lag im vierten Stock. Das Gebäude hatte offensichtlich keinen Aufzug. ›Ein Vermietungsnachteil in der alternden Gesellschaft‹, sinnierte Bröckle, als er sich daran machte, die gleichmäßig knarrenden Stufen hinaufzugehen. Als er das dritte Stockwerk beinahe erreicht hatte, ging eine Wohnungstür auf. Zu seiner Verblüffung stand er der fast zwei Meter großen rotblonden Frau gegenüber, die er vor ein paar Tagen zusammen mit Bertram durch die Scheibe des Cafés in der Innenstadt gesehen hatte. Sie trug auch heute ein sehr kurzes, nun aber schwarzes, enges Kleid. Er roch ihr Parfüm. Vermutlich wollte sie noch ausgehen. Sie sah ihn mit strahlenden Augen an und grüßte freundlich.

Bröckle murmelte ein dürres »Nabend«. Er wollte auf keinen Fall in ein Gespräch verwickelt werden. Im vierten Stock lagen noch drei Wohnungen. Es war somit nicht offensichtlich, zu wem er wollte. Noch langsamer als zuvor ging er die letzten Stufen weiter. Wenigstens tat ihm die schöne Riesin den Gefallen, mit jugendlichem Elan das Treppenhaus hinunterzustürmen. Als er oben vor der gesuchten Wohnung stand, hörte er die Haustür ins Schloss fallen. Er lauschte. Aus den beiden anderen Wohnungen hörte er keine Geräusche. Sollte er wirklich nochmals denselben Unsinn machen? Wie damals in Backnang, als er Beweise gegen Detlev Kurz suchte ... Er zögere einen Moment. Dann zog er sich die Gummihandschuhe über, die er dem Verbandskasten entnommen hatte, auf den er im Küchenschrank seiner derzeitigen Bleibe gestoßen war. Darin war noch viel Platz gewesen. Ein paar Gläser, zwei Teller und drei Tassen stellten die spartanische Geschirrausstattung eines rastlos Umherreisenden dar. Er dachte noch, dass es in besonderem Maße erklärungsbedürftig wäre, wenn ihn jemand mit diesen Handschuhen hantieren sah. Dann war die Wohnungstür auch schon offen. Sie war nicht abgeschlossen gewesen, nur zugezogen. Bröckle huschte in den dunklen Flur. Unter den Zimmertüren quoll kein Licht hervor, was ihn etwas beruhigte. Keine Geräusche. Er atmete hörbar durch. Immerhin, seine Annahme war richtig. Niemand war zu Hause. Lautlos schloss er die Wohnungstür. Aber wo suchen? Das, was er im Auge hatte, fand sich wohl kaum im Schlafzimmer. Er machte kein Licht, sondern durchsuchte mit Hilfe seiner kleinen Maglite die Unterschränke der Küche, sah in einen Abstellraum, in dem er die darin vermuteten Reinigungsgeräte fand. Nichts. Im Bad öffnete er die wenigen Schränke, hob Handtuchstapel, durchstöberte den Unterbau eines extravaganten Waschbeckens. Er warf einen Blick in die Hausapotheke. Das Übliche. Kein Faustan. Nur flüchtig durchforstete er das Wohn- und das Schlafzimmer. Zögernd hob er einen Kleiderstapel an, der auf einem Sofa lag und bemühte sich, ihn wieder auf derselben Stelle abzulegen. Einen kurzen Augenblick stand er im Flur und lauschte. Es wäre ein Desaster, wenn jetzt jemand kommen würde. Aus der offen stehenden Küche hörte er das Ticken eines Weckers. Viel Risiko fur nichts. Ob zu der Wohnung ein Keller gehörte? Oder eine Garage? Vorsichtig öffnete Bröckle die Wohnungstür, verharrte einen Moment regungslos und lauschte in das dunkle Treppenhaus. Dann zog er leise die Tür hinter sich zu und huschte die Stufen hinunter. Er gedachte das Haus durch die Vordertür zu verlassen. Er hatte sie eben erreicht, als diese geöffnet wurde. Die rotblonde Riesin betrat das Haus. In ihrem Schlepptau folgte ihr ein auffallend schmaler Mann, der gut einen Kopf kleiner war als sie selbst.

»Sie gehen schon wieder?«, fragte sie. »Waren Sie bei Schmiedeckes?«

Bröckle nickte und drückte sich an den beiden vorbei auf den Gehweg. Gott sei Dank hatte er nicht nach dem Keller gesucht. Welch ein törichter Unsinn. Das plötzliche Auftauchen dieses ungleichen Paares erinnerte ihn an einen hässlichen Witz aus seiner Jugendzeit. Eine sehr große Frau hatte einen Liliputaner geheiratet. Gefragt, wie es denn so beim Sex ginge, erwiderte sie: »Kein Problem. Den stelle ich in eine Schublade und mach die dann rhythmisch auf und zu.« Ein Witz aus seinen früheren Tagen bei der Häller Polizei. Politisch unkorrekt natürlich. War das behindertenfeindlich? Neuerdings hießen Liliputaner »Kleinwüchsige«. Kleinwüchsigkeit galt heute als Behinderung. Warum eigentlich?

Gegenüber lag ein großer Garagenhof. »Trabant Club Magdeburg« stand weithin sichtbar auf einem Rundbogen über der Zufahrt. Wohl ein Spielplatz für Nostalgiker, die an ihren stinkenden Rennpappen rumbastelten. Sicher war ein Teil der Garagen vermietet. Ob eine zu dieser Wohnung gehörte? Warten, bis jemand nach Hause kam und den Wagen dort abstellte. Dann noch einen Blick in die Garage werfen …

Ärgerlich verwarf er den Gedanken. In das Haus konnte er auch nicht mehr zurück. Nachdem die Riesin ihn zweimal gesehen hatte, war es unmöglich, auch noch in den Kellern herumzuschnüffeln. ›Der Vater ist ja Veterinär‹, fiel ihm ein. Er praktizierte wohl noch in Stendal. Das hatte ja seine nächtliche Internet-Recherche ergeben. Vielleicht sollte er erst einmal dorthin fahren. Ganz offen fragen. Irgendein Grund würde ihm schon noch einfallen.

×××

Zwei Tage später fuhr Bröckle mit dem Zug nach Stendal. Die Abfahrt erfolgte von Magdeburg aus im Stundentakt. Trotz stetem Rückbaus war der Nahverkehr in Sachsen-Anhalt immer noch besser ausgebaut als in seiner südwestdeutschen Heimat. Und unter Mappus, diesem Saudackel, würde es noch weiter bergab gehen. Dessen war er sich ganz sicher, obwohl er dessen Partei viele Jahre lang gewählt hatte. Bis er den Polizeidienst verlassen musste. Er war damals von sich aus gegangen. Jetzt im Zug, der leise durch die herbstliche Landschaft schaukelte, ging ihm die Sache wieder einmal durch den Kopf. War das damals die richtige Entscheidung gewesen? Dreißig Jahre »Gas-Wasser-Scheiße«, wie man so sagte und dann keine Pension, sondern die kargen Altersbezüge eines Frührentners. Aber es reichte. Es hatte zu reichen.

Am Bahnhof nahm er ein Taxi. Er hatte sich nach der Lage des Hauses erkundigt, sich zuvor telefonisch mit der Frau des Veterinärmediziners verabredet. Genauer: mit seiner Witwe. Der Tierarzt war vor einem knappen Jahr gestorben. Das Internetportal »Tierärzte in Sachsen-Anhalt« war offensichtlich nicht mehr auf dem neuesten Stand.

Nein, die Praxis habe sie nicht verkauft. Es lohne ja kaum noch. Hier wolle kein junger Tierarzt her. Ja, zu DDR-Zeiten war das anders. LPGs mit zwanzig-, dreißigtausend Schweinen. Der Chefveterinär war der Verantwortliche eines hermetisch abgeschlossenen Hochsicherheitstrakts gewesen. Die ganzen Tierseuchen der letzten Jahre. Die hätte es in der DDR nicht gegeben. Nicht bei diesem hoch entwickelten System der Tierproduktion, zu dem ihr verstorbener Mann mit großem Erfolg beigetragen habe.

Ob sie zu einer veterinärmedizin-historischen Ausstellung eine Kleinigkeit beitragen könne? Mit heute nicht mehr gebräuchlichem Gerät? Natürlich nur als Leihgabe.

»Mal sehen, was wir da noch haben«, hatte die Frau zögernd zugestimmt und zu seiner großen Freude und Erleichterung noch gesagt: »Am besten ist es, wenn Sie mal vorbeikommen. Aber nur nach Anmeldung. Seit mein Mann tot ist, bin ich viel mit der Volkssolidarität unterwegs.«

Als Bröckle den wortkargen Taxifahrer bezahlt und an der Tür des wohl nach der Wende erbauten kleinen Einfamilienhauses geklingelt hatte, wurde ihm sofort geöffnet. Zu seiner Überraschung stand er keiner sichtbar trauernden Witwe gegenüber, sondern einer leicht fülligen, vitalen Frau.

»Ich habe das Taxi gesehen und mir gedacht, dass Sie das sind«, begrüßte sie ihn. »Kommen Sie rein, ich habe einen Kuchen gebacken.«

Bröckle, der nicht lange zu bleiben gedachte, fügte sich in sein Schicksal. Er musste drei Stück Kuchen essen, die ihm freilich schmeckten. Die Frau überflutete ihn mit einem gewaltigen Wortschwall. Mehr als hin und wieder zu nicken, den Kopf zu schütteln oder ganz knappe Antworten zu geben, war gar nicht möglich. Immer wieder kam sie auf »ihren armen Willi« zu sprechen, aber auch darauf, dass er doch schon lange recht hinfällig gewesen sei. »War ja eine Knochenarbeit. Und der arme Willi hat sich regelrecht aufgeopfert.«

Ob er denn nun mal den Bestand an alten Gerätschaften betrachten könne, fragte er, nachdem er mit knapper Not ein viertes Stück Kuchen abgewehrt hatte. Nein, er sei ganz ausgezeichnet. Wunderbar saftig. Aber in seinem Alter könne man nicht mehr so.

»Seien Sie bloß vorsichtig. Bei meinem armen Willi hat es auch so angefangen. Essen muss der Mensch schließlich.«

Zwei Räume des Einfamilienhauses hatte der verstorbene Tierarzt bis vor drei Jahren als Kleintierpraxis benutzt. Die Arbeit für die Großviehbestände habe er mehr und mehr einem jungen Kollegen überlassen, der nach dem Studium aus dem Westen gekommen war.

»Kannte sich ja mit dem nicht so aus, was jetzt neu aus dem Westen kam, der arme Willi. Mit zwei, drei Bauern, die er lange kannte und die nur ihm vertrauten, hat er noch weitergearbeitet. Und dann: Kleinvieh macht auch Mist. Brauchte er auch nicht mehr so viel zu fahren, der arme Willi. Sah ja schon seit Jahren nicht mehr gut.«

Bröckle fand auf Anhieb, was er suchte.

»Kann ich die mitnehmen?«, unterbrach er den Wortfluss der Frau. »Nach der Ausstellung schicke ich die Ihnen zurück. Ich gebe Ihnen eine Quittung.«

»Nicht mehr?«, fragte die Frau. Eine leichte Enttäuschung lag in ihrer Stimme.

»Das ist noch original DDR. Wird heute in dieser Form nicht mehr hergestellt.«

»Na ja«, sagte die Frau resignierend. »Ich gebe ihnen eine Tüte. Sie können ja nicht mit den Dingern in der Hand im Zug sitzen. Wollen Sie nicht noch ein Stück Kuchen mitnehmen? Sie kriegen doch lange nichts zu Essen.«

»Danke. Vielen Dank«, wehrte Bröckle ab. »Das ist nett von Ihnen, aber ich platze gleich.« Er wandte sich von der geöffneten

Haustür dem kurzen Weg zu, der durch den gepflegten Vorgarten zur Straße führte. Am schmiedeeisernen Gartentor angekommen drehte er sich nochmals um und hob dabei die Tragetasche, die er in der linken Hand hielt. »Wurden die seit dem Tod Ihres Mannes nochmals verwendet?«, fragte er.

»Ich glaube nicht«, erwiderte die Frau, die noch vor der Haustüre stand und ihm nachgeblickt hatte. »Obwohl, meine Tochter hat die vor einigen Wochen mal ausgeliehen. Für Batikarbeiten, sagte sie. Aber dann hat sie sie offensichtlich doch nicht gebraucht.«

×××

Gotthilf Bröckle ließ sich Zeit. Er war mit der Straßenbahnlinie 9 bis zur drittletzten Haltestelle gefahren. Jetzt fuhren die Bahnen nur noch jede halbe Stunde. Er schlenderte die kurze Strecke zwischen mehreren Hochhäusern hindurch. Den Weg kannte er von seinem letzten Besuch. In wenigen Minuten würde der Jugendclub »Bernstein« schließen. Er verharrte zwischen zwei parkenden Autos und starrte auf den Eingang. Ein Pärchen stand auf dem Vorplatz und knutschte innig und alles um sich her vergessend.

›Glückliche Jugend‹, dachte Bröckle.

Zwei Jungen traten vor die Tür und machten zotige Bemerkungen in Richtung des umschlungenen Paares.

Das Mädchen rief so laut, dass Bröckle es ohne Mühe verstehen konnte: »Haut ab, ihr Flachwichser.«

Der zarte Hauch von Romantik, den der Alte angesichts des Liebespaares verspürt hatte, zerstob an den rauen Codes der heutigen Jugendsprache.

Das Pärchen schlenderte in dieselbe Richtung, in die zuvor die beiden Jungs gegangen waren. Er wartete noch eine Weile. Nichts regte sich. Das schienen die letzten Besucher des »Bernsteins« gewesen zu sein. Nur der Eingangsbereich und einige wohl seitlich gelegenen Räume waren noch beleuchtet. Die Mehrzahl der Fenster war dunkel. Durch manche schimmerte ein schwaches Licht, das von angelehnten Türen oder technischen Geräten stammen konnte.

Der Alte wusste vom letzten Besuch, wo das Büro war. Er nahm an, dass er erwartet wurde. Denn er hatte angerufen. Und er war gebeten worden, erst nach der Schließung des Clubs zu kommen.

»Dann können wir in Ruhe über alles reden«, hatte sie gesagt. »Ich warte auf Sie im Büro. Den Eingang lasse ich offen.«

Evelyn Denninger lümmelte lang ausgestreckt auf einem Bürostuhl und blies den Rauch einer Zigarette in Richtung des großen Aquariums, das die Wirkung des Raumes deutlich prägte. Aquarien, fand Bröckle, hatten immer etwas Beruhigendes. Das kaum zu hörende, monotone Betriebsgeräusch, das grünliche Licht, das Gleiten der träge schwebenden Fische, das gelegentlich abrupt in zuckende, zappelnde und zugleich geschmeidige Bewegungen überging, wenn sie nach Beute oder Futter schnappten.

»Sie sagten, Sie hätten eine Vermutung, wer die drei Morde begangen haben könnte«, sagte sie statt einer Begrüßung.

»Ich habe eine durch Indizien gestützte Theorie darüber, wer zumindest an den Taten beteiligt war.«

»Und wer soll das sein? Jemand von der hiesigen Antifa?«

»Ich weiß nicht, ob Sie sich da zugehörig rechnen. Aber ich glaube zu wissen, dass Sie da die Finger drin hatten.«

»Was für eine saudämliche Sprache Sie sprechen. Sie ›glauben zu wissen‹«, entgegnete sie kühl und versuchte, bei den letzten Worten den Klang seiner Worte zu imitieren. Evelyn Denninger zeigte keine Spur von Nervosität oder Erregung. Sie schüttelte energisch ihr volles Haar und zog langsam an der fast zu Ende gerauchten Zigarette.

»Sie sind eine Traditionalistin.«

»Ich? Wieso?«

»Sie haben ein unzeitgemäßes Bild von Recht und Gerechtigkeit. Und dem versuchen Sie gerecht zu werden. Dabei ist es Ihnen gleich, wenn Sie Gesetze übertreten und Grenzen überschreiten, die nicht überschritten werden dürfen.«

Die Leiterin des Jugendclubs sah unbeteiligt dem Spiel der Fische zu. Bröckle schwieg.

»Sie verdächtigen mich der Mittäterschaft an den Morden«, sagte sie nach einer Weile.

»Es gibt Indizien dafür. Mich interessieren Ihre Motive. Die sind mir nicht klar. Die jungen Leute waren Ihnen anvertraut.«

»Dafür haben Sie keine Beweise. Sie stellen fantastische Vermutungen an. Sie sind ein alter Narr.« Die immer noch jugendlich wirkende Frau drückte lässig ihre Zigarette in einer zum Aschenbecher umfunktionierten Kaffeetasse aus.

»Zwei der drei Opfer wurden mit Faustan außer Gefecht gesetzt. Sven Müller und das Mädchen hat man mit einer Gitarrensaite erdrosselt. Dabei wurden Saiten verwendet, die seit Langem nicht mehr hergestellt werden. Lead-Star-Gitarrensaiten. Sie kennen die.«

Evelyn Denninger nahm ein kleines Plastikfigürchen vom Schreibtisch, das einen Schlumpf darstellte und lächelte den Alten an. »Ist das alles? Jeder zweite gelernte DDR-Bürger meiner Generation kennt Lead-Star-Saiten.«

»Ihre Jugendeinrichtung hatte die bestellt. Übers Internet.«

»Das ist doch albern.« Die junge Frau lachte hell auf. »Wer will denn beweisen, dass die Morde mit Saiten begangen wurden, die über den Club bestellt worden sind? Und außerdem hatten zum Proberaum, in dem sie aufbewahrt werden, wenigstens fünfzig Personen Zugang. Und fünfzig weitere hätten sich Zugang verschaffen können. Was ist denn mit Hupsi, meinem Kollegen Hubert Kraft? Den hat die Polizei doch am Wickel. Hat die Saskia gebumst. Die hat es immer wieder mal mit älteren Männern getrieben, wenn sie schlecht drauf war oder wenn sie was erreichen wollte.« Erstmals war ein Hauch von Anspannung in der Stimme von Evelyn Denninger zu hören.

»Sie haben Recht. Die Mordinstrumente führen nicht zu Ihnen.«

»Zu mir? Lassen Sie das doch.«

»Sie hätten die Handschuhe beseitigen sollen.« Bröckle sprach sehr leise. Er hatte Angst davor, dass seine Stimme zu zittern begann. Die zur Schau gestellte demonstrative Gelassenheit dieser Frau war ihm unheimlich.

»Was für Handschuhe denn?«

»Die Arbeitshandschuhe Ihres Vaters, die Sie zumindest getragen haben, als Sie die Saite um den Hals dieses Mädchens gelegt und dann zugezogen haben. Schlau, sehr schlau. Die Handschuhe reichten Ihnen bis über die Ellenbogen. Aber das Mädchen hatte winzige Stückchen Latex unter ihren Fingernägeln.«

»Sie faseln einen Quatsch zusammen.«

»Ihr Vater war doch Tierarzt.«

»Leitender Veterinär.«

»Sie haben die alten Handschuhe verwendet, die er zum Besamen von Mutterkühen überzog.«

»Mein Vater war in der Tierproduktion für Schweine zuständig.«

»Egal. Die Handschuhe werden einer kriminaltechnischen Untersuchung unterzogen.« Hier gebrauchte Bröckle zu seiner eigenen Sicherheit eine Notlüge. Denn er hatte die Handschuhe, die er von der alten Frau Denninger unter dem Vorwand erhalten hatte, sie für eine kleine veterinärmedizin-historische Ausstellung verwenden zu wollen, noch nicht der Polizei übergeben.

»Wer hat die dahin gebracht?« Die Frau wurde etwas lauter.

»Ihre Mutter hat sie mir gegeben. Ich habe sie den Beweismitteln zugeführt.« Da log Bröckle gleich ein zweites Mal.

Evelyn Denninger schwieg lange. Mit aufeinandergelegten Fingerspitzen der linken und der rechten Hand blickte sie regungslos in den milchig-grünen Mikrokosmos des Aquariums.

Das Licht erinnerte ihn urplötzlich an eine Begebenheit, die über vierzig Jahre zurücklag und in seiner Erinnerung fast verschüttet war. Wenige Wochen, nachdem er Eva kennengelernt hatte, machten sie sich in seinem allerersten Auto, einem schon recht betagten VW-Käfer, der am Heck noch ein in der Mitte geteiltes »Bretzelfenster« besaß, nach Spanien auf. In Frankreich fuhren sie nur auf den Routes Nationales. Bis Sitges benötigten sie volle drei Tage. Weit außerhalb des ehemaligen Fischerdorfes und fern der neu angelegten Strände stießen sie durch Zufall auf eine versteckte, zwischen den Felsen gelegene Bucht. Hier hatte sich vorübergehend auch ein Pulk früher Hippies eingenistet, die fernab der Zivilisation und außerhalb der Zonen, die von Francos ›Guardia Costal‹ überwacht wurden, ein Fest feierten. Es war die Nacht, in der Milliarden winziger Einzeller das Wasser auf geheimnisvolle Weise erleuchteten. Einige der Tanzenden trieben mit Schlauchbooten und Luftmatratzen ein Stück auf das Meer hinaus und sprangen in die dunklen Fluten. Ihnen erschloss sich plötzlich eine wunderbare Welt des Lichts. Bei jeder Schwimmbewegung erstrahlte die Umgebung bläulich-grün. Nach und nach legten sich die winzigen Algen auf die Haut derer, die nach wildem Tanz immer wieder zum Abkühlen in das laue Wasser gingen. Auch Evas Körper schien an manchen Stellen zu leuchten. Insbesondere ihr Schamhaar, an dem die mikroskopisch kleinen Algen besser zu haften schienen, erstrahlte in einem zarten milchiggrünen Licht, das man allerdings nur sehen konnte, wenn sie sich bewegte und der Betrachter einige Meter Abstand hielt. Aber diesen Abstand vermochte er in dieser Nacht nicht mehr lange zu halten.

2003 hatte er den Strand noch einmal besucht. Während ihres Urlaubs in Peniscola machten Eva und er aus sentimentalen Gründen einen Abstecher nach Norden. Die Krakenarme des spanischen Baubooms hatten »ihre« Bucht noch nicht erreicht. Aber die Besiedlung war in Gestalt eines Golfplatzes und einer Großraumdiskothek bereits nahe herangerückt. Bröckle verachtete Golfspieler und war wütend auf die Idiotie, in wasserarmen Gegenden Golfplätze anzulegen, nur damit ein paar alte Säcke sich in einer pseudoexklusiven Umgebung standesgemäß vergnügen konnten. Den Gedanken, dass er möglicherweise auch längst ein alter Sack sein könnte, schob er schnell beiseite.

Die Bucht, an der damals die nackten Körper das schwach fluoreszierende Licht des Planktons an Land trugen, befand sich nun zum Leidwesen von Bröckle fest in der Hand der »Gay Community«, was er anfangs überhaupt nicht bemerkte. Er hatte sich lediglich darüber gewundert, dass der Strand ausschließlich von Männern bevölkert war. Eva, die sich als einzige Frau unter Hunderten Männern offensichtlich wohl fühlte, hatte ihn dann aufgeklärt.

Nach und nach verblassten die alten Bilder und Erinnerungen. Er tauchte wieder in die kalte Düsternis der Begegnung mit dieser Frau ein, die ihm kühl und gefasst gegenübersaß und keine Anstalten machte, etwas zuzugeben oder gar etwas zu bereuen. Er blickte verstohlen auf seine Armbanduhr und stellte fest, dass sie sich nun bereits eine Viertelstunde schweigend gegenübersaßen. Er konnte sich nicht daran erinnern, wann er sich zuletzt so unbehaglich gefühlt hatte. Plötzlich vernahm er ein helles Kichern.

»Ich bin also geliefert.« Der Satz klang fast so, als sei Evelyn Denninger darüber erheitert. Das erste Mal sah sie ihn länger an.

Bröckle war von dieser plötzlichen Wandlung völlig überrumpelt. Er hatte einen ganz trockenen Mund, was auch nicht besser wurde, als er sich mit der Zunge mehrmals über die rissigen Lippen fuhr. »Sie geben es also zu?«

Evelyn Denninger sprang so abrupt von ihrem Bürostuhl auf, dass er erschrak.

Sie setzte sich ihm gegenüber auf die Kante des bereits arg lädierten Schreibtisches. »Sie brauchen nicht in Triumphgeheul zu verfallen. Seit Hupsi, dieser Trottel, in U-Haft sitzt, habe ich darüber nachgedacht, mich selbst zu stellen, wenn er da nicht anders rauskommt. Was muss das Arschloch dieses Flittchen ficken. Damit fing das alles an.«

Bröckle, der von der Derbheit der Sprache der Jugendclubleiterin einmal mehr verblüfft war, fand zurück zur klaren Ordnung seiner Gedanken. »Damit fing es nicht an, Frau Denninger. Es fing damit an, dass sie Mirko Weise zuerst betäubt und dann ersäuft haben wie eine junge Katze.«

»Es war nicht klar, dass er dabei hopsgeht.« Sie erhob sich von der Tischkante und ließ sich wieder in ihren Schreibtischstuhl fallen, der ein paar Zentimeter zurückrollte und schließlich an ein mit Büchern und Ordnern beladenes Regal stieß.

»So ein Quatsch. Der Junge hatte getrunken. Sie verabreichten ihm Faustan und stießen ihn dann ins Wasser.«

»Ich zog ihn ins Wasser. Es hätte ja sein können, dass er überlebt.«

»Wollten Sie das?«

»Nein. Er war der Schlimmste.«

»Ich nehme an, dass die Bande, die den jungen Lückert für immer ins Unglück stürzte, sich auch noch mit der Tat gebrüstet hat. Ich kann gut verstehen, dass man das nicht lange erträgt.« Bröckle hatte die Fassung wiedererlangt, die er eine Zeit lang fast verloren zu haben schien. Seine Stimme klang jetzt gefestigt und sicher.

»Vor den Gerichtsverhandlungen waren das richtige Feiglinge. Die Jungs hatten das Muffensausen. Lediglich Saskia hetzte gelegentlich in der für sie typischen Art. Es gebe keinen Grund, etwas zu bereuen. Man habe eine Zecke außer Gefecht gesetzt. Gut so. Die Jungs sollten mit dem Gejammer aufhören. Sie hatte in dieser Zeit auch am häufigsten Kontakt zu den organisierten Rechten.«

»Frauen können grausam sein«, sagte Bröckle leise. »Das sind alles unerträgliche Dinge. Dafür werden Sie nicht bezahlt. Aber daraus erwächst doch keine Mordserie.«

»Mordserie?« Evelyn Denninger, die die letzten Minuten wieder von Bröckle abgewandt auf dem Bürostuhl gesessen hatte, bog den Kopf zurück und sah ihm unerträglich lange in die Augen.

»Drei Morde kann man wohl als Serie bezeichnen.«

»Geändert hat sich alles mit den Nazitypen. Die haben den Anwalt besorgt. Die haben die Clique endgültig zu sich herübergezogen.«

»Das muss eine Pädagogin schmerzen.«

»Auch. Das tut schon weh«, sagte die Frau nach kurzem Zögern. »Aber das war nicht das Entscheidende. Nach dem Freispruch ging's erst richtig los. Diese Sprüche. Dieses Faschogehabe. Diese menschenverachtenden Inszenierungen. Anfangs dachte ich noch: Das ist Übersprungverhalten, das wird sich wieder legen. Aber irgendwann hat sich das verselbstständigt. Man ekelt sich nur noch.«

»Und irgendwann wollten Sie die einfach nur noch umbringen.«

Die Sozialpädagogin zündete sich eine neue Zigarette an, inhalierte tief und blies den Rauch in kurzen Stößen in Richtung des Aquariums, vor dessen trübem Licht die gekräuselten Schwaden des Zigarettenqualms besonders ausdrucksstark wirkten. »Richtig. Irgendwann willst du die einfach umbringen.«

Bröckle konzentrierte sich ein paar Sekunden lang auf das leise Schnurren der Filterpumpe. Er sah auf die kleinen Luftblasen, die an die Wasseroberfläche stiegen. »Der älteste Täter war ja wohl in Holland aus dem Schussfeld, wie man so sagt. Und den Kleinen haben Sie verschont?«

Die junge Frau schwieg. Starr blickte sie an Bröckle vorbei, der sich wieder erheblich weniger wohl fühlte als noch wenige Minuten zuvor. Dann sah sie ihn unvermittelt an. In ihrem versteinerten Gesicht konnte er nicht erkennen, was sie während ihres Gespräches empfand.

»Bereits nach Mirkos Tod hat der keine Sprüche mehr gemacht. Und als er das Foto von Sven Müller zugeschickt bekam.«

»Von Ihnen?«

»Ja von mir. Einer plötzlichen Eingebung folgend, hab ich ihn fotografiert. Ich dachte mir, dass man das Bild als Warnung verschicken könnte.«

»Ganz schön leichtsinnig. Damit haben Sie ja Spuren produziert.«

Evelyn Denninger sah ihn mit gespitzten Lippen einen Moment lang an, zuckte mit den Schultern und fuhr dann fort: »Als Anhang einer Mail verschickt. Vom Rechner eines Internetcafés am Universitätsplatz. Damit kamen Hunderte Personen in Betracht. Außerdem war ich mir sicher, dass Ricardo damit nicht zur Polizei ging. Er muss völlig ausgetickt sein, als er das Bild erhielt, auf dem Sven zu sehen war, wie er halb aufgerichtet an der Gerüststange hing. Hat Angst bekommen. Irre Angst. Kam tagelang nicht mehr in den Jugendclub. Eines Abends tauchte er wieder auf. Es war bereits spät. Ich wollte gerade schließen, zählte noch das Geld von der Theke, als er in mein Büro kam. Er fürchte sich so, sagte er noch, dann fing er hemmungslos zu weinen an. Erzählte von dem Foto, erzählte von dem Überfall auf Benjamin Lückert. Ob es ihm leid tue, was er getan habe, fragte ich ihn. Er schniefte, heulte, kam auf mich zu, fiel mir um den Hals. Ich müsse ihm helfen. Der litt wie ein Hund. Der war genug gestraft.«

Evelyn Denninger blickte den Alten mit unveränderter Regungslosigkeit an. Bröckle schauderte. Er wusste nicht, ob er nur entsetzt oder auch fasziniert war. Die Frau hatte eine Grenze überschritten, ohne etwas zu bereuen. Sie schien keine Angst vor dem zu haben, was auf sie zukommen würde. Eine Rigoristin. Eine Mörderin aus Berechnung, die sich auf der Seite des Rechts und der Moral sah.

»Ich muss jetzt gehen«, sagte Bröckle.

»Ich werde Sie nicht daran hindern.«

»Könnten Sie das?«

Die Frau blickte ihn erneut mit diesem Gesichtsausdruck an, der ihn so irritierte. Unbeteiligt und gleichgültig wirkte sie. Und ihrer Sache sicher.

»Natürlich könnte ich das«, erwiderte sie.

»Und?«, fragte Bröckle, »werden Sie mich hindern?«

»Nein«, erwiderte die Frau, »ich sagte es doch bereits.« Mit ruhigen Bewegungen drückte sie die nur halb aufgerauchte Zigarette aus.

Als Bröckle aufstand, blieb sie regungslos sitzen. Versonnen schaute sie ins Aquarium, in dem sich, wie schon die ganze Zeit zuvor, kleine bunte Fische nur langsam im mit winzigen Schwebpartikeln durchsetzten Wasser bewegten, das leuchtend gelbgrün schimmerte. Eine große Wasserschnecke hatte sich mittlerweile an der vorderen Scheibe festgesaugt.

»Hier, lesen Sie das.«

Bröckle hatte nicht bemerkt, dass die Frau hinter seinem Rücken aufgestanden war. Aus einer Umhängetasche zog sie ein abgegriffenes Schulheft. »Dann verstehen Sie besser, wie es war.«

»Warum geben Sie mir das?«, fragte der Alte sichtlich überrascht.

»Es ist vorbei«, sagte sie knapp.

Langsam und umständlich verließ Bröckle den Raum, nach dem er sich zuvor an der Tür mit einem wortlosen Nicken verabschiedet hatte. Schnell hastete er den unbeleuchteten Gang entlang dem Ausgang entgegen. Er hörte ein leises Rascheln. Dann ging ein Streichholz an. Ob Evelyn Denninger ihm hinterherschaute?

Als er im Freien war, hatte er einen heftigen Schweißausbruch. Die frühe Nacht brachte ihm keine Kühlung. Langsam ging er auf der Suche nach der Straßenbahnhaltestelle in die Richtung, aus der er gekommen war. Dass er auf dem richtigen Weg war, merkte er daran, dass die »Neun« an ihm vorbeifuhr.

An der Haltestelle angekommen, setzte er sich und schlug im trüben Schein der Leuchtreklame das Heft auf. Evelyn Denninger hatte kein Tagebuch geführt, sondern schrieb offensichtlich dienstliche Angelegenheiten auf, zwischen denen sie einzelne Gedanken und Wahrnehmungen festgehalten hatte. Zwischen banalen Merksätzen wie »Morgen Kaffeefilter kaufen« und »Bericht für den Jugendhilfeausschuss fertig machen« fanden sich einzelne Notizen, die er fassungslos überflog.

20. März
Es wird immer widerlicher, diesen jämmerlichen, aufgeblasenen Kerlen bei ihrer geschwätzigen Prahlerei zuzuhören. Würden sie doch wenigstens die Schnauze halten nach all dem, was geschehen war. Hatten wir uns zu lange an den Liedtext der »Toten Hosen« geklammert: »Eure Gewalt ist nur ein Schrei nach Liebe«? Das mag ja sein. Klar ist auch, dass die meisten von denen echte Loser sind. Arme Würstchen, denen die Professoren der hiesigen Hochschule in ihren Vorträgen die unterschiedlichsten Zuschreibungen verpassten: »Verlorene der Arbeitsgesellschaft«, »Opfer des beschleunigten gesellschaftlichen Wandels, der Armut, der Globalisierung«, »Modernisierungsverlierer«. Oder gar »Verlierer der Wiedervereinigung«. Mein Gott, dieser Scheiß liegt nun schon über 20 Jahre zurück. Kann ja sein. Kann ja alles sein. Das erklärt manches. Ihre Ausrutscher, ihren Suff, auch die Nazischeiße in ihren Hirnen. Aber ihr Gelabere ist unerträglich. Ihre Prahlereien. Die Schilderungen der Schreie ihres Opfers. Die lustvollen Beschreibungen des hilflosen Schluchzens und Wimmern des Mädchens. Und je mehr sie Angst kriegen vor dem, was noch auf sie zukommen kann, umso mehr ausgeschmückte Details erzählen sie ihren wirren Freunden. Mirko schildert immer ausschweifender das Geräusch brechender Knochen und Zähne. Selbst der sonst so wortkarge Sven Müller weiß sich nicht anders zu helfen, als zu reden. Immer dann zu reden, wenn sie meinen, sie seien unter sich, niemand höre ihnen zu. Nur

der Kleine schweigt. Wirkt von Tag zu Tag immer bedrückter. Und Heiko versteckt sich in Holland.

16. Mai
Man merkt, dass sie vor der Verhandlung Angst haben. Immerhin hat es einen Zeugen gegeben. Keinen Jugendlichen, keine »Zecke«, sondern einen Mutigen, der eingegriffen hat und glaubwürdig zu sein scheint.
Immer wieder werden die Jungs abgeholt. Das Mädchen ist da nicht dabei. Aber Saskia ist abgebrühter als die Jungs. Sie ist auch überzeugter von dem Nazigewäsch. Die wird schweigen. Und der Zeuge hat an sie sicherlich keine ausgeprägte Erinnerung. Dazu sieht sie zu normal aus. Der Zeuge wird Opfer des männlichen Blicks. Frauen schlagen nicht. Er war auf die Jungs konzentriert. Klar, kann man verstehen. Wenn einer eingreift, konzentriert er sich auf die männlichen Schläger.

10. August
Ich weiß jetzt, wieso die Jungs immer wieder abgeholt werden. Einer der Drahtzieher der hiesigen Neonaziszene, ein Student, hat die Verteidigung organisiert. »Der nationale Widerstand lässt niemand im Stich«, hatte Mirko erklärt, als sie mal wieder meinten, unter sich zu sein. Ein Siggi Althans oder Althaus. Sie bewunderten ihn. »SS Siggi lässt uns nicht hängen«, sagte Sven Müller einmal und strahlte dabei wie ein Pfefferkuchenmann. Wahrscheinlich sprechen sie ab, wie sie sich vor Gericht verhalten sollen. Aber was heißt bei diesen Blödmännern schon absprechen? Wahrscheinlich trichtert man ihnen ein, was sie auszusagen haben. Über holländische Nazis haben die auch Kontakt mit Heiko. Ein holländischer Anwalt kümmere sich um ihn, sagen die Jungs. Kaum zu glauben, wie die vernetzt sind.

Der nächste Hinweis war ohne Datum:

Die sind freigesprochen worden. Die Nachricht hatte sich blitzschnell verbreitet. Nun entlädt sich die lähmende Spannung in über-

schwänglicher Ekstase. Allen hatte man es gezeigt. Den »Zecken«. Dem Denunzianten, der sie gesehen hat. Dem Gericht, dem Staat, dem System. Auch die meisten anderen Jugendlichen ihres Umfeldes zeigten Begeisterung. Plötzlich sind diese feigen Schweine Helden. Ist denn niemand da, der etwas sagt? Über Unrecht, das Leiden des Opfers, das noch nicht zu Ende ist. Niemand ist da. Niemand tut was, sagt wenigstens was. Es wird immer widerlicher. Ich beginne, sie zu hassen. Am Abend nach dem Gerichtsurteil führten sie eine spontane »Siegesfeier« in den Gemäuern des alten Forts durch. Man hörte die Fete noch im Wohngebiet. Das Gegröle vom nationalen Widerstand. »Wir sind Arier und ihr nicht.« Wen meinen sie damit? Alle anderen? Niemand sagt was. Niemand greift ein. Wie immer.

8. September
Das bislang Unaussprechliche, Unvorstellbare ist passiert. Ich hab's getan. Einen Menschen getötet. Es ging ganz leicht. So leicht. Zu leicht? Alles andere ist viel schwerer. Ein Kind großziehen. Das Leben lernen. Ich wundere mich über meine Ruhe. Und ich bin froh darüber. Das war die letzte Hürde. Nicht zu wissen, wie man sich danach fühlt. Angst vor Gewissensbissen. Nächte, die man nicht schlafen kann. Sich »Mörderin, Mörderin« zurufend, zuflüsternd. Oder im Halbschlaf träumend, dass die anderen auf einen zeigen und »Mörder, Mörder« rufen. Ich schlafe gut. Er hat es verdient. Basta. Aber sie werden kommen. Werden Fragen stellen.

Gotthilf Bröckle blätterte weiter durch die Heftseiten. Die Einträge, die ihn interessierten, brachen ab. Es folgten nur noch Kritzeleien und weitere dienstliche Notizen. Müde blickte er auf seine Uhr. In der Ferne sah er die Lichter seiner Bahn.

Auf dem gegenüberliegenden Bürgersteig führte ein Skinheadpärchen zwei Pitbulls aus. Der eine schiss vor einen Altglascontainer, der andere zerrte heftig an der daumendicken Leine. Der Glatzkopf fluchte nuschelnd. Bröckle sah nicht weiter hin. Einen Moment lang wusste er nicht, wie er die Sache zu Ende bringen sollte.